Iwan S. Turgenjew wurde am 9. November 1818 auf dem väterlichen Gut Spasskoje geboren. Er studierte Philosophie und Literatur zunächst in Moskau, dann in Petersburg und ging danach zum weiteren Studium u. a. bei Hegel nach Berlin. Dort traf er im Herbst 1843 die gefeierte Opernsängerin Pauline Viardot; die Begegnung mit der verheirateten Frau sollte für sein weiteres Leben folgenreich sein. Bis an sein Lebensende war Turgenjew ein ständiger Begleiter der Familie Viardot und reiste mit ihr quer durch Europa. Über die Natur der Beziehung zu der verheirateten Pauline Viardot ist viel spekuliert worden. – In jenen Jahren entstanden auch seine großen Romane *Rudin*, *Ein Adelsnest*, *Vorabend*, *Väter und Söhne*, *Rauch* und *Neuland*.

In seiner umfassenden Biographie geht Juan Eduardo Zúñiga u. a. der Frage nach, inwieweit Turgenjews problematische Beziehungen zu Frauen, zunächst zur dominanten und herrschsüchtigen Mutter, dann zu Pauline, sich in seinem Werk widerspiegeln.

insel taschenbuch 2744
Juan Eduardo Zúñiga
Iwan S. Turgenjew

Iwan S. Turgenjew, 1883
Radierung von V. A. Brobor

Juan Eduardo Zúñiga

Iwan S. Turgenjew

Eine Biographie

Aus dem Spanischen
von Peter Schwaar

Insel Verlag

Die Übersetzung wurde gefördert aus Mitteln der
Dirección General del Libro, Archivos y Bibliotecas
des spanischen Kulturministeriums

insel taschenbuch 2744
Erste Auflage 2001
Für die Originalausgabe:

Für die deutsche Übersetzung:

Hinweise zu dieser Ausgabe am Schluß des Bandes
Vertrieb durch den Suhrkamp Taschenbuch Verlag
Umschlag nach Entwürfen von Willy Fleckhaus
Satz: Libro, Kriftel
Druck: Nomos Verlagsgesellschaft, Baden-Baden
Printed in Germany

1 2 3 4 5 6 – 06 05 04 03 02 01

Iwan S. Turgenjew

Begegnung mit Iwan Turgenjew

Als ich mich noch mit Kinderbüchern beschäftigte, stieß ich durch Zufall – wie immer bei entscheidenden Ereignissen – auf einen Roman von Iwan Turgenjew, dessen Lektüre mich befremdete und verzauberte. Von Stund an war sein Name meinem Bewußtsein eingeprägt und trug, zusammen mit anderen Faktoren, vielleicht zu meiner Charakterentwicklung und zur Sensibilisierung gegenüber den Gegebenheiten der Wirklichkeit bei. Es war ein erster Schritt auf dem Weg, sein Land kennenzulernen, ein altes, fernes Rußland, von dem in meiner Umgebung niemand etwas wußte. Ich lernte es hauptsächlich durch literarische Werke, durch großartige schöpferische Geister kennen, die in mir die Liebe zu seiner Kultur, seiner Musik, seinen Menschen mit ihren maßlosen Leidenschaften, seiner Landschaft der unendlichen Weiten, unberührten Wälder und stillen Dörfer, zu seiner unermeßlichen, wie Musik klingenden Sprache weckten.

Der vorliegende Essay über Iwan Sergejewitsch Turgenjew entspringt meinem Interesse für die Biographie des Schriftstellers, der mir in sehr jungen Jahren den Zugang zur Welt der Literatur ebnete. Von allen russischen Autoren ist er, neben Tolstoj und Dostojewski, der im Westen am besten rezipierte, dank der literarischen Qualität seines Schaffens, in welchem die dem großen Roman des vergangenen Jahrhunderts eigenen Besonderheiten bis heute Gültigkeit haben, allerdings mit den Nuancen romantischer Idealisierung. Er wurde bewundert und verehrt, und auch sein Äußeres überraschte:

»Eine Tür ging auf. Ein Riese erschien. Ein Riese mit Silberkopf, wie es im Märchen heißen würde. Er hatte lange weiße Haare, dichte weiße Brauen und einen großen weißen Bart – wirklich ein leuchtendes, durchfunkeltes Silberweiß; und in diesem Weiß ein gutes, ruhiges Gesicht mit etwas groben Zügen; einen Kopf richtig wie ein Fluß, ›der seine Wogen vergießt‹, oder sogar einen Kopf wie der Ewige Vater. Sein Körper war sehr groß, breit, massig, aber nicht dick, und dieser Koloß hatte Kindergesten, scheu und zurückhaltend. Er sprach mit ganz sanfter, ein wenig kraftloser Stimme, als hätte sich die zu dicke Zunge nur mühsam bewegt. Manchmal zögerte er bei der Suche nach dem exakten französischen Wort, um seinen Gedanken auszudrücken, aber immer traf er es überraschend genau, und dieses leichte Zaudern gab seiner Rede einen besonderen Charme.«

So war Turgenjew, genau wie ihn Guy de Maupassant beschrieb, und so lernten ihn vor etwas über hundert Jahren viele Europäer kennen. Fast ein halbes Leben lang war er in Europa zu Gast, und in seiner Kunst findet sich viel vom Schliff der westlichen Kultur, mit der er sich identifizierte. Sein riesiges Œuvre ist Ausdruck eines besonders schwierigen Lebens, das einen, wenn man es entdeckt, wie ein ungewöhnliches Erlebnis fasziniert.

Die Annäherung an Iwan Turgenjew offenbart einen Schriftsteller, der durch sein Geschick, die Winkel der menschlichen Seele zu analysieren, durch seine glaubhaften Erfindungen, seine problematische Psychologie und die verborgenen Aspekte seiner Werke ein Meister ist; von ihnen geht ein subtiler Hauch von innerem Schmerz, von Frustration und Melancholie aus, der die gängige Vorstellung von diesem Schriftsteller modifizieren könnte. Turgenjew, oft als der ausgewogenste Autor der russischen Literatur angesehen, als ein Vorbild an formalistischer Gelassenheit und Mäßigung, erscheint im Licht bestimmter biographischer Forschungen unter der quälenden Last unerbittlicher Erinnyen. Gewöhnlich stellt man ihn sich als berühmten Literaten vor, der rastlos umherreiste, immer auf der Suche nach einem Zuhause, das er einzig im Schoß eines befreundeten Ehepaars fand; die Gattin, Pauline Viardot-García, liebte er insgeheim vierzig Jahre lang – ein adliger, dieser berühmten spanischstämmigen Sängerin unterworfener Russe, fern der Heimat, über die er unablässig schreibt, liberaler Reformanhänger und zugleich Chronist der alten Strukturen seiner mittlerweile verfallenen Klasse... Eine Studie, die Gefühlsleben und literarisches Schaffen einander gegenüber- und Verbindungen zwischen ihnen herstellt, kann jedoch Aspekte einer konfliktgeladenen, unerwarteten Persönlichkeit aufzeigen, die sich der bequemen Einordnung entzog, da Turgenjew sie je nach Umständen hinter immer anderen Erscheinungsformen verbarg.

Der vorliegende Essay möchte diesen Charakteraspekt in der Persönlichkeit des russischen Schriftstellers ergründen, möchte eine Verbindung zwischen nicht genügend systematisierten biographischen Fakten herstellen. Zu diesem Zweck werden hier Briefe und Fragmente aus Turgenjews reger Korrespondenz bezüglich einzelner Momente seines Lebens sowie Zitate aus seinen wichtigsten Romanen, Novellen und Erzählungen beigezogen. Trotz der Veränderungen, die der literarische Ausdruck in den letzten hundert Jahren durchgemacht hat, erfreuen sie sich noch immer allgemeiner Wertschätzung. Man könnte meinen, heute, da die Literatur vom Erzählen linearer Geschichten abrückt, lägen

Turgenjews Technik und seine Handlungen dem Zeitgeschmack sehr fern. Doch seine Werke werden häufig aufgelegt, und seine bekanntesten Titel – *Väter und Söhne*, *Frühlingsfluten*, *Rauch* – sind nach wie vor in vielen Katalogen aufgeführt. Sogar in Spanien, wo die slawischen Literaturen kaum ein Echo gefunden haben, werden seine Werke regelmäßig herausgegeben und sogar fürs Fernsehen adaptiert. Trotz der Mittelmäßigkeit der verfügbaren Übersetzungen fand diese Anerkennung bereits in der ersten Jahrhunderthälfte statt, wie Antonio Machado zeigt, der sich folgendermaßen über russische Literatur äußerte: »Übersetzt, und schlecht übersetzt, ist sie zu uns gekommen. Aber sagt mir, die ihr ein Werk von Turgenjew – *Ein Adelsnest* – oder von Tolstoi – *Auferstehung* – oder von Dostojewski – *Schuld und Sühne* – gelesen habt, ob ihr den Aufruhr habt vergessen können, den diese Lektüre in euren Seelen ausgelöst hat.«[1]

Noch größer ist das Interesse an Turgenjew in Ländern wie Großbritannien, Deutschland oder Frankreich, wo angesehene Turgenjew-Kenner laufend Arbeiten publizieren, die Einzelaspekte seiner Person oder seines Œuvres untersuchen, ganz abgesehen natürlich von seinem eigenen Land, wo es ungezählte Turgenjew-Spezialisten und -Ausgaben gegeben hat und wo die Verkäufe seiner Bücher in die Millionen gehen. Die Turgenjew-Forschung ist ausgedehnt und minutiös; mit größter Präzision ist die Geschichte seiner Freundschaften, seiner Reisen, Meinungen und Affekte rekonstruiert worden, desgleichen der Entstehungsprozeß seiner Werke, die Genealogie der mütterlichen und der väterlichen Familie. Man hat die Personen identifiziert, die seinen Figuren Modell gestanden haben, ja wir wissen sogar, welche Bücher er als Kind las. Seine enorme Korrespondenz und die Erinnerungen seiner Zeitgenossen haben es ermöglicht, die kleinsten Einzelheiten seines Lebens zu bestimmen.

In dessen Verlauf und in den vierzig Jahren seines literarischen Schaffens läßt sich verfolgen, wie er beharrlich daran arbeitete, seine Vergangenheit neu zu erschaffen beziehungsweise sie offenzulegen, wie sie war. Aus diesem Grund ist Turgenjew ein Pionier in der Gestaltung des literarischen Schaffens mit tiefen Sedimenten des eigenen Lebens, und selbst der unbedeutendere Teil seiner Werke ist durchwirkt von Tönungen dieser Herkunft, die als Spiegel seiner selbst auch ein Spiegel seiner Zeitgenossen waren. Vielleicht war ihm nie bewußt, daß er eine regelrechte Krankengeschichte seiner Epoche und ihrer Menschen verfaßte; in seinen Romanen, Novellen und Erzählungen schilderte er nicht nur alltägliche, allerdings hochinteressante Charaktere, sondern ebenso psychische Prozesse und zwanghafte Sequenzen, anhand deren ein in allen Epochen verbreiteter Geistestypus exemplifiziert wird.

Doch sein Œuvre beschränkt sich nicht auf diese Erforschung des Gefühlsbereichs; genauso beachtete Turgenjew den Hintergrund von Sitten und Gebräuchen, im Rahmen des gemeinsamen Bemühens aller russischen Autoren – von Puschkin bis Tschechow –, Licht ins Dunkel ihrer Zeit zu bringen. Turgenjew war Zeuge des langsamen Niedergangs des russischen Adels, dem er selbst aus triftigen Gründen entfremdet war. Eine Entfremdung, die es ihm erlaubte, die Wesenszüge der Russen des letzten Jahrhunderts zu erfassen, sie in seine Literatur einzubringen und so eine lange Geschichte zu schreiben, die mithilft, die Ursprünge des gegenwärtigen Rußland kennenzulernen.

1. Die Ursprünge

In einem großen, komfortablen, ganz aus Holz gebauten Haus an einer eleganten Straße im alten Moskau endet das Leben der Warwara Petrowna Lutowinowa. In Griffnähe, auf einem Regal beim Bett, liegt eine Kassette in Buchform mit einem französischen Etikett, *Feuilles volantes*, in der sie einige Blätter verwahrt, auf denen sie täglich mit Bleistift Aufzeichnungen macht. Auf einem hat sie geschrieben: »Meine Mutter, meine Kinder, verzeiht mir. Und du, Herr, verzeih mir ebenfalls, denn immer ist der Stolz, diese Todsünde, meine Sünde gewesen.« Das sind die letzten Worte eines Menschen, der nie um Verzeihung gebeten hat und fürchtet, daß ihm nicht verziehen wird. Sie weigert sich, ein Testament zugunsten ihrer Söhne zu errichten, duldet sie nicht um sich, und als sich der Tod nähert, sorgen für sie nur eine junge Frau, vermutlich ihre uneheliche Tochter, Bibi, und das Gesinde. In den letzten Tagen nimmt sie nur noch Trauben und Fruchteis zu sich; sie spricht sehr leise und erteilt keine herrischen Befehle mehr. Einige Stunden vor ihrem Tod hat sie ihren Sohn Nikolai benachrichtigen lassen; er eilt zu ihr, um sie murmeln zu hören: »Wanja, Wanja« (Diminutiv von Iwan), doch der andere, der Lieblingssohn, Iwan, befindet sich in St. Petersburg, und sie wird ihn nicht mehr sehen, obwohl man dringend nach ihm schickt. Bei seiner Ankunft ist die Mutter schon beerdigt, und er findet nur noch die Spuren eines ausgelebten Lebens. Vier oder fünf Tage später schreibt er seiner Freundin Pauline Viardot: »Ihre letzten Tage sind sehr traurig gewesen. – Behüte Gott uns alle vor einem solchen Tod. Sie suchte nur, sich zu betäuben; am Abend vor ihrem Tod, als das Röcheln der Agonie schon begann, spielte auf ihren Befehl im Nebenzimmer ein Orchester Polkas.« Und einige Zeilen weiter gesteht er: »...daß meine Mutter in ihren letzten Augenblikken – ich schäme mich, es zu sagen – nur daran dachte, uns, meinen Bruder und mich, zu ruinieren, und daß der letzte Brief, den sie an ihren Verwalter geschrieben hat, einen präzisen und förmlichen Befehl enthielt, alles zu einem Schleuderpreis zu verkaufen, nötigenfalls überall Feuer zu legen, damit nichts... Doch man muß vergessen...«

Iwan nahm sich vor, nicht weiter an die Mutter zu denken, aber umsonst: Nicht einmal mehr der Tod sollte diese Frauengestalt aus seinem Bewußtsein tilgen, die ihn mit strengem Blick anschaut wie die Hexe aus dem Volksmärchen, welche aus tiefem Wald ihre Macht auf einen jungen Helden erstreckt. Ihr verdankt er nicht nur das Leben, sondern auch das unruhige Gefühl, jahrelang unablässig von ihrer unsichtbaren, bedrohlichen Gegenwart begleitet zu werden. Von dieser Mutter hat er die Art, wie er später zur Welt und zu anderen Frauen in Beziehung tritt; sie bestimmt zum großen Teil, was er von Kindheit an war, als Mann und als Schriftsteller, auch wenn man nur schwer akzeptieren kann, daß das so reiche Leben eines großen literarischen Schöpfers von den Zwängen beherrscht werden kann, die ein anderes Wesen in die weiche Materie des kindlichen Bewußtseins eingeprägt hat.

Der das leere Zimmer betritt, in dem seine Mutter gestorben ist, ist nicht ein Mann von zweiunddreißig Jahren, ein bekannter Schriftsteller, sondern ein Junge in samtenem Gehrock und schwarzen Strümpfen, dessen Lippen den Salzgeschmack der Tränen kosten, die eine erneute Züchtigung oder das Miterleben einer unmenschlichen Szene ausgelöst hat. Das große Familienhaus ist eine feindliche Welt, wo die Vorstellungen elementarer Gefühle verschüttet und zerrüttet sind. Da herrscht die unerbittliche Regel, daß man sich der Autorität einer tyrannischen Mutter zu unterwerfen hat, die die diktatorischen Formen verkörpert, welche Rußlands ganzes Leben bestimmten. Wie andere Schriftsteller erlebte auch Turgenjew die Kindheit als fortgesetztes, ihm unverständliches, willkürliches und damit um so schmerzhafteres Leiden. Man weiß, daß Warwara Petrowna ihre Kinder fast täglich prügeln ließ, aus einem x-beliebigen Grund; manchmal tat sie es auch eigenhändig, wenn es ihr durch eine leichte Anschuldigung des Hauslehrers oder irgendeinen Streich gerechtfertigt schien. Die Dienerschaft und die Kinder waren ihre bevorzugten Opfer, und immer suchte sie einen Vorwand für Züchtigungen, die manchmal in vermutlich gespielten Nervenanfällen ihrerseits gipfelten. Einmal wurde Iwan Tag für Tag geprügelt, ohne daß er den Grund dafür verstehen konnte. Er war fest entschlossen auszureißen und stand um Mitternacht auf, aber sein Erzieher konnte es verhindern und setzte sich bei den Eltern dafür ein, daß die ungerechte Bestrafung aufhörte.

Ein solches Kindheitserlebnis kann zwei verschiedene Reaktionen hervorrufen: es im reifen Alter wiederholen zu wollen und andern dieselbe Behandlung angedeihen zu lassen, unter der man so schmerzlich gelitten hat, oder aber sich gegen dieses Verhalten aufzulehnen und sich mit denen zu identifizieren, die ungerecht gezüchtigt werden und moralische Verletzungen erleiden. So wuchs in Iwan Turgenjew eine Abneigung gegen jeglichen Despotismus, und als Schriftsteller charakterisierte ihn das Mitleid, das ihm menschliches Leiden einflößte, und die in seinen Werken latente mitfühlende Sympathie für die ›Erniedrigten und Beleidigten‹ und damit für diejenigen, die die Tyrannei am wehrlosesten zu erdulden hatten, die Leibeigenen, bei denen er vornehme Eigenschaften und Nuancen entdeckte, als wären sie durch eben die erlittenen Ungerechtigkeiten geläutert worden. Noch als reifer Mann erinnerte er sich in einem Brief an einen Freund schmerzvoll daran, wie streng er als Kind behandelt worden war. Aber Warwara Petrowna ließ das so nicht gelten, und in einem Brief an Iwan schreibt sie: »Als Ihr Kinder wart, schlug ich Euch zwar, aber unterdrücken tat ich Euch nicht. Ihr tratet lärmend, furchtlos ins Zimmer.« Wahrscheinlich wußte sie hinter der unbezähmbaren Spontaneität eines Kindes das Mißtrauen und die Angst nicht zu erkennen. Doch in dem schrecklichen Leben, das den Sohn schaudern läßt, als er ihre Aufzeichnungen liest, gab es Mißtrauen und Angst, eine unauflösliche Mischung aus unvermeidlichen Faktoren und willentlichen Fehlern, vielleicht eine Folge der dunklen Tendenz, sich selbst zu verletzen und eine von ihren Vorfahren stammende Kette von Nötigungen und Grausamkeiten fortzuführen. Bei ihr endete die beeindruckende Folge mehrerer Generationen von Adligen mit degenerativen Belastungen, wie sie in den Familien ländlicher Gutsbesitzer üblich waren, die, in ihren Häusern in den russischen Weiten isoliert, einzig zu einigen Nachbarn und den Siedlungen der Leibeigenen Kontakt hatten, in der erniedrigenden Überlegenheit über diese. Die Krankheiten, der Alkoholismus, die Härte des langen Winters, die Untätigkeit überschatteten die Vorteile, Gebieter und Herr über ein großes Vermögen zu sein, für das es nicht immer eine Verwendung gab.

Warwaras Vater, Pjotr Lutowinow, war ein ausschweifender, jähzorniger Adliger, der einmal Strafmaßnahmen gegen die Bauern ergriff und dabei fünfzehn von ihnen tötete. Nach seinem Tod gingen seine ganzen Güter auf den Bruder Iwan über, der in seinem Dorf, Spasskoje, eine Kirche und ein großes, von einem wunderschönen Park umgebenes Haus bauen ließ, das Jahre später an Turgenjew überging.

Von Warwaras Mutter, Jekaterina Iwanowna, wurde erzählt, sie habe als schon fast Invalide mit einem Stock einen kleinen Diener verprügelt, der sie betreute, und ihn, als sie ihn bewußtlos habe stürzen sehen, mit einem Kissen erstickt. Für ihre einzige Tochter verspürte sie keine Zuneigung, und als sie zum zweiten Mal heiratete, gab sie ihr einige Stiefschwestern, die sie quälten, und einen Stiefvater, der sie im Rausch mißhandelte und seine Gefühle mit ihrem sechzehnten Geburtstag so diametral änderte, daß er sie anscheinend zu vergewaltigen versuchte. Sie sah sich gezwungen, von zu Hause zu fliehen; von ihrer ehemaligen Amme begleitet, ging sie kilometerweit zu Fuß durch den Schnee, um im Haus ihres Onkels Iwan Zuflucht zu suchen, eines alten, geizigen Junggesellen, der sie jedoch bei sich aufnahm. Er kümmerte sich um ihre Erziehung und verschaffte ihr die damals für ein junges Mädchen möglichen Vergnügungen, obwohl Warwara nichts lieber tat als reiten und schießen. Mit diesem Onkel lebte sie in einem dubiosen Verhältnis zusammen, bis sie sich mit fast dreißig von ihm trennte. Aber als er starb, machte der Greis sie zur Alleinerbin seiner Habe. Unversehens sah sie sich als reiche Eigentümerin von fünftausend ›Seelen‹[2] und des großen Besitzes von Spasskoje, zehn Werst von der Stadt Mzensk und fünfzig von der Provinzhauptstadt Orjol entfernt.

Aber der Samen des Despotismus, den ihr von Kind an niemand beschnitten hatte, ging reichlich auf, und dem Beispiel ihres Milieus folgend, begann sie ihren Besitz mit eiserner Hand zu regieren.

Sie war kleingewachsen, leicht bucklig, pockengezeichnet; ihre Haut hatte nicht die Weiße, die im vergangenen Jahrhundert ein Zeichen von Vornehmheit war, und sie wußte sehr wohl, daß es ihr an körperlichen Reizen fehlte.

Alle erhaltenen Zeugnisse beschreiben Warwara als cholerisch und unbarmherzig, wenn auch nicht unintelligent. »Ihr herrschsüchtiger, dominierender Charakter machte nicht bei ihrer Familie und den Leibeigenen halt, sondern traf alle, die sie umgaben und eine Beziehung zu ihr hatten; sie offenbarte eine sehr seltene, oft unbegreifliche moralische Kraft, die Fremde zwang, ihr Respekt zu zollen. Ein Blick von ihr genügte, um ein Gespräch abzubrechen, das sie nicht hören wollte. Niemand wagte vor ihr eine Meinung zu äußern, die sie nicht geteilt hätte.« So urteilte Bibi, die Jahre später einige für die Turgenjew-Biographen sehr wertvolle *Erinnerungen* verfaßte.

Nach der Heirat änderte Warwara ihre Autorität im Haus in keiner Weise, was um so ungewöhnlicher war, als die Sitten im alten Rußland die Gattin zu einer demütigen Nebenrolle verurteilten, sowohl in der Gesellschaft als auch im Schoß der Familie. Dank ihres Charakters überwand sie diese traditionsbestimmten Beschränkungen und wurde das einzigartige Vorbild einer *barinja*[3], einer Feudalherrin in der ehemaligen russischen Provinz. Ihre Befehle gehorchten einzig der Logik, den großen Besitz in Spasskoje einer pedantischen Organisation zu unterwerfen. Da gab es ein Theater und eine Kapelle, vierzig Zimmer und zahlreiche

Nebengebäude, in denen die Bediensteten untergebracht waren. Alle – Lakaien, Kammermädchen, Haushofmeister, Köche, Näherinnen, Arzt, Briefbote – hatten durch eine strenge Disziplin klar bestimmte Aufgaben; es gab sogar ein Leibeigenenorchester. Von Spinden und Kleiderschränken wurden Inventare erstellt, jedes einzelne Wäschestück wurde kontrolliert und das Datum seines Erwerbs vermerkt, und im Alltag waltete eine Strenge, die an die Extreme gemahnt, zu denen gelangen kann, wer aus der Ordnung genüßlich für die anderen ein Joch macht.

In Turgenjews großem Schaffen scheinen oft Anspielungen auf Episoden in diesem Haus und auf die Gestalt seiner Mutter auf – oder einer Mutter mit Charakterzügen, in denen man, mehr oder weniger stilisiert, diejenigen Warwaras erkennt: »Meine Mutter war eine Dame mit Charakter – eine sehr tugendhafte Dame. Allerdings kenne ich keine Frau, der die Tugend weniger Vergnügen bereitet hätte. Sie ging zugrunde unter der Last ihrer Vorzüge und quälte alle, nicht zuletzt sich selber. Im Laufe ihrer fünfzig Lebensjahre ruhte sie sich nicht ein einziges Mal aus, legte sie nicht einmal die Hände in den Schoß.«[4]

Turgenjew befreite sich nie von diesen Erinnerungen, auch wenn er sie in der Literatur zu neutralisieren und mit der distanzierenden Maske der Erfindung zu bemänteln suchte. Dauernd wird die mütterliche Psychologie weiblichen Personen übergestülpt, die wenn nicht Mütter, so doch Großmütter oder Tanten sind, deren Vorbild aber deutlich erkennbar bleibt. In *Ein Adelsnest*, einem mit fast neununddreißig Jahren geschriebenen, stark autobiographisch gefärbten Roman, wird eine autoritäre Frau porträtiert – die Tante des Protagonisten –, die zweifelsfrei zu identifizieren ist: »...hatte Glarifa es verstanden, allmählich das ganze Hauswesen in die Hand zu bekommen. Alle, beim Vater angefangen, unterwarfen sich ihr. Ohne ihre Erlaubnis durfte kein Stück Zucker herausgegeben werden. Sie wäre lieber gestorben, als daß sie ihre Macht mit einer anderen Hausfrau geteilt hätte. (...) Fedja fürchtete sich vor ihr; er fürchtete sich vor ihren hellen, scharfen Augen und ihrer schrillen Stimme – er wagte in ihrer Gegenwart nicht zu mucksen; er brauchte sich nur auf seinem Stuhl zu rühren, so zischte sie schon: ›Wohin? Sitz still!‹«

Eine weitere Umsetzung der Mutter erscheint in *Mumu*. In dieser Erzählung rettet ein taubstummer Leibeigener ein Hündchen vor dem Ertrinken, das von diesem Moment an sein einziger Freund wird. Aber das Bellen ist der Herrin lästig, und sie befiehlt, daß der Hund zu verschwinden hat. Der Leibeigene, Pförtner des Hauses, nimmt ihn in eine Taverne mit, gibt ihm reichlich zu fressen und läßt ihn dann mit Tränen in den Augen in ein Boot springen, rudert mit ihm in die Flußmitte und ersäuft ihn, im selben Gewässer, aus dem er ihn errettet hat. Resigniert gehorcht er seiner Gebieterin, die niemand anders als Warwara ist; nicht umsonst hatte diese einmal einen Hund töten lassen, weil er die Hühner aufscheuchte. Diesen Pförtner gab es, er hieß Gerassim und brachte seiner Herrin bedingungslosen Gehorsam entgegen.

In der langen Erzählung *Punin und Baburin* ist es eine despotische Großmutter, die wie Warwara ihre strenge Herrschaft ausübt. Weil er sie zu grüßen vergessen hat, bestraft sie einen Leibeigenen mit Verbannung: »Der unglückliche junge Mensch sollte zur Zwangsansiedlung auf die Reise geschickt werden; hinter dem Zaun, nur wenige

Schritte von ihm entfernt, war ein Panjewagen zu sehen, der mit seiner armseligen Habe beladen war. Solche Zeiten waren damals! Barfuß und ohne Mütze stand Jermil mit gesenktem Kopf da, die mit einem Strick zusammengebundenen Stiefel über die Schulter geworfen. Sein dem Herrenhaus zugekehrtes Gesicht drückte weder Verzweiflung noch Kummer oder auch nur Verwunderung aus; ein stupides Lächeln lag die ganze Zeit um seine blassen Lippen, und die ausdruckslosen, zusammengekniffenen Augen blickten beharrlich zu Boden. Er wurde Großmutter gemeldet. Sie erhob sich vom Sofa, trat mit raschelndem Seidenkleid ans Fenster ihres Kabinetts, führte ihre goldene Lorgnette an die Augen und sah sich den frisch Verbannten an.« Jahre später zeigte Turgenjew seinen Freunden das Fenster, durch das die Mutter eine ähnliche Szene betrachtet hatte.

Warwara war sechsunddreißig, als sie den sechs Jahre jüngeren Sergej Nikolajewitsch Turgenjew heiratete, einen schmucken Regimentsoffizier und Eigner eines Gutes namens Turgenjewo mit einem Hundert ›Seelen‹, ein Besitz, der keinen Vergleich mit dem Riesenvermögen seiner Frau aushielt. Bei der Heirat zog er sich mit dem Grad eines Obersts vom Dienst zurück und führte von da an das Leben eines vermögenden Gutsbesitzers auf dem Gut seiner Frau, wo er Abenteuer mit den Kammermädchen aus dem Gesinde hatte und zu allen häuslichen Angelegenheiten eine elegante Distanz hielt. Sergej Nikolajewitsch hatte als ersten Vorfahren einen Tatarenprinzen, der im 15. Jahrhundert, konvertiert und getauft, die Familie Turgenjew gründete, aus der Staatsmänner, Künstler und Schriftsteller hervorgingen. Aber Sergej Nikolajewitsch war nur ein gebildeter, blendend aussehender Miltär.

Als sein Sohn Iwan zweiundvierzig war und eine literarische Reife erreicht hatte, dank der er Aspekte seiner Kindheit in bezug auf die Eltern objektiv betrachten konnte, verfaßte er eine autobiographische Novelle mit dem Titel *Erste Liebe.* Darin wird eine adlige Familie beschrieben; der heranwachsende Sohn verliebt sich in eine bezaubernde Nachbarin, entdeckt aber sehr rasch, daß sie die Geliebte seines Vaters ist.

Unter Turgenjews Arbeitsheften hat man dasjenige gefunden, in dem er das Werk entwarf und skizzierte; ins Personenverzeichnis hatte er geschrieben: *Ich, mein Vater, meine Mutter.* Aber vielleicht weil er bereute, so explizit zu sein, strich er das Wort *Vater* und ersetzte es durch *Onkel*, um dieses Wort danach erneut zu streichen und endgültig *Vater* stehenzulassen... In der Einleitung zur Novelle erscheint sogar eine Figur, die dessen Namen trägt, Sergej Nikolajewitsch. Es steht fest, daß es sich um eine Erinnerung an seine Jugend handelt: die emotionalen Spannungen in der Seele des jungen Burschen, die schwierige Beziehung zu einem mürrischen Vater und zu der ewig unzufriedenen Mutter – beide erscheinen in der Novelle so, wie sie in Wirklichkeit gewesen sein müssen.

»Mein Vater – ein junger und sehr gut aussehender Mann – hatte sie aus Berechnung geheiratet. Sie war zehn Jahre älter als er und führte nun ein trauriges Leben, regte sich ständig auf, war eifersüchtig und ärgerte sich, aber nie in Gegenwart des Vaters; sie fürchtete ihn sehr, er dagegen benahm sich streng, kalt und abweisend...«

Ein Moskauer Turgenjew-Forscher, Nikolai Tschernow, stellte Nachforschungen an, um den realen Hintergrund dieser Dichtung zu klären und herauszufinden, wer das junge Mädchen gewesen war, in das sich Vater und Sohn verliebt hatten. Nach langem Suchen brachte er in Erfahrung, daß sie Jekaterina Schajowskaja hieß, tatsächlich Prinzessin war, wenn auch aus ruinierter Familie, neunzehn Jahre zählte und Gedichte von einer gewissen Qualität schrieb. Sie war eine Nachbarin der Turgenjews. 1827 zog die Familie nach Moskau, und im Sommer 1833 mietete sie ein Haus in der Umgebung, gegenüber dem Njeskutschni-Park (dem heutigen Gorki-Park), und dort lernte Iwan das Mädchen kennen. Er muß sich so ungestüm verliebt haben, wie es in der Jugend zu geschehen pflegt – er war gerade fünfzehn. Er behielt sie in Erinnerung, denn *Erste Liebe* schrieb er viele Jahre später, und wie er einem Freund gegenüber erklärte, las er die Novelle mit Vergnügen wieder: »Vielleicht ist sie mein Lieblingswerk. Im übrigen wird in *Erste Liebe* – wenn auch ein wenig erfunden – ein wahrhaftiges Ereignis ohne die geringste Ausschmückung beschrieben, und wenn ich das Buch wiederlese, erstehen die Personen vor mir, als wären sie lebendig.«

Aber offenbar dauerte Jekaterinas Beziehung zu Turgenjews Vater nicht lange; er starb 1834, und ein Jahr später heiratete sie und zog nach St. Petersburg. Sie starb bald darauf, 1836, und auf ihrem Grabstein auf dem Friedhof Wolkow, in der Nähe der Stelle, wo auch Turgenjew beerdigt werden sollte, steht eine seltsame Inschrift, von der man nicht weiß, was sie bedeutet und wem sie zuzuschreiben ist: »Meine Freundin, wie schrecklich und wie süß ist es zu lieben. Die Welt ist schön wie das Antlitz der Vollkommenheit!«

Dieses Abenteuer, das in der Seele des jungen Turgenjew natürlich seine Spuren hinterließ, bestätigt sechs Jahre später mit einigen Sätzen auch ein Brief Warwaras an Iwan, in dem man trotz etwelcher Streichungen lesen kann: »Die Prinzessin Sch... Verflucht sei die Erinnerung an sie!... Sprecht niemals vor mir ihren verfluchten Namen aus.«

In diesem Familienmilieu wurden der künftige Schriftsteller und seine Brüder geboren. 1814 kaufte Warwara ein Haus in der Stadt Orjol, wo 1816 der erste Sohn des Ehepaars, Nikolai, und am Mittag des 28. Oktober 1818 Iwan zur Welt kam. Dieses Datum des damals in Rußland gebräuchlichen alten Julianischen Kalenders entspricht dem 9. November heutiger Zeitrechnung.

Es gab noch einen dritten Bruder; er starb aber mit achtzehn Jahren, und Turgenjew erwähnt ihn in seinen Werken oder seiner ausgedehnten Korrespondenz nie. Anscheinend war er gelähmt. Die drei wuchsen in Spasskoje auf, betreut von französischen und deutschen Privatlehrern, die im allgemeinen für eine solche Aufgabe nicht besonders geeignet waren, aber den russischen Lehrern vorgezogen wurden. Letztere waren meistens Seminaristen oder arme Studenten, die ihr Studium nicht weiterführen konnten; sie wurden wie Leibeigene behandelt und gnadenlos geschlagen. Iwan erzählte, eines Tages sei ein Lehrer auf seinen Bruder Nikolai böse geworden und habe ihn an den Haaren gezerrt; sein Vater, der die Szene mitbekam, habe den Lehrer am Kragen gepackt und die Treppe hinuntergeworfen.

Aber nachdem die Kinder des Adels der Obhut von Ammen und Hauslehrern überlassen wurden, suchten sie bei ihnen natürlich Ersatz für ihren Mangel an Zuneigung. Viele Leibeigene brachten Kindern Russisch bei, die nur Französisch gelernt hatten, die Sprache, in der sie sich mit ihren Eltern verständigten. Das Kindermädchen des romantischen Dichters Alexander Puschkin weckte seine literarische Neigung mit den Geschichten, die sie ihm erzählte. Turgenjew hatte einen ähnlichen Lehrer, einen Leibeigenen, der ihm Russisch in Wort und Schrift beibrachte, worauf er Gefallen daran fand, die Bücher zu lesen, die er in der Bibliothek von Spasskoje entdeckte.

Turgenjew muß ein wortkarger Junge gewesen sein, ein Junge, den der Widerspruch zwischen der Mutterrolle zu Hause und dem Mutterarchetypus der Gesellschaft, in der sie lebten, ratlos machte. Warwaras Despotismus, ihr gleichsam männliches Gebaren einer absoluten Herrscherin und die passive Gleichgültigkeit des Vaters dürften hart aufeinandergeprallt sein. Man wird akzeptieren müssen, daß das Bild der Mutter in kulturellen Vorstellungen gründet, die der Frau die Aufgabe der Mutterschaft, das Stillen, die Ordnung in der Familie zuweisen oder zuwiesen. Da die Frau nach traditioneller Sitte von gesellschaftlichen Aktivitäten ausgeschlossen war, fielen diese dem Vater zu, dem Repräsentanten von Autorität und Härte, welches theoretisch seine Eigenschaften waren; gibt es jedoch zwischen diesem herkömmlichen Ideal und den Folgerungen aus eigener Erfahrung einen Bruch, so wird die Seele des Kindes zweifellos von einer Inkongruenz der Bilder erschüttert. Die Folgen solchen – verschwommenen und oft unbewußten – kindlichen Leidens halten über die Jahre an und manifestieren sich im Charakter, und mit der Zeit kann vielleicht ein Glied der dritten Generation bei sich die Spur dieser Verwirrung entdecken, deren Verantwortung so schwer jemandem anzulasten ist.

»Ich bin freudlos und in unschönen Verhältnissen aufgewachsen. Meine Eltern liebten mich beide; aber das machte meine Lage nicht leichter«, sagt der Ich-Erzähler der 1849, einige Monate vor Warwara Petrownas Tod, entstandenen Novelle *Tagebuch eines überflüssigen Menschen.* Die spezifischen Kindheitskonflikte verbanden sich mit der strengen Erziehung einer Zeit, die sich noch nicht von alten Zöpfen befreit hatte, wie sie in einem russischen Lehrbuch über die Organisation der adligen Familie mit dem Titel *Domostroi* gepredigt werden. Mitte des 16. Jahrhunderts von einem Mönch verfaßt, empfiehlt es, zu Hause die Strenge der Mönchsorden einzuführen, und sagt hinsichtlich der Behandlung von Kindern folgendes:

»Kinder muß man prügeln. Wer sie so erzieht, wird ein friedliches Alter haben. Werde nicht müde, dein Kind zu hauen. Schlägst du es mit einem Stock, wird es daran nicht sterben, sondern nur um so gesünder sein. Denn wenn du seinen Körper schlägst, errettest du seine Seele vor dem Verderbnis. Wenn du dein Kind liebst, dann gib ihm Hiebe; später wirst du dich darüber freuen. Lache nicht mit ihm, spiele nicht mit ihm, denn wenn du im Kleinen Schwäche zeigst, wirst du im Großen leiden...«

Iwan neigte dazu, einem so wenig erquicklichen Familienkreis zu entfliehen, und das bestimmte vermutlich im Erwachsenenalter seinen Hang, dauernd zu reisen, ohne je in Rußland seßhaft zu werden. Als Kind suchte er Zuflucht in der Natur oder in seinem Garten, wo er seine Unsicherheit oder Melancholie auf die Verschiedenartigkeit der Naturelemente projizierte, die sein eigenes Innenleben widerspiegelten. In seinen Büchern spürt man immer die Interdependenz von Landschaft und menschlichem Bewußtsein, die Gemütsverfassung findet ihr Echo in schlichten atmosphärischen Bedingungen oder Visionen des Landes. Aus diesem Grund besitzen die Landschaftsbeschreibungen in all seinen Werken Wahrhaftigkeit und einen Nimbus von sanfter Trauer und Ruhe. Es ist die lyrische Schönheit der Felder in der Provinz Orjol, wo er geboren wurde, Heimat auch anderer wichtiger Schriftsteller: Nikolai Leskow, Leonid Andrejew, Iwan Bunin. Es war eine fruchtbare, reiche Gegend, wo Weizen gedieh und kräftige Pferde gezüchtet wurden. Von Kind an gewöhnte sich Iwan an lange Wanderungen, wie sie Jägern eigen sind, und nahm deren Gepflogenheiten an. Sie waren Besitzer intelligenter Hunde, von denen Heldentaten kursieren. Immer bewahrte er sich eine detaillierte Kenntnis des Landlebens. Diese Region war Zentralrußland, im Süden von Tula und Moskau; es war nicht die Steppe der südlichen Landstriche, sondern ein leicht hügeliges Gelände mit Senkungen und Wasserläufen, mit zwischen Grasweiden verstreuten Wäldern. Die Brüder de Goncourt erwähnen in ihrem *Journal*, was ihnen Turgenjew als alter Mann über die »*köstlichen* Stunden seiner Jugend« erzählte, »Stunden, wo er im Gras liegend den Geräuschen der Erde lauschte, Stunden, die er auf der Lauer lag, in träumerischer, unwiederbringlicher Beobachtung der Natur[5]«.

Einsamkeit verführt zu Introspektion und Selbstanalyse; das erzählt er in *Erste Liebe:* »...ich flüchtete in das äußerste Ende des Gartens, kletterte auf die Ruine der großen steinernen Orangerie, saß stundenlang mit herunterhängenden Beinen auf der Mauer an der Straße und starrte in die Ferne, ohne etwas zu sehen. (...) Ich saß da, schaute und lauschte, von einem namenlosen Gefühl erfüllt, das alles umfaßte: Trauer, Freude, Vorahnung des Kommenden, Sehnsucht und Angst vor dem Leben. Aber ich begriff diese Gefühle, die in mir gärten, damals noch nicht und hätte sie gar nicht (...) benennen können.«

Es werden Jahre vergehen, und in der zwar unsichtbaren, aber gefühlvollen Kommunikation mit seinen Lesern wird das Bild eines nachdenklichen Jungen fortdauern als ein in frühen, wenn auch mit Erwachsenenerfahrungen angereicherten Phasen stehengebliebenes Wesen, selbst unerfahren, ohne praktisches Geschick, wie jeder, der sich in seine Gedanken versenkt, linkisch in einer Gesellschaft, die nach Schlauheit ruft. Seine Figuren, Abbilder weit zurückliegender Gemütssituationen, bewegen sich auf Frustration und Enttäuschung zu, ohne je zu einer Versöhnung mit der Ursache ihrer Unruhe zu kommen.

2. Jugendtage

Die Familie des künftigen Schriftstellers zog nach Moskau, um die Söhne auf eine Bildungsanstalt zu schikken, zunächst ins Pensionat eines Deutschen, danach in ein Privatinstitut auf Sekundarstufe, wo junge Adlige studierten. Die Studienpläne waren ganz auf Theorie, auf große Gedächtnisleistungen und geringe ethische Bildung ausgerichtet; strenge Stundenpläne und eine fast militärische Disziplin für Jugendliche, die in Kadettenuniform sechs Jahre Gymnasium absolvierten.

In dieser Zeit mieteten die Eltern ein Haus im Außenbezirk von Moskau, wo sich die viele Jahre später in *Erste Liebe* erzählte Episode zutrug. 1833 wurde Turgenjew an die Universität zugelassen, um Philologie zu studieren.

Moskau war eine dichtbevölkerte, alte Stadt, ein Ort, an dem zahlreiche Kulturen aufeinandertrafen. Konstantin Nikolajewitsch Batjuschkow, ein russischer Autor jener Jahre, beschreibt sie so: »Eine merkwürdige Mischung aus alter und moderner Architektur, aus Elend und Reichtum, aus europäischen Sitten und östlichen Gebräuchen und Sitten. Eine verblüffende, unverständliche Verschmelzung von Frivolität, Hochmut und echter Herrlichkeit und Pracht, von Ignoranz und Bildung, von Weltläufigkeit und Barbarei.«

Die um eine Festung – *kreml* – herum errichtete Stadt wurde größtenteils von einstöckigen Holzhäusern, unregelmäßigen Straßen und unzähligen Kirchen und Klöstern gebildet, deren goldene und blaue Kuppeln in der Sonne glitzerten und die Reisenden, die sie von den *Worobjewy Gory* (›Sperlingsbergen‹) aus betrachteten, in Erstaunen versetzten. Von da aus schaute Napoleon auf die Stadt hinunter, die damals, zu Beginn des 19. Jahrhunderts, 295 Kirchen und 500 Paläste besaß. Vor den Augen der französischen Armee stand sie in einem numantinischen Opfer in Flammen und wurde zu zwei Dritteln zerstört. Aber als die Familie Turgenjew eintraf, war sie größtenteils schon wiederaufgebaut.

Turgenjew verspürte immer Heimweh nach diesem Moskau. Er erinnerte sich an die bequemen, warmen Wohnhäuser, die sie in der Schabolowska- und in der Ostoschenkastraße hatten. Und diese gefühlsmäßige Abhängigkeit erstreckte sich auf das ganze unermeßliche Vaterland, das durch seine geographische Ausdehnung und die Verschiedenartigkeit seiner Menschen sämtliche denkbaren Widersprüche umfaßte. In seinen Erfahrungen als junger Mensch spiegeln sich der Absolutismus der zaristischen Monarchie, die Klassengegensätze – von den Fürsten und Adligen bis zu den Leibeigenen –, die immensen, unbewohnten Distanzen, die Extreme der Jahreszeiten ebenso wie die Extreme der Charaktere. Obwohl viele ausländische Fachleute direkt von den Zaren berufen wurden, um bei der Entwicklung Rußlands mitzuhelfen, nahm dieses weiterhin die Einflüsse des Ostens auf. Nach dem Krieg gegen Napoleon interessierten sich die russischen Offiziere, die bei der Verfolgung der besiegten Armee in Paris einmarschierten, für die liberalen Ideen und machten sie in den Zirkeln von St. Petersburg bekannt. Sie weckten das Verlangen, dieses veraltete Regime zu reformieren, und ebneten den Weg für eine Verschwörung, um am 14. Dezember 1825 Nikolaus I. zu entthronen, aber der Aufstand wurde niedergeschlagen. 125 Angeklagten – den sogenannten *Dekabristen*, alles Adlige und hochrangige Militärs – wurde der Prozeß gemacht; fünf der Hauptdrahtzieher starben am Galgen, der Rest wurde deportiert. Der gescheiterte Versuch, das Land zu reformieren, wirkte noch jahrelang demoralisierend und machte die Hoffnung auf eine mögliche Demokratie zunichte. Nikolaus I. führte die absolutistische Tradition der Romanow-Dynastie weiter und behielt das Land unter einer Polizei- und Zensurknute, die den Vormarsch der politischen Opposition jedoch nicht aufhalten konnte. Die Zensur kontrollierte die gesamte Presse, beschränkte die Einfuhr ausländischer Bücher und verbot sogar die als gefährlich erachteten Feuilletons der französischen Zeitungen, aber all diese Schikanen verstärkten die Neugier noch, und viele Werke waren als Manuskripte im Umlauf. In der Bildungsschicht entwickelte sich eine regelrechte Leseleidenschaft, und jedes französische oder deutsche Feuilleton ging von Hand zu Hand und wurde in den zahlreichen literarischen Versammlungen kommentiert; das Erscheinen eines Buches wurde zum Ereignis, um so mehr, wenn es eine Neuerungsidee enthielt. Natürlich blieb die Kultur bis fast zur Jahrhundertmitte ein Privileg des Adels.

In dieser Gesellschaft und in solchem politischen Klima herangewachsen, wechselte Turgenjew schon mit siebzehn Jahren an die Universität St. Petersburg, um an der philologischen und historischen Fakultät weiterzustudieren. In der Hauptstadt traf er Verwandte seines Vaters, und von da an begann er an den literarischen Zirkeln teilzunehmen, aber in seinem rund dreijährigen Aufenthalt wurde er mit der großen nördlichen Metropole nicht warm. St. Petersburg war eine moderne Stadt, Sitz des Hofes, grenzenlos mit Reichtum prahlend. 1703 wurde sie auf Anordnung Peters des Großen gegründet, um im Baltikum über einen nach

Westen offenen Hafen zu verfügen. In wenig mehr als hundert Jahren entstanden Kathedralen, Kasernen, Paläste, Zeughäuser, Verwaltungsgebäude, riesenhafte Plätze und Alleen, die ein wenig fantastisch aussahen, nicht nur in den ›weißen‹ Sommernächten, wenn es nie völlig dunkel wird, sondern auch unter dem Schnee des langen Winters. Das fast arktische Klima, die häufigen Überschwemmungen, der Nebel machten sie zu einem ungesunden Ort. Turgenjew schloß sich nicht der Meinung an, daß es eine sehr schöne Stadt sei, und in einer seiner Novellen, *Erscheinungen*[6], beschreibt der Ich-Erähler, der von einer Frauengestalt mitgenommen und durch die Luft in verschiedene Länder und Epochen getragen wird, St. Petersburg beim Überfliegen wenig vorteilhaft:

»Ja, das ist es, wahrhaftig. Diese öden, breiten, grauen Gassen; diese weiß- und gelblich-grauen, graublauen, mit Kalk beworfenen und vom Kalk entblößten Häuser mit ihren zurücktretenden Fenstern, grellen Aushängeschildern, mit Wetterdächern aus Eisenblech über den Eingangstüren und erbärmlichen Gemüsebuden; diese Giebel, Aufschriften, Wächterhäuschen, Futterkästen; die goldene Kuppel der Isaakskathedrale; die überflüssige, bunte Börse...«

Doch für die intellektuelle Entwicklung eines jungen Schriftstellers, der an allem Europäischen interessiert war und zugleich leidenschaftlicher Beobachter seines Landes, war das Milieu vorteilhaft. In St. Petersburg war die Bildungsschicht kosmopolitischer, dem Westen näher als in Moskau. Von hier aus konnte man den Aufruhr, der Europa in seinen Bemühungen um gesellschaftliche und menschliche Verbesserungen erschütterte, und die Strömungen ästhetischer und wissenschaftlicher Ideen besser verfolgen.

Deshalb waren die Schöpfer der modernen russischen Literatur gebildete, an den Zarenhof gebundene Adlige gewesen, wie der Historiker Nikolai Karamsin, die Dichter Pjotr Andrejewitsch Wjasemski oder Wassili Schukowski, der Dramatiker Alexander Gribojedow, Autor der berühmten Komödie *Geist bringt Kummer*, und Alexander Puschkin selbst. Turgenjew anerkannte dessen Einfluß und übernahm von ihm das Vorbild des ›überflüssigen Menschen‹, des Dandys der oberen Zehntausend. Puschkin, der für die ganze spätere russische Literatur richtungweisend war, ist einer von Europas großen schöpferischen Geistern: Autor von lyrischen Gedichten, Theaterstücken, historischen Romanen, Erzählungen, des Versromans *Eugen Onegin*, aus dem Tschaikowsky eine Oper komponierte, und des Dramas *Boris Godunow*, ebenfalls vertont, und zwar von Modest Mussorgski, beide immer wieder aufgeführt oder im Konzert zu hören. Einige Monate vor seinem Tod hatte Puschkin die Zeitschrift *Sowremennik* (*Der Zeitgenosse*) gegründet, die zum Forum der Westler, der Verfechter der europäischen Ideen und des liberalen Regimes werden sollte. In dieser angesehenen, eng mit der Entwicklung des Realismus in Rußland verbundenen Zeitschrift sah Turgenjew seine ersten Gedichte erscheinen, zusammen mit den Namen von heute klassischen Autoren wie dem Dramatiker Alexander Ostrowski, dem Kritiker und Verleger des *Zeitgenossen*, Alexander Wassiljewitsch Druschinin, dem Romancier Iwan Gontscharow oder dem Verfasser von Bauernnovellen Dmitri Grigorowitsch.

In Zeiten der Unterdrückung und Zensur, wenn die Denkenden zum Schweigen gezwungen sind, kann die Poesie das Verbotene zum Ausdruck bringen, indem sie zu einer symbolischen Sprache greift. Die Russen dieser Epoche gebrauchten die Bezeichnung ›äsopisch‹, da sich in Äsops Fabeln bekanntlich ein politischer oder moralistischer Sinn verbarg.

So geschah es in Turgenjews Jugendjahren: In Rußland vermehrten sich die Dichter rapide; gegen 1834 begann auch er Gedichte zu schreiben, und ein Jahrzehnt lang war er nichts weiter als ein von Konventionen beeinflußter Dichter, in dem nach und nach das Bedürfnis des Argumentierens wuchs und zu dominieren begann, ein Prozeß, der ihn von der Spontaneität der Verse abbrachte. Man kann sagen, daß er seine Gedichte, nicht mehr als hundert, ganz vergaß, als er seine zweite Etappe erreichte; sie wurden erst 1891, nach seinem Tod, neu gedruckt. In seinen letzten Jahren kam er wieder auf die Poesie zurück und schrieb das, was er *Senilia* oder *Gedichte in Prosa* betitelte, da sie weder Reim noch Metrum besaßen, poetische Erinnerungen an flüchtige Momente seines Lebens.

Mit neunzehn Jahren gab er seinem Literaturprofessor, Pjotr Pletnjow, ein drei Jahre zuvor geschriebenes Drama in Versen mit dem Titel *Steno.* Es gefiel dem Professor nicht, aber später billigte er Gedichte von ihm, die im damals schon von Nikolai Nekrassow geleiteten *Zeitgenossen* erschienen. Diese Periode kann man als Turgenjews romantische betrachten, wo Byrons Einfluß deutlich wird. Die Romantik war in jenen Jahren bestimmend, und als Strömung ausländischer Vorbilder – vom *Werther* bis zu Walter Scotts Romanen – hatte sie in den Bildungsschichten ein regelmäßiges Publikum gefunden. Ihre Prämissen von Melancholie, Analyse des Innenlebens, Tendenz zu moralischen Problemen und so weiter waren den Charakterzügen vieler Russen der Zeit verwandt. Seit 1825 förderte die Unmöglichkeit des politischen Handelns und des freien Ausdrucks die Vorliebe für weitschweifiges Gerede über allgemeine Themen, die philosophische Spekulation und die Suche nach neuen, eingehend debattierten Ideen. Eine Zeitlang, einige Jahre nur, zog die Romantik die jungen Schriftsteller an, und ihr bedeutsamster Vertreter war Michail Lermontow, dessen Leben dasjenige einer Figur von Byron wiederholte, sogar in seinem romanhaften Ende – er starb bei einem Duell in den kaukasischen Bergen.

Das Studium von Hegel führte gegen 1837 von den romantischen deutschen Autoren wie Schelling und Schiller weg und vom Spiritualismus zum kritischen Realismus. Von Hegel leiten sich ideologisch die zwei Welten ab, in die sich das bildungsbeflissene St. Petersburger Milieu aufspaltete. Auf der einen Seite gab es die Westler, Verfechter des französischen Naturalismus, mit Bakunin – dem nachmaligen berühmten Revolutionär –, Herzen, Turgenjew, Belinski und dem Historiker Granowski; auf der andern Seite die Gruppe der Slawophilen, die einen panslawischen Nationalismus propagierten, obwohl die dieser Bewegung zugetanen Literaten nie sehr zahlreich waren.

Ein gewachsenes soziales Bewußtsein bewirkte, daß sich die Literatur an aktuellen Themen des Landes ausrichtete und die Romantik die jungen Männer mit kritischer Sensibilität nicht mehr befriedigte. Aus dieser Unzufriedenheit über die für die gesellschaftliche Wirklichkeit undurchlässige Romantik heraus entstand eine humane Literatur. Zuerst in den Gedichten von Alexis Kolzow, einem Hirten, der die Leiden der Landbevölkerung besang, später bei Nikolai Nekrassow, einem der berühmtesten, meistgelesenen

Dichter, die Rußland gekannt hat, und dem Novellisten Dmitri Grigorowitsch mit seinen Erzählungen. Diese Schriftsteller sympathisierten mit dem Volk, aber ihre Vorstellung von den Verhältnissen der enterbten Klassen krankte an einer großen Idealisierung der Wirklichkeit. Nikolai Gogols Schaffen war der Beginn der realistischen Strömung: *Der Mantel*, *Der Revisor*, *Die toten Seelen*, unerbittliche Satiren auf die Usancen der Bürokratie und Darstellung der russischen Sitten der Zeit. Hatte seit dem Jahrhundertanfang die gängige Ästhetik Schönheit des Ausdrucks, literarische Worte und Eleganz der Form gefordert, so wurden seit dem von Gogol bestimmten Wandel die Exaktheit in der Beschreibung, die Alltagssprache und der Bruch mit der lyrischen Rhetorik zum Allgemeingut.

1833 wurde ein wenige Tage altes Mädchen, angeblich eine entfernte Nichte, nach Spasskoje gebracht und von Turgenjews Mutter aufgenommen. Sie hieß Bibi, entwickelte sich bestens und war sehr fröhlich, wie einem Brief Warwaras an ihren Sohn zu entnehmen ist, als dieser in Berlin studierte. Aber Warwara beklagt sich, daß die Familie sie bei Onkel Nikolai, einem Bruder ihres Mannes, mit Gerede über die Geburt des Mädchens in Mißkredit bringen will, obwohl sie am Ende versichert, ihre Söhne würden immer sagen können, ihre Mutter sei »eine Heilige gewesen«[7].

Dieses Gerede gründete in Vermutungen, Bibi sei ein uneheliches Kind Warwaras und ihres um einundzwanzig Jahre jüngeren Arztes, Andrej Ewstafjewitsch Bers. Die 1787 geborene Warwara (irrtümlich wurde auf ihrem Grabstein auf dem Friedhof des Klosters Donskoi in Moskau 1780 als Geburtsjahr eingraviert) war 1833 sechsundvierzig, ein für die Mutterschaft sehr vorgeschrittenes Alter, auch wenn es nicht schwierig gewesen wäre, die unerwünschte Schwangerschaft durch Auslandsreisen zu vertuschen.

Obwohl als Nichte hingestellt, wurde Bibi wie eine Tochter behandelt und mit allen denkbaren Aufmerksamkeiten umgeben, jedoch unter dem Familiennamen Bogdanowitsch, auf den sie in einigen Fällen zugunsten des Namens Lutowinow verzichten mußte, aus »einer seltsamen Laune« Warwaras heraus, wie sie in den *Erinnerungen* erklärt, die sie nach Iwans Tod veröffentlichte. Sie sind eine äußerst wertvolle Informationsquelle über den Alltag in diesem Haus, über die Jugendjahre des Schriftstellers. Bibi blieb bei Warwara bis zu deren Tod, und bei der Aufteilung des Erbes gab es Zwistigkeiten mit den beiden Brüdern. Wäre sie ihre Stiefschwester gewesen und hätten sie es gewußt, so könnte man annehmen, Turgenjew hätte sich in Briefen an Pauline Viardot nicht so verächtlich über sie geäußert – »kleine Viper« –, und natürlich spielte er nie auf die mögliche Verwandtschaft an. Er sprach von ihr als von einem weiteren der Parasiten, die seine Mutter in den letzten Jahren umgaben.

Außer dem mit Bleistift geschriebenen Tagebuch, von dem zu Beginn dieser Seiten die Rede war, führte Warwara von 1839 bis 1842 ein weiteres, das sie mit *Anmerkungen zu meinen Gedanken und zu denen anderer* überschrieb und das Bibi aufbewahrte. Obwohl von ziemlich unklarer Bedeutung, könnte einer seiner Abschnitte dahin gehend gedeutet werden, daß er auf ein uneheliches Kind anspielt, und das diente dem Turgenjewisten Alexandre Zviguilsky als Grundlage, um anzudeuten, daß ein Pariser Freund von Turgenjew namens Louis Pomey ebenfalls ein Sohn Warwaras sein könnte, den sie auf einer Reise nach Westeuropa, 1834/35, hätte zur Welt bringen und dann einer Frau anvertrauen können, die sich um seine Erziehung kümmerte. Auf dieser Reise wurde Warwara von einem Nachbarn und der Mutter des Dr. Bers begleitet, aber in diesem zweiten Fall sind wegen Warwaras hohem Alter Zweifel angebracht. Louis Pomey, 1835 geboren, Sohn eines unbekannten Vaters und einer bescheidenen Näherin, trat zu Turgenjew und Pauline in eine enge Beziehung, und die Briefe der letzteren an den jungen Pomey lassen auf eine enge Vertrautheit schließen. Bis heute wurden keine glaubwürdigeren Daten gefunden, um diesen seltsamen Punkt in Warwaras Biographie zu klären.

Eine so außergewöhnliche und widersprüchliche Mutter muß auch positive Charakterzüge aufgewiesen haben. Dieselbe Frau, die in ihrer Umgebung ein strenges Regime ausübte, hatte eine Schule für die Kinder der Leibeigenen eingerichtet, und ihr Geburtshaus diente als Altersheim für adlige Damen. Ihre Kommandierwut schloß die Liebe zu Blumen und gewissen Büchern nicht aus, und sie war eine gewandte Schreiberin, wie man den hochinteressanten, an Iwan gerichteten Briefen entnehmen kann, die sich, hundertfünfundzwanzig an der Zahl, erhalten haben.

Es ist unwahrscheinlich, daß Turgenjew in seiner wachsenden Neigung zur Schriftstellerei mit dem Ansporn seiner Mutter rechnen konnte, denn laut einem zeitgenössischen Zeugnis schätzte Warwara die Literatur nur als Zeitvertreib, und als Gogols *Tote Seelen* erschienen, hielt sie das Werk für »geschmacklos und unschicklich«. Das stimmt mit den auf den Roman *Punin und Baburin* übertragenen Erlebnissen des Autors überein:

»In unserem Hause schenkte man der Literatur, speziell der Poesie, nicht nur keinerlei Beachtung, sondern hielt Verse, insbesondere russische, sogar für etwas höchst Unanständiges und Vulgäres; Großmutter bezeichnete sie schlechtweg als Reimereien.«

Dennoch las Warwara auf französisch und interessierte sich für das literarische Prestige ihres Sohnes, soweit es ihrer Eitelkeit schmeichelte; auf dem Tisch in ihrem Zimmer lag die Verserzählung *Parascha*, die er eben herausgebracht hatte, damit alle Besucher sie gleich beim Eintreten sehen konnten, und sie lobte und kommentierte sie ihm auf eine Art und Weise, die für die Haltung der Mutter bezeichnend ist:

»In den ersten Minuten habe ich *Parascha* ohne große Aufmerksamkeit gelesen. In meinem Hause werden, wie in einem ehrenwerten Haus üblich, keine russischen Verse gelesen, denn man kann sie nicht verstehen. (...) *Parascha* ist mir wie eines dieser Werklein vorgekommen, die unsichtbar vorbeiziehen wie Atome oder Myriaden, ohne jemandes Aufmerksamkeit zu erregen, weder die von Lobrednern noch die von Kritikern. Nicht weil es ihrer unwürdig wäre, sondern weil ich immer einen Balken in meinem Auge sehe. (...) *Parascha* hat mir gefallen, bevor ich das Lob darüber gelesen habe, und ich sehe deutlich, daß Du Talent hast. Es gibt auch Mängel – Flecken, wie auf der Sonne, und Du bist meine Sonne. Spaß beiseite, es ist hervorragend. Ich habe die Kritiken nicht gelesen, aber die Analyse in den *Vaterländischen Annalen* ist gerecht, und es gibt viel Gutes darin...«, und sie fährt noch einige Zeilen in einer mit Vorbehalten gefärbten Zustimmung weiter.

Iwan beendete sein Universitätsstudium in St. Petersburg

und beschloß, es in Berlin fortzusetzen, indem er die für junge Adlige obligate Reise ins Ausland machte, um so die Defizite des russischen Unterrichts zu beheben; auch die neuen philosophischen Theorien mußten im Ursprungsland gelernt werden.

1838 schiffte er sich in Begleitung seines Dieners Porfiri[8] auf der *Nikolaus I.* Richtung Lübeck ein. Auf der Überfahrt geriet das Schiff in Brand, und offenbar spielte Iwan hinsichtlich seines Mutes nicht eben eine brillante Rolle. Der Marquis de la Custine, der damals Rußland bereiste, erwähnt diesen Brand in seinem Buch *La Russie en 1839* und erzählt, wie die Geistesgegenwart des Kapitäns, der das Schiff in der Nähe eines Strandes auflaufen ließ, sämtlichen Passagieren das Leben rettete. Viele Jahre später, in den letzten Tagen seines Lebens, wollte Turgenjew, schon schwer krank, aber mit lichten Augenblicken, Pauline Viardot eine Erzählung diktieren. Es war eben die Beschreibung dieser unvergeßlichen Episode.

In Berlin installiert, wo er drei Jahre lang an der Universität studierte, nahm Turgenjew soviel wie möglich von deutscher Kultur und westlichen Lebensformen auf. Er ging oft ins Theater und schloß Freundschaften, unter anderem mit Bettina von Arnim, der Schwester des berühmten Clemens Brentano. Bettina wurde von den russischen Studenten sehr bewundert; wegen ihrer ideellen Liebe zu Goethe nannte man sie ›die Sibylle der Romantik‹. Turgenjew pflegte auch mit den russischen Freunden Umgang, die mit der Zeit berühmte Literaten werden sollten: Stankjewitsch, Granowski, Newjerow. Alle gingen jeweils zu Warwara Bakunin, der Schwester des Revolutionärs, Musik hören.

In dieser Schlußphase der Romantik herrschte eine eindeutig idealistische Inbrunst, eine Begeisterung für die Diskussion unendlicher Theorien, die die Studenten leidenschaftlich erregten. Diese jungen Leute von zwanzig Jahren erkannten bereits, daß Rußlands grundlegendes Problem darin bestand, daß Millionen von Menschen einer Form von Sklaverei unterworfen waren, die derjenigen der Schwarzen in den Vereinigten Staaten vergleichbar war. Dieses humane Bewußtsein wurde noch geschärft durch die Lektüre französischer Romane von Eugène Sue und George Sand, die Turgenjew als die Lehrerin seiner Jugend bezeichnete. Er machte diese Werke im Zirkel der Geschwister Bakunin bekannt, und sogar Michail begeisterte sich für *Lelia*.

Turgenjews Freundschaft mit Michail Bakunin begann, als auch dieser nach Deutschland ging, um dort weiterzustudieren. Kurze Zeit später sauste Bakunin, von überspanntem, stürmischem Charakter, wie ein Meteor durch Europa, zur Revolution aufhetzend und sich an zahllosen subversiven Aktionen beteiligend; zweimal wurde er zum Tode verurteilt, acht Jahre war er in Sibirien gefangen, dann floh er nach Amerika und ging anschließend nach England, um sich dem Klassenkampf zu widmen. Er war der Prototyp des romantischen Revolutionärs, unfähig, seine politischen Ideen mit der Realität in Einklang zu bringen.

Warwara Lutowinowa war allein geblieben, und die Söhne schenkten ihren Rufen keine Beachtung. Als 1839 ein Teil des Hauses in Spasskoje niederbrannte, fuhr Iwan keineswegs eilig nach Hause; er schrieb ihr nur, wenn er Geld brauchte. Manchmal erzählte er ihr von seinen Liebschaften. Sie empfahl ihm eher ältere als junge Frauen. Damals las Warwara einen französischen Roman, *La femme de quarante ans* von Charles Bernard, in dem der Liebhaber zwanzig Jahre jünger ist als die Frau – eine anregende Lektüre für eine Frau, die Jahre zuvor eine ähnliche Erfahrung gemacht hatte.

In seiner Berliner Zeit verliebte sich Turgenjew offenbar in eine verheiratete Frau, die Gattin seines späteren wichtigen Freundes Fjodor Tjutschew, eines großartigen Dichters, der erst zum Jahrhundertende entdeckt und bekannt wurde, als man seine Nähe zur symbolistischen Sensibilität erkannte. Es sind keine Einzelheiten bekannt, doch die Zuneigung zu dieser Deutschen – aus den erhaltenen Porträts zu schließen, war sie sehr schön – war für Turgenjew anscheinend flüchtig.

Während er in Berlin war, protestierte Warwara, daß er ihr nicht schreibe, und sagte ihm sogar, wenn ihn das Philosophiestudium von seiner Sohnespflicht abhalte, solle er damit aufhören. Und da er übermäßig viel ausgab, weigerte sie sich 1841, ihm weiteres Geld zu schicken, so daß der junge Mann mit beträchtlichen Schulden nach Rußland zurückkehrte.

In Warwaras Korrespondenz erscheinen rhetorische Sätze, in denen sich eine überschwengliche Liebe zum Sohn offenbart, was mit den Tatsachen nicht übereinzustimmen scheint. Nur wenn man die halbverrückten Affekte hysterischer Temperamente kennt, versteht man Sätze wie: »Mein Leben hängt von Dir ab«, »Ich liebe Euch beide leidenschaftlich, aber anders«, »Wenn Du im Mai nicht kommst, werde ich im Juni vor Kummer sterben«. Ihr obsessiver Wunsch, daß Iwan nach Spasskoje komme, um da zu leben, bringt sie sogar zur Drohung, ihn zu holen: »Wo immer Du bist, ich werde Dich finden und mit Dir zurückkehren. Du wirst mich nach Rußland zurückbringen, tot oder lebendig, und ich werde Dich tot oder lebendig in die Familie zurückbringen und Dich Deinem Bruder übergeben.« Daß sie mit ihrer Tyrannei drohte, offenbart sich in den Worten: »Du kennst Deine Mutter: Der Befehl ist ihre Devise, heute und immer.«

Nach der Studienzeit in Berlin reiste Turgenjew mit Nikolai Stankjewitsch durch Italien und die Schweiz und kehrte 1841 in die Heimat zurück. Zu dieser Zeit genoß er schon einen gewissen literarischen Ruhm, denn er hatte Poeme und ein Theaterstück geschrieben. Er war ein sympathischer, ein wenig skeptischer junger Mann, bissig, aber charmant dank seines ausgeprägten Humors. Blond, sehr großgewachsen, leicht korpulent, vermittelte er nicht den Eindruck von Kraft; er hatte gütige, intelligente Augen und einen leicht melancholischen Gesichtsausdruck. Man bemerkte seine große Schüchternheit, und etwas in seinem Aussehen wies auf eine schwache Gesundheit mit vielleicht eingebildeten Leiden hin. Damals führte er das bequeme Leben eines Adligen mit Geld, das ihm seine Mutter murrend noch schickte.

Aus Deutschland zurück, zweifelte Iwan keinen Augenblick, was er zu tun hatte: sich der mütterlichen Bevormundung fernzuhalten. Er entschloß sich, in St. Petersburg zu bleiben, und versuchte Literaturprofessor zu werden, aber angesichts der Schwierigkeiten, den Lehrstuhl zu bekommen, gab er das Vorhaben auf. Listig versucht ihm Warwara ein angenehmes Leben schmackhaft zu machen, das ihn in ihre Abhängigkeit bringen würde; sie wirft ihm mangelndes Interesse und Untätigkeit vor, denn er erfüllt nicht das von ihr erwünschte Ideal, sei es im Staatsdienst oder als Universitätsdozent. Andere Male nimmt sie, zwischen ihren Unwillensbekundungen, eine männliche Haltung ein und nennt sich selbst »Dein zärtlichster Vater und Freund«. Zwei Jahre zuvor hatte sie geschrieben: »Ich habe Dich allein empfangen; alles, was ich bin, das bist du.« Ein weiteres Mal offenbart Warwara eine männliche Neigung, als sie ihm schreibt: »*Ma chère fille, ma Jeannette*..., Du bist mein Liebling«, so wie sie in einem Brief vom Juni 1843 verworrene Gefühle erkennen läßt: »Ich erröte selbst, wenn ich daran denke, wie kostbar Du mir bist. Vielleicht ist das eine Sünde.«[9]

Iwan wußte sehr wohl um die Gefahr, die es in sich barg, wenn er unter die tyrannische Kontrolle geriet, wie sie die auf ihren Sohn fixierte Mutter ausübt, und nach Ansicht seines französischen Biographen Henri Grandjard ist gerade der Einmischung der Mutter das Bedürfnis des Sohnes nach Unabhängigkeit zuzuschreiben, das ihn sogar dazu bringt, keine politischen oder ehelichen Verpflichtungen einzugehen. Diese Angst, stark von einem anderen abhängig zu sein, mag auch die Tendenz hervorgerufen haben, sich von Rußland zu distanzieren, zu reisen und die mächtige, verzehrende Kraft eines despotischen Willens aus der Ferne zu betrachten. Ja sie dürfte mit der Grund sein, der einer festen Arbeit im Wege stand; 1843 bekam er eine Stelle im Sekretariat des Innenministeriums unter Wladimir Dal, dem Kabinettschef und bekannten Literaten, Autor eines berühmten etymologischen Wörterbuchs, das noch heute als Nachschlagewerk dient. Anscheinend erfüllte Iwan seine Büropflichten so schlecht, daß er nach einigen Monaten in den Wartestand versetzt und 1845 definitiv entlassen wurde.

Zu diesem Zeitpunkt erschien sein Gedicht *Parascha*, das dem Kritiker Wissarion Belinski sehr gefiel; er widmete ihm einen äußerst lobenden Artikel, aufgrund dessen sich die beiden kennenlernten. Diese Freundschaft bedeutete für Turgenjew einen starken Ansporn, und Belinski verdankte er auch seine Mitarbeit in der Zeitschrift *Vaterländische Annalen*, wo er *Der Raufbold* publizierte, und im *Zeitgenossen*, wo *Drei Porträts* erschienen, Erzählungen, in denen Beispiele des alten russischen Gutsbesitzers geschildert werden, wie sie in seinen Kindheitsjahren in der Nähe von Spasskoje gelebt hatten.

Belinski war der Begründer der soziologischen Literaturkritik, und mit seinen Artikeln über Puschkin und Gogol entwarf er die Theoretisierung der realistischen Strömung. Ihm ist die Entdeckung Dostojewskis und Gontscharows zu verdanken und daß er einer Generation junger Schriftsteller den Weg gewiesen hatte. In den Zusammenkünften, die diese Autoren in Belinskis bescheidenem Häuschen hielten, lernte Turgenjew Dostojewski kennen, der gerade seinen ersten Roman, *Arme Leute*, veröffentlicht hatte. Sein Erfolg weckte Neid, genährt von der Antipathie, die sein schwieriger Charakter hervorrief. Man bespöttelte ihn, und Turgenjew und Nekrassow verfaßten ein Epigramm, in dem sie ihn als den ›Ritter von der traurigen Gestalt‹ vorstellten.

Auf einer dieser Zusammenkünfte wandte sich Turgenjew an Dostojewski, um ihm zu erzählen, er habe einen Provinzler kennengelernt, der einige lächerliche Fehler habe – es war das genaue Porträt des *Arme Leute*-Autors. Dostojewski gab keine Antwort auf den Spott, ging und kam nie wieder zu den Zusammenkünften. Hier nahm die Feindschaft zwischen den beiden Schriftstellern ihren Anfang.

Dostojewskis Tochter erzählt: »Umsonst verteidigte Belinski, der eine zarte Seele hatte, meinen Vater, tadelte er seine Rivalen und versuchte sie zur Vernunft zu bringen. Turgenjew fand ein außerordentliches Vergnügen daran, seinen nervösen, sensiblen Kollegen leiden zu lassen.«[10]

Aber Dostojewski revanchierte sich und zeichnete Jahre später, als er *Dämonen* schrieb, ein grausames Bild von Turgenjew und der Gruppe um Belinski, denen er seine konservativen Vorstellungen entgegensetzte.

In diesen Jahren verfaßte Turgenjew Schauspiele, ungefähr eines pro Jahr, was insgesamt zehn Komödien ausmacht, dazu zwei unveröffentlichte, *Die Versuchungen des heiligen Antonius* und *Zwei Schwestern.* Von diesen Stücken war *Die Provinzlerin* erfolgreich, während *Eine Unvorsichtigkeit* erst 1884, nach dem Tod des Autors, aufgeführt werden konnte und keinen besonderen Anklang fand. Die Handlung des 1843 geschriebenen Stücks spielt in einem spanischen Milieu und ist ein Beweis für das Interesse und die Sympathie, die die Romantiker für Spanien empfanden. Gegen 1821 begeisterten sich die St. Petersburger Liberalen für den Aufstand von General Riego, es wurden Bücher über Spanien übersetzt, und häufig griffen die Dichter das Thema Spanien auf, wie etwa Lermontow in seinem Bändchen *Die Spanier.* Turgenjews Stück spielt im Spanien des 18. Jahrhunderts und läßt die Lektüre erkennen, auf die es sich stützt[11]. Don Pablo Sangre, Graf von Toreno, befreundet sich mit Don Baltasar, um dessen Frau Doña Dolores zu verführen, aber diese zieht einen anderen vor, Don Rafael. Als Don Pablo die Liebenden überrascht, sterben sie von seiner Hand, und er sagt zum verdutzten Ehemann: »Das beweist, daß ich deine Frau geliebt habe.« Eine kurze

Schlußszene deutet an, daß der Graf eine Auslandsreise unternimmt und dieses Drama ohne weitere Auflösung läßt, das mit einigen kleinen Korrekturen in seine *Gesammelten Werke* von 1880 aufzunehmen Turgenjew nicht zögerte. Es ist die erste Bekundung seines späteren Interesses an spanischen Sujets, zweifellos unter dem Einfluß von Mérimées Hispanophilie. Noch bevor er auch nur einen Spanier kennengelernt hatte, wohnte Turgenjew in St. Petersburg schon den Zusammenkünften des Fürsten Schachowskoi bei, einem passionierten Leser von spanischen Büchern, der in seinen Salons die mehr oder weniger spanienfreundlichen Schriftsteller von damals versammelte.

Turgenjews Theaterstücke zählen jedoch in der Gesamtheit eines so großen Œuvres kaum, mit Ausnahme von *Ein Monat auf dem Lande*, einer Komödie, in der die psychologische Distanzierung und die fehlende Kommunikation der Personen auf der Gefühlsebene festzuhalten sind, die das Werk zweifellos zu einem Vorläufer von Tschechows Theater machen.

Die Geschichte von *Ein Monat auf dem Lande* ist ein einziges Auf und Ab. 1849 geschrieben, lautete sein ursprünglicher Titel *Ein Student*, was vollauf genügte, damit die Zensur es verbot, obwohl es keine politischen Themen streift und die Handlung sich nur um widersprüchliche Gefühle rund um den Egoismus einer Gutsbesitzerin und die heimliche Liebe eines Bewunderers von ihr dreht. Um die Premiere zu ermöglichen, benannte Turgenjew es in *Zwei Frauen* um, doch auch diesem neuerlichen Versuch war kein Erfolg beschieden, obwohl wir aus einem Brief an Pauline wissen, daß das Stück bei einer Privataufführung sehr gut ankam. Der dritte Titel war *Ein Monat auf dem Lande*, und mit einigen Verstümmelungen durfte es Anfang 1855 schließlich auf den Seiten des *Zeitgenossen* erscheinen, mußte aber noch bis 1879 auf seine Uraufführung warten. Es ist Turgenjews einzige Komödie, die auch in unseren Tagen noch gespielt wird und von der triviale Adaptationen vorgenommen worden sind, bis hin zu einem Stückchen mit konventionellen ehelichen Untreuen. Aber in seinen Szenen weist es gutes autobiographisches Material auf, wie sein Autor selbst zugegeben hat.

3. Rudin, der überflüssige Mensch

Schon in St. Petersburg, als er frei von Verpflichtungen war, lockte Turgenjew die Idee, Michail Bakunins Geschwister kennenzulernen, die auf ihrem Gut in Premuchino lebten, und nachdem er sich in Briefen angekündigt hatte, stattete er ihnen einen Besuch ab. Man kann sich etwa vorstellen, wie er von der Gruppe junger Leute empfangen wurde, die den Mann erwarteten, den ihnen der älteste Bruder so gepriesen hatte; dieser Besuch wäre aber weiter nicht von Belang, würde an ihm nicht die unentschiedene Haltung des Schriftstellers einer sich abzeichnenden Bindung gegenüber deutlich.

Tatjana, die älteste Schwester, verliebte sich auf der Stelle in ihn. »Sie war eine Seele, bereit zu schwärmen, außergewöhnlich feurig, leicht erregbar«[12] und sollte bei Turgenjew alle Lockmittel für eine romantische Leidenschaft finden. Zu dieser Zeit hatte Dostojewski über ihn geschrieben: »...eben habe ich den Dichter Turgenjew gesehen. Er ist genial, aristokratisch, ein hübscher Bursche, reich, talentiert, gebildet. Ich weiß nicht, was ihm die Natur verwehrt haben könnte.«[13] Tatsächlich besaß er diese in zwischenmenschlichen Beziehungen so wirkungsvolle Waffe des persönlichen Charmes. Von sehr jung an war er sich bewußt, daß er auf Frauen attraktiv wirkte, und in einigen Fällen läßt sich beobachten, wie er diese Macht sogar bei denen ausübt, die reine ›Vermittlerinnen‹ waren, eine Kategorie, in welche die Frau von Traditionen und weltlichem Leben gern eingereiht wird. Um sich stärker an die Sängerin Pauline Viardot zu binden, freundete er sich mit ihrer Mutter an, die er besuchte und gewandt zu unterhalten verstand. Jahre später sagte ihm die Gräfin Lambert, eine bei Hofe sehr einflußreiche Freundin und Beraterin von ihm, mit der er in langem Briefwechsel stand, wegen seines Charmes und seiner Überzeugungskraft habe er die Seele einer Sirene. Der Turgenjew-Forscher Alexandre Zviguilsky bestätigt diesen Gedanken: *»...sut plaire aux femmes, parce qu'il comprenait leurs goûts et avait l'art d'exprimer subtilement leurs propres pensées.«*[14] Bestimmender Faktor dieser verführerischen Kraft war aber der Körper, die äußere Erscheinung des jungen Iwan mit seinem ruhigen, ein wenig fleischigen Gesicht, den schmeichelnden Augen; seine Bewegungen waren gelassen, die Haare fielen ihm bis auf die Schultern, die Stimme war sanft, vielleicht nicht sehr männlich. In diesem Punkt verfügen wir über das Zeugnis eines Tolstoi-Sohnes, der den Romancier kennenlernte, als dieser, bereits ein renommierter Schriftsteller, sie besuchte: »Ich erinnere mich an seine große, kräftige Gestalt, sein grau-gelbliches Seidenhaar, den langsamen, wiegenden Gang und seine Flötenstimme, die nicht zu seinem majestätischen Äußeren passen wollte. Sein Lachen war wie ein etwas kindliches Gackern, und dann wurde seine Stimme noch flötenhafter.«[15]

Und nun weicht Turgenjew vor der in Tatjana geweckten Leidenschaft zurück und gibt sich wie sein künftiger Held Dmitri Rudin, Protagonist seines ersten Romans, kühl und ausweichend. Vielleicht empfand er diese beginnende Leidenschaft als Bremse für seine Möglichkeiten von Freiheit, als Ausschließlichkeit, die ihn an häusliche Routine gebunden hätte. Es konnte ebensogut der Wunsch sein, keine ständige Verpflichtung einzugehen, um weiter nach der idealen Frau zu suchen, wie der Zweifel an seiner Fähigkeit, sich an eine fortdauernde sexuelle Beziehung hinzugeben.

Diese unerwiderte Leidenschaft gab Tatjana Anlaß zu einer Korrespondenz in verliebten Tönen, die Iwan noch mehr alarmiert haben dürften. In seinen Werken mokiert er sich mehr als einmal über die Liebe älterer Frauen zu jungen Männern, obwohl das hier nicht der Fall war, denn Tatjana war nur drei Jahre älter als er. Angesichts seiner Interesselosigkeit wurde sie krank und begab sich nach Moskau in ärztliche Behandlung. Obwohl Turgenjew auch dort lebte, schrieben sie sich Briefe, die scheinbar sehr aufrichtig waren, aber an die Episteln aus romantischen Novellen erinnern. Als er Moskau verließ, schickte ihr Turgenjew einen Brief, dessen literarische Befrachtung sich mit einer gewissen berechneten Zweideutigkeit verbindet:

»Es ist mir nicht möglich, Moskau zu verlassen, Tatjana Alexandrowna, ohne Ihnen ein herzliches Wort zu sagen. Wir sind uns so fremd geworden, sind einander so fern, daß ich nicht weiß, ob Sie den Grund verstehen werden, der mich zur Feder greifen läßt… Vielleicht mögen Sie denken, ich schreibe Ihnen aus Höflichkeit… Alles, all das und selbst das Schlimmste habe ich verdient.

Aber ich hätte mich nicht so von Ihnen verabschieden wollen, auch nicht für kurze Zeit. Reichen wir uns die Hand, und vergessen Sie wenn möglich alles Schmerzliche, alles Zweideutige der Vergangenheit. Mein Herz ist erfüllt von tiefer Traurigkeit, und es ist mir zuwider und mißfällt mir zurückzuschauen: Ich möchte alles vergessen, ausgenommen Ihren Blick, den ich jetzt so lebendig und hell sehe… Mir scheint, in ihm finde ich Verzeihen und Versöhnung… Mein Gott! Wie traurig fühle ich mich und wie seltsam!…

Wie hätte ich weinen und Ihre Hand an meine Lippen führen und Ihnen alles sagen mögen, alles, was jetzt so stürmisch in meiner Seele durcheinanderwirbelt! ...

Manchmal dachte ich, ich würde mich völlig von Ihnen trennen, aber ich brauchte mir nur vorzustellen, es gäbe Sie nicht mehr, Sie wären gestorben, und tiefe Trauer beherrschte mich, und nicht nur Trauer über Ihren Tod, sondern auch weil Sie starben, ohne mich kennengelernt zu haben, ohne von mir ein aufrichtiges, glaubwürdiges Wort gehört zu haben, ein Wort, das mich erleuchtet und mir die Möglichkeit gegeben hätte, diese seltsame, tiefe Beziehung zu verstehen, die mein ganzes Wesen gebunden hat: die Verbindung zwischen uns beiden... Lächeln Sie nicht, ungläubig und traurig... Ich spüre, daß ich die Wahrheit sage, und habe keinen Grund zu lügen.

Ich weiß, daß ich mich nicht für immer von Ihnen trenne... Ich werde Sie wiedersehen..., meine liebe, wundervolle Schwester. Wir haben wie Alte, oder besser, wie Kinder das Leben gelebt, das unseren Händen entglitt, und es angeschaut, wie die Kinder schauen, die noch keine Sehnsucht verspüren und alles vor sich haben, oder wie die Alten, die nichts erwartet. Wie die Geister aus dem zweiten Akt von *Robert der Teufel*, die tanzen und lächeln, aber wissen, daß ihr junger Körper, kaum senken sie den Kopf, von ihren Knochen fliegen wird wie ein altes Kleid... Bei Ihrer Tante ist alles so eng, so kalt, so düster..., und Sie Arme leben dort...

Ich stehe vor Ihnen und drücke Ihnen die Hand, fest, ganz fest... Ich hätte Ihnen gern Hoffnung gemacht, Kraft, Freude gegeben... Hören Sie, ich schwöre bei Gott, daß ich die Wahrheit sage, was ich denke, was ich weiß: Nie habe ich eine Frau mehr geliebt als Sie, obwohl ich Sie nicht mit vollständiger, beständiger Liebe liebe... Deshalb konnte ich mit Ihnen nicht heiter und gesprächig sein wie mit andern, da ich Sie mehr liebte als die andern. Ich werde sicher sein, daß nur Sie mich verstehen: nur der Mensch, für den ich hätte Dichter sein wollen, mit dem meine Seele unerklärlich und wundervoll verbunden ist, weshalb ich Sie nicht zu sehen brauche noch das Bedürfnis habe, mit Ihnen zu sprechen, denn ich kann nicht sprechen, wie ich gewollt hätte, und trotzdem haben Sie sich in den Stunden des Schaffens und des einsamen, tiefen Glücks nie von mir entfernt. Ich schreibe Ihnen, was aus meiner Feder fließt, Ihnen, meiner wundervollen Schwester... Oh, hätte ich doch, und sei es ein einziges Mal, an einem Frühlingsmorgen, Ihre Hand in den meinen haltend, durch eine lange Lindenallee spazieren und spüren können, wie unsere Seelen verschmelzen und alles Fremde und Krankhafte verschwindet und alles Niederträchtige für immer zerbricht. Ja, Ihnen gehört die ganze Liebe meiner Seele, und hätte ich es Ihnen gestehen können, befänden wir uns nicht in einer so schwierigen Lage... und Sie hätten erfahren, wie sehr ich Sie liebe.«

Und auf deutsch fährt er fort: »Ihre Gestalt, Ihr Wesen ist immer in mir lebendig, verändert sich und wächst und nimmt neue Gestalte an, wie ein Proteus: Sie sind meine *Muse.* (...) Alles, was ich denke und erfinde, ist auf eine wunderbare Weise mit Ihnen verknüpft.

Leben Sie wohl, meine Schwester; geben Sie mir Ihren Segen auf die Reise – und bauen Sie auf mich – bis jetzt noch – wie auf einen stummen Felsen, dem aber im innersten steinernen Herzen wahre Liebe und Rührung verschlossen ruht.

Leben Sie wohl; ich bin tief gerührt und erschüttert –

leben Sie wohl, meine beste, einzige Freundin. – Auf Wiedersehen.«

Am Schluß dieses ausdrucksvollen Briefes ist eine Randbemerkung von Tatjanas Hand erhalten: »Es ist seltsam, daß sich einige Leute vorstellen, daß sogar das Heiligste für sie zu einem Spiel wird, und sie halten sich nicht damit auf, sich zu überlegen, daß sie das Leben eines andern zerstören. Warum können sie nicht wahrhaftig, ernst und aufrichtig sich selbst und den andern gegenüber sein?«

Etwas Ähnliches geschah, als sich Turgenjew anscheinend in eine sehr junge Kusine von ihm verliebte, Olga Alexandrowna, mit der schon mehr oder weniger die Hochzeit geplant war, aber schließlich wich er doch zurück. Olga war Klaviervirtuosin und wie alle Frauen, denen er sich näherte und die er möglicherweise umwarb, intelligent.

Beziehungen hatte er jedoch mit leibeigenen Frauen, die ihm sogar Nachkommen schenkten. In solchen Verbindungen fühlte er sich sicherer und unabhängig, zumal er unter dem Gefühl litt, in der intimen Beziehung von der Frau ausgelaugt zu werden. In diesem Sinn spricht er in einem Brief an seinen Freund Botkin zu Beginn des Jahres 1859 von seinen Zusammenkünften mit einer Geliebten in St. Petersburg: »Alexandra Petrowna hat mich bis ins Mark ausgelaugt. Nein, mein Bruder, in unserem Alter darf das nicht öfter als alle drei Monate einmal sein.«[16]

Es gibt eine Anekdote, die seinen angeblichen Mangel an Charakterfestigkeit erhellt. Thackerays Tochter, Lady Ritchie, erzählt in ihren *Black-stick Papers*, Turgenjew, damals in London, habe ihr versprochen, sie zu besuchen, das Versprechen jedoch nicht eingehalten. Als er sie wieder traf, habe er sich entschuldigt: »Es tut mir so leid, daß ich Sie nicht habe besuchen können, so leid, aber ich war verhindert. Schauen Sie sich meine Daumen an! Sehen Sie nur, wie klein sie sind, Leute mit so kleinen Daumen können nie tun, was sie wollen, sie verhindern sich immer selbst.«[17]

Würden wir für einmal die am Ende des letzten Jahrhunderts herrschenden deterministischen Theorien akzeptieren, die der Schriftsteller teilte und laut denen Physiognomie und Körperbau in enger Beziehung zur psychischen Persönlichkeit stehen, so könnten wir feststellen, daß Turgenjew für Menschen mit wankelmütigem Willen kennzeichnende Züge aufwies. Den ›liebenswürdigen Riesen‹ nannten ihn die Brüder Goncourt; großer Kopf, ausgeprägte Gesichtszüge, in denen sich die kräftige Nase abhob, eine von der Art, die die Russen ›Kartoffelnasen‹ nannten, das sind Eigenschaften, die man vor hundert Jahren mit dem verträumten, friedfertigen, empfindsamen Temperament in Verbindung brachte – und mit dieser »Neigung zu Eigensinn, Beschaulichkeit und Trägheit«, die Turgenjew im Roman *Ein Adelsnest* seinem Helden Lawrezki zuschreibt, der soviel von ihm selbst hat. Jedenfalls wiederholte Turgenjew das Verhalten der russischen Männer einer gewissen Gesellschaftsschicht und ihrer Epoche, die etwa Puschkin in *Eugen Onegin* oder Gontscharow in *Oblomow* literarisch verewigten, Figuren, die sich nicht zum Handeln aufraffen können und sich von der Frau entfernen, so daß diese zur Überzeugung gelangt, einen Mann geliebt zu haben, der es nicht verdiente.

Das Abenteuer zwischen Tatjana Bakunin und Turgenjew hatte keine Fortdauer, und nur während einer gewissen Zeit schickte er in den Briefen an seinen Freund Michail Grüße für sie mit und erkundigte sich brüderlich nach ihrem Wohlergehen. Später brachten ideologische Differenzen die beiden Freunde auseinander, und in kurzer Zeit war die Beziehung zwischen ihnen gänzlich zerbrochen.

Hélène Iswolski, eine von Bakunins Biographinnen, vertritt die These, daß Tatjanas Gefühle von Turgenjew nicht geteilt wurden, weil er sich zu diesem Zeitpunkt bereits zu der Sängerin Pauline Viardot hingezogen gefühlt habe[18]. Höchstwahrscheinlich stimmt die erste Aussage, nicht hingegen die zweite; berücksichtigt man die Daten, so sieht man, daß sich dieser Gefühlskonflikt in den Jahren 1841/42 ereignete, und Pauline lernte er erst Ende 1843 kennen. Aber in der Handlung späterer Werke Turgenjews wiederholt sich ein Thema, das auf diese These anspielen könnte: Eine meistens verheiratete Frau mischt sich in die Liebe zweier junger Menschen ein und schafft es manchmal, ihre Heiratsabsicht zu unterbinden.

Jahre nach der flüchtigen Freundschaft mit Tatjana schrieb Turgenjew seinen ersten Roman, in dem man eine Umsetzung dieser Liebesgeschichte erkennen kann. Die Folgerungen, die er zwangsläufig aus dem vorzeitig abgebrochenen Abenteuer zog, öffneten ihm offenbar eine Einsicht in die intimen Bereiche seines Temperaments, und da fand er die Skizze einer literarischen Figur. Mit kleinen Varianten griff er in vielen späteren Erzählungen und Romanen auf sie zurück. Es handelt sich um einen unentschlossenen jungen Mann ohne große Willenskraft, der zu Verzicht und Unterwürfigkeit neigt und sich bis zu einem gewissen Grad schuldig fühlt. Turgenjew wußte sehr wohl – Tatjana machte es ihm sehr klar –, welchen Schaden er anrichtete, wenn er andere enttäuschte. Das ist der Stoff von *Rudin*, einem Roman, der 1856 in der Zeitschrift *Der Zeitge-*

nosse erscheint und dessen Thema der ›überflüssige Mensch‹ ist, wie man diese Figuren der russischen Literatur aus jenen Jahren genannt hat.

Dmitri Rudin ist ein junger Mann von niedrigem Adel, wohlerzogen und liebenswürdig, mit breiter Bildung; er begeistert sich im Gespräch, stürzt sich in philosophische Spekulationen und blendet alle mit einem Schwall von Ideen. Aber bald entdeckt man, daß er sich in praktischen Situationen nicht behaupten kann und sich in theoretische Abhandlungen flüchtet, um, aus Angst vor den Folgen, der Tat auszuweichen. Er neigt zur Analyse und nimmt sich Dinge vor, die zu erfüllen er nicht in der Lage ist. Er ist stolz. Turgenjew läßt Leschnjew, eine Figur aus dem Roman, von ihm sagen: »Rudin schien voll Feuer, Kühnheit, Leben, war jedoch innerlich kalt und vielleicht gar furchtsam, solange seine Eigenliebe nicht verletzt wurde.«

Er wird im Landhaus einer Gutsbesitzerin eingeführt. Er freundet sich mit ihr an und besucht Gesellschaften, wo man ihn seines Talentes wegen bewundert. Sehr bald interessiert sich die Tochter der Hausherrin, Natalja, für ihn, obwohl sie mit einem der Familie nahestehenden Beamten sozusagen verlobt ist. Rudin leiht ihr Bücher, liest ihr Goethes *Faust* vor, macht sie neugierig, indem er ihr von seinem schwierigen, wenig alltäglichen Leben erzählt, und gesteht ihr schließlich, daß er sie liebt. Aber als auch sie ihm ihre Liebe gesteht und sämtliche Gefahren auf sich zu nehmen gewillt ist, um mit ihm wegzugehen, weicht Rudin vor der ersten Schwierigkeit dieser werdenden Liebe zurück. Derselbe, der ein ungestümer Mann schien, welchem alle Möglichkeiten einer lebhaften Fantasie zu Gebote stehen, verzichtet unversehens darauf, das Recht zu erkämpfen, sich mit Natalja zu verbinden, und rät ihr, sich dem Willen ihrer Mutter zu fügen, die sich gegen ihre Beziehung stellt: »Was wir tun müssen? Uns fügen, selbstverständlich.« Angesichts von Nataljas Leidenschaft wirkt er, als fürchtete er deren Folgen, und verzichtet. Damit erinnert er an eine Figur in der Turgenjew-Novelle *Faust* (geschrieben 1853), die, als ihm die Mutter die Hand ihrer Tochter verweigert, sagt: »Im Grunde gab ich der Jelzowa sogleich recht.« Ebenso zeigt sich Rudin ernstlich besorgt, als ihm die junge Frau sagt, ihre Mutter wisse über alles Bescheid, und seine Hemmung ist so augenfällig, daß Natalja sie ihm vorwirft.

Als Natalja klar wird, daß Rudin sie nicht genügend liebt, um den Schwierigkeiten die Stirn zu bieten, sagt sie bitter zu ihm: »Mich schmerzt, daß ich mich in Ihnen getäuscht habe… Wie! Ich komme zu Ihnen in einer solchen Stunde um Rat, und Ihr erstes Wort ist: sich fügen, sich fügen! So also verwirklichen Sie Ihre Reden von Freiheit, von Opfern.«

Eine ähnliche Situation finden wir in einer kurzen Komödie Turgenjews, *Wo es dünn ist, da reißt es* aus dem Jahr 1874. Ein junges Mädchen tadelt einen ebenso unentschlossenen Burschen, und zwar mit für die Heldinnen dieses Autors typischen Worten: »Sie sind liebesunfähig. Sie haben ein zu kaltes Herz und eine zu glühende Fantasie.«

Andere Personen im *Rudin* geben Aufschluß, wie ein so eigenartiges Temperament zu verstehen ist:

»›…ich muß Ihnen sagen, mir gefällt Rudin wirklich nicht. Er ist ein kluger Mensch…‹

›Allerdings!‹

›Er ist ein auffallend kluger Mensch, wenn auch im Grunde hohl…‹

›Das ist leicht gesagt!‹

›Wenn auch im Grunde hohl‹, wiederholte Leschnjew, ›doch das wäre nicht weiter schlimm: Wir sind alle hohle Menschen. Ich mache ihm nicht einmal zum Vorwurf, daß er von Natur ein Despot ist, träge, nicht sehr beschlagen…‹

Alexandra Pawlowna schlug die Hände zusammen.

›Nicht sehr beschlagen! Rudin!‹ rief sie aus.

›Nicht sehr beschlagen‹, wiederholte Leschnjew in dem gleichen Ton. ›Er liebt es, auf fremde Kosten zu leben, spielt gern eine Rolle und so weiter… Das ist alles ganz natürlich. Schlecht ist aber, daß er kalt ist wie Eis.‹

›Er, diese feurige Seele, kalt!‹ unterbrach ihn Alexandra Pawlowna.

›Ja, kalt wie Eis, und er weiß das und spielt den Feurigen. Schlecht ist‹, fuhr Leschnjew, allmählich lebhafter werdend, fort, ›daß er ein gefährliches Spiel spielt, gefährlich selbstverständlich nicht für ihn – selber riskiert er keine Kopeke, kein Haar, aber andere riskieren alles.‹«[19]

Am Schluß des Romans, nachdem er mit der Verwirklichung großer Vorhaben gescheitert ist und sich ruiniert hat, stirbt Rudin auf den Barrikaden der Pariser Juni-Revolution von 1848 in höchster Hingabe an eine Sache, die nichts mit ihm zu tun hat und schon verloren ist.

So ist Rudin das Abbild eines Mannes, der nicht nur durch die repressiven Umstände seiner Zeit zur Bedeutungslosigkeit verurteilt ist, sondern auch durch eine emotionale Unsicherheit, die er hinter der leichtfertigen Fantasie und Aussage zu kaschieren sucht. Diese Figur hat viel vom diskursiven Hamlet. Als Turgenjew 1860 seinen Essay *Hamlet und Don Quijote* schrieb, in dem er einen Vergleich zwischen den beiden anstellte, beschuldigte er den dänischen Prinzen eines Übermaßes an Reflexion, das ihn am Handeln hindert, wenn es geboten wäre: »Was stellt nun Hamlet dar? Vor allem ist er Analyse und Egoismus und deshalb Unglaube. Er lebt nur für sich, er ist ein Egoist. (...) Sein Ich (...) ist der Ausgangspunkt, zu dem er immer wieder zurückkehrt, weil es in der Welt nichts gibt, dem er sich mit ganzem Herzen zuwenden könnte; er ist ein Skeptiker...« Don Quijote dagegen ist für Turgenjew die unmittelbare Tendenz zum Guten, die Hingabe an die Handlung, wo alles vergessen wird außer dem erhabenen Ende, das der Hidalgo von La Mancha anstrebt: »Was stellt Don Quijote also dar? Vor allem den Glauben, den Glauben an etwas Ewiges, Unerschütterliches, kurz gesagt, den Glauben an die Wahrheit. (...) Er lebt sozusagen völlig außerhalb seiner selbst, er lebt für andere, für seine Brüder, für die Vernichtung des Bösen, für den Kampf gegen die dem Menschen feindlich gesonnenen Kräfte...« Obwohl Turgenjew zugibt, daß Hamlet das Abbild vieler Menschen ist, beunruhigt ihn seine Tendenz zur Analyse – »In seinen Händen hält auch er ein Schwert – das zweischneidige Schwert der Analyse« –, da ihr, indem sie die Handlung der Spekulation unterordnet, etwas Selbstzerstörerisches, Passives eignet.

Genau das ist es, was bestimmte literarische Figuren der Romantik charakterisiert, etwa den vom russischen Dichter Juri Lermontow in seinem Roman *Ein Held unserer Zeit* (1840) geschaffenen Petschorin, der die Welt, in die er hineingeboren ist, skeptisch beurteilt. Ebenso gibt es in *Rudin* deutliche Anklänge an Alexander Puschkins zwischen 1823 und 1830 geschriebenen Versroman *Eugen Onegin*, ein Meisterwerk der russischen Literatur vom Beginn des 19. Jahrhunderts, dessen zurückhaltender Protagonist darauf verzichtet, im Gefühlsbereich Verantwortung zu übernehmen. Seiner scheinbar einfachen Handlung, der Geschichte einer unerfüllten Liebe, werden das Wissen um die Zeit, die realistischen Betrachtungen über das Leben der Oberschichten und ihre psychologischen Typen, eine intelligente Ironie, die den Leser von der konventionellen romantischen Handlung wegbringt, und eine das Geschehen begleitende Reflexion übergestülpt, so daß ein für die damalige Zeit außergewöhnliches Buch entsteht, das auch heute noch, nach anderthalb Jahrhunderten, außergewöhnlich ist, vergleichbar beispielsweise Stendhals *Rot und Schwarz*.

Eugen Onegin, der Titelheld des Romans, ist ein weiterer Vertreter der guten russischen Gesellschaft, ein ›Sohn des Müßiggangs‹, in dessen Leben man einen Archetyp der aristokratischen Jugend sehen konnte. Nach dem Tod eines Onkels geht er aufs Land, um das Erbe anzutreten, und lernt dort einen Gutsbesitzer in seinem Alter kennen, Lenski, einen gutmütigen, idealistischen Dichter, mit dem er eine herzliche Freundschaft schließt. Lenski bringt ihn ins Haus von Freunden, wo zwei Schwestern leben, Tatjana und die jüngere Olga, Verlobte des Dichters. Kaum erblickt Tatjana Onegin, verliebt sie sich in ihn und schreibt ihm einen Brief, den berühmten Liebesbrief, feurig und naiv, der unter anderem von Tschaikowsky in seiner gleichnamigen Oper vertont wurde. Aber Onegin fürchtet sich vor den Einschränkungen durch die Ehe, und bei einem Rendezvous im Garten sagt er das dem Mädchen. Er besucht dieses Haus nicht mehr, aber an Tatjanas Geburtstag gelingt es Lenski, ihn mitzuschleppen, und beide gehen zum Tanz. Aus reinem Überdruß tanzt Onegin mehrmals nicht mit Tatjana, sondern mit Olga und weckt so die Eifersucht Lenskis, der darin einen Verrat sieht. Er fordert ihn zum Duell, und Onegin willigt ein. Der erste Schuß tötet Lenski. Nach vielen Jahren begegnet Onegin der inzwischen verheirateten Tatjana und versucht, die alte Liebe wiederaufflammen zu lassen; diesmal schreibt er ihr sogar einen Brief, doch die junge Frau weist ihn endgültig ab.

Die Verdrießlichkeit, mit der Onegin Tatjana verschmäht – aus Apathie und Langeweile ebenso wie aus Angst vor dem Joch der Ehe –, muß für die Dandys der Zeit eine Norm gesetzt haben. Wahrscheinlich definierte es irgendwie das Muster für die Verhaltensweise des Mannes, wenn impulsive Frauen offen ihre Liebe erklärten.

Als Turgenjew am Beginn seiner literarischen Karriere stand, hatte der Kritiker Belinski einmal zu ihm gesagt: »Ich finde, Sie haben eine geringe oder gar keine schöpferische Gabe; Ihre Bestimmung ist die Beschreibung der Wirklichkeit.« Es vergingen Jahre, und später räumte der Romancier ein, »daß ich, da mir keine überreiche Erfindungsgabe zu Gebote steht, von jeher darauf angewiesen war, auf gegebenem Boden Fuß zu fassen. Ich habe überhaupt nie ›Typen‹ geschildert, wenn ich nicht von einem ersten Ausgangspunkt, einem Gesicht, welches ich wirklich gesehen, die Anregung dazu erhalten hatte.«[20] Und an Claudie Viardot schreibt er am 26. August 1878: »Man sagt, ich sei in meinen Werken Realist, und das glaube ich auch; und ich liebe das Realistische in der Kunst, den poetischen Realismus.« Er sagte, das Vorbild für die Hauptfigur von *Rudin* sei Michail Bakunin gewesen, und nicht unbedingt deshalb – kann man hinzufügen –, weil er angesichts der Tat unschlüssig gewesen wäre, sondern weil ihn seine Ideen über die Wirklichkeit hinausführten. Aber Rudin ist nicht nur der bekannte

Revolutionär, oder Turgenjew selbst, sondern eine Synthese der psychologischen Typen seiner Zeit, ein lebendiger Archetyp.

Rudin ist dunkelhaarig, hat einen leicht gebeugten Rükken, durchdringende Augen mit intelligentem Ausdruck und eine schwache Stimme; jemand, der im Roman von ihm spricht, sagt: »Schade ist nur, daß die Hände so groß und rot sind«, wieder ein zu beachtendes Detail in Anbetracht dessen, daß Turgenjew so sorgfältig auf die physiognomischen Züge seiner Personen hinwies. Sein französischer Biograph Émile Haumant sagt ausdrücklich: »Turgenjew beschreibt sie minutiös, weniger aus Sorge um den Realismus als aus seinem Glauben an die Übereinstimmung von Äußerem und Innerem; die Details der Physiognomie müssen die des Charakters ankündigen.«[21] Ein anderer Kritiker hat Turgenjew in Übereinstimmung mit einem für Rudin charakteristischen Zug definiert: »Im Leben war er hauptsächlich ein Zuschauer, ein Beobachter, und folglich ein Schwächling.«

Einige Jahre vor *Rudin* hatte Turgenjew den ersten seiner ›überflüssigen Menschen‹ konzipiert, und zwar eben im *Tagebuch eines überflüssigen Menschen*, einer psychologischen Novelle in Form eines reiterativen, argumentierenden Monologs eines von Zweifeln und Unsicherheiten über seine ›Lebenstauglichkeit‹ geplagten Mannes. Als er älter wird, gelangt er zur Überzeugung, daß er nutzlos ist, ein überflüssiger Mensch, der niemanden interessiert und von niemandem geachtet wird. Zugleich leidet er an übertriebener, für den schüchternen und den fantasievollen Menschen typischer Empfindlichkeit; er getraut sich nicht, einer Frau im angezeigten Moment seine Liebe zu erklären, und verliert sie. Seine Starrheit ist dergestalt, daß ihn jemand ›Herr Stock‹ nennt.

Es ist eine großartige Studie eines Neurotikers in Novellenform, eine für die heutige Zeit kennzeichnende Krankengeschichte, obwohl man 1848, als sie verfaßt wurde, noch nicht über die psychologischen Kenntnisse verfügte, die später zum Allgemeingut wurden. Wie in vielen Werken Turgenjews gibt es auch hier einen negativistischen Gehalt, den er nie ganz umgehen konnte, selbst im Moment des Schreibens nicht, in der Nähe von Paris und von Pauline Viardot. Im *Tagebuch eines überflüssigen Menschen* kann man gewisse Obsessionen des dreißigjährigen Schriftstellers und eine der Konstanten seines Charakters kennenlernen: die grundlegende Unsicherheit – ein Gedanke, auf den sich der ganze geistige Mechanismus des Novellenhelden zurückführen ließe, der über seine Mutter sagt: »Sie war immer dieselbe für mich, wohlwollend, aber kalt, tugendhaft und gerecht«, Eigenschaften, hinter denen sich so oft die Gefühlskälte versteckt. Das Fehlen dieser ursprünglichen Sicherheit bewirkt, daß sich das Kind schwach fühlt, und wenn es diesen vitalen Mangel nicht überwindet, wird er es bis ins Erwachsenenalter begleiten, mit allen daraus resultierenden Hemmnissen, und sich so entwickeln, daß er in vielen Fällen seine Entscheidungskraft blockiert, so daß es dereinst dazu verurteilt sein wird, bei den ihm wichtigsten Vorhaben zu scheitern, und es wird mit dem ›anderen‹ nur eine intellektuelle Kommunikation etablieren können, bei der das Gefühl zweitrangig bleibt.

Im Fall Turgenjews müssen sich zum Liebesmangel noch die fehlende Übereinstimmung und die Zwistigkeiten der Eltern gesellt haben; dem schreiben die Psychologen heute den Ursprung der Verwirrung in der frühesten Kindheit zu. In der Novelle *Erste Liebe* erinnert sich der Schriftsteller so daran:

»Ich kehrte nach Hause zurück. Dort erwartete mich etwas Unangenehmes. Meine Mutter hatte eine Auseinandersetzung mit meinem Vater. Sie machte ihm Vorwürfe, aber er schwieg höflich und kühl, wie es seine Gewohnheit war, und fuhr dann sehr bald fort. Ich konnte nicht hören, was meine Mutter sagte, hatte auch anderes im Kopf. Ich weiß nur, daß sie mich, nachdem die Unterredung beendet war, in ihr Zimmer rief und sich sehr unzufrieden über meine häufigen Besuche bei der Fürstin äußerte…«

Auf Erfahrungen wie diese sind die lächerlichen Züge zurückzuführen, mit denen er die Eltern ausstattete, insbesondere die Mütter; ihr Mangel an Intelligenz und Zärtlichkeit macht sie fast zu komischen Figuren. Wir finden kaum zwei liebevolle, selbstlose Mütter, eine Beobachtung, die ein der Turgenjew-Problematik sehr fern stehender Autor machte, Dmitri Mereschkowski: »Man kann sagen, daß er in seinem ganzen Leben nichts anderes tat, als sich mit dem Studium der Geschlechter herumzuschlagen; aber man stellt einen seltsamen Mangel fest – für ihn zählt die Mutterschaft nicht.«[22]

Das Bild der ›bösen Mutter‹, so anders als die gängige, von den Traditionen geschaffene Vorstellung, verfolgte Turgenjew von den ersten Jahren an und war einer der Gründe, warum er durch die Tarnungen des Schreibens und dessen befreiende Wirkung die Leser – loyale Vertraute jedes Vorschlags, mit dem sie sich identifizieren können – an diesem Geheimnis beteiligen wollte.

4. Hartnäckige Leidenschaft

In Iwan Turgenjews Biographie ist 1843 ein Schlüsseljahr, dessen Ereignisse sein weiteres Schicksal bestimmen werden. Im Frühjahr erschien, wie bereits erwähnt, im *Zeitgenossen* die Verserzählung *Parascha*, die Belinski glühendes Lob entlockte, was für ihren Autor eine entscheidende Anerkennung als Schriftsteller bedeutete. In diesen Monaten bekam er auch eine Stelle im Ministerium, und ein drittes, noch nachhaltigeres Ereignis war, daß er am 1. November Pauline Viardot kennenlernte.

Oft ergeben sich die wichtigen Erfahrungen im Leben aus einem geringfügigen, flüchtigen Anlaß. So war es auch hier; mit dem Besuch einer Opernaufführung nahm das Schicksal des jungen Schriftstellers eine Wende, die für seine ganze Zukunft bestimmend sein sollte. In der Blüte der Jugend verliebte er sich in die berühmte Sängerin, und von diesem Moment an wurde er von der Intensität einer unerschütterlichen, einmaligen Liebe fortgerissen. Bis zu Pauline Viardots Erscheinen hatte Turgenjews Liebesleben aus kurzfristigen Beziehungen bestanden, von denen keine nachhaltige Spuren hinterließ; er hatte mehrere Geliebte in Berlin und St. Petersburg und im Haus der Mutter willfährige Leibeigene. Erst Pauline bezwang dank ihrer starken, verführerischen Persönlichkeit Turgenjews Verlangen nach Unabhängigkeit in Gefühlsdingen und wurde zum Mittelpunkt seiner Liebesfähigkeit, dem sich die andern Lebensbereiche, selbst die forderndsten, unterordneten.

In jenen Tagen hätte nicht einmal ein guter Kenner der Familienverhältnisse und des besonderen Charakters des jungen Mannes ahnen können, welch obsessive, ausschließliche Liebe diese Begegnung zur Folge haben würde.

Auf den erhaltenen Porträts von Pauline Viardot können wir ihr nicht besonders hübsches Gesicht mit der kleinen Stirn, den Glotzaugen und der großen Nase sehen; die Lippen waren dick, das Kinn fliehend. Sie war kleingewachsen und hatte einen etwas krummen Rücken, zwei Merkmale, die an Warwara Lutowinowa erinnerten; wie diese hatte sie eine dunkle Haut. Eines Tages, als Turgenjew zwanzig ist, scheint seine Mutter, eine in vielerlei Hinsicht überraschende Frau, die Leidenschaft des Sohnes vorauszuahnen und schreibt ihm: »Und manchmal habe ich das Gefühl, daß Du, da Deine erste Liebe naturgemäß Deine Mutter war, blaß, gelbhäutig, nervös, daran gewöhnt bist, gelbhäutige Frauen zu lieben. Das ist in Ordnung für kleine Affären, aber eine gelbhäutige Frau ist nicht sehr appetitlich.«[23]

Pauline hatte eine wundervolle Stimme – warme Alt- und hohe Soprantöne – und eine große szenische Begabung, mit der sie Erfolge erzielte, die beinahe die der Malibran, ihrer Schwester, übertrafen. Alfred de Musset, der ihr den Hof machte, sagte über ihr Theatertemperament: »Ihr ausdrucksvolles Gesicht verändert sich mit wundersamer Geschwindigkeit, mit äußerster Freiheit, nicht nur je nach dem Stück, sondern nach der Phrase, die sie gerade singt. Mit einem Wort: Sie besitzt das große Geheimnis der Künstler; bevor sie sich ausdrückt, empfindet sie.«

Vom Publikum, das über der Schönheit der Stimme ihre Gestalt vergaß, in ganz Europa gefeiert, war sie »die Poesie und die Musik in Person«, wie ihre Freundin George Sand sagte, die in ihrem *Tagebuch* über sie auch schreibt: »Sie ist ein so vollständiges, so gut organisiertes, so expansives, so großzügiges, so zärtliches und so naives Wesen!«[24] George Sand widmete Pauline ihren berühmten Roman *Consuelo*, den sie, inspiriert von ihrer künstlerischen Berufung, 1842 schrieb. Große Musiker zogen sie zu Rate; Wagner gab ihr Arien seiner Opern zur Uraufführung. Sie hatte Talent zum Komponieren und schrieb unter anderem zwölf Gesangsmelodien über russische Gedichte. Sie zeichnete mit großer Gewandtheit und verstand sehr leckere Kuchen zu backen.

Ihr Vater, der offenbar von Zigeunern abstammende Sevillaner Manuel García, der seit seinem zwanzigsten Lebensjahr in allen Theatern Europas sang, war Ende des 18. und Anfang des 19. Jahrhunderts ein berühmter Sänger und wurde von den renommiertesten Komponisten hochgeachtet. Rossini schrieb für ihn die besten Rollen seiner Opern, beispielsweise den Grafen Almaviva im *Barbier von Sevilla*. Später wurde er Gesanglehrer; von ihm stammen einige Dutzend Opern und leichte Stücke, die seinerzeit viel Anerkennung fanden, heute jedoch völlig in Vergessenheit geraten sind.

Seine drei Kinder stachen in Europas Künstlerkreisen hervor. Der älteste Sohn verlegte sich aufs Studium der Stimmorgane, galt als Autorität auf diesem Gebiet und erfand das Laryngoskop. Eine Straße seiner Geburtsstadt Madrid trägt seinen Namen, Manuel García. Seine beiden Schwestern widmeten sich dem Gesang; die populärere von ihnen war Maria Malibran, einige Jahre lang die größte Opernsängerin überhaupt; sie starb aber sehr jung, auf dem Höhepunkt ihrer Karriere. Ihr Vater gab ihr die ersten Gesangsstunden, doch er war ein jähzorniger Lehrer, dessen Wutausbrüche sie so erschreckten, daß sie während des Singens schluchzte, und diesem Umstand schrieben die Musikkritiker den besonderen Tonfall ihrer Stimme zu. Einer ihrer Bewunderer war Alfred de Musset, der ihr seine *Stances à la Malibran* widmete; verliebt aber war er, wenn auch chancenlos, in ihre jüngere Schwester Pauline.

Diese vereinigte wie gesagt viele intellektuelle und künstlerische Fähigkeiten in sich und war eine glückliche Frau, die sich großer beruflicher Erfolge und eines angenehmen Privatlebens erfreute. Das Klima einer Familie, in der sich alle der Kunst widmeten, kam ihr zweifellos sehr zugute, und der herrschsüchtige Charakter ihres Vaters, der von den Kindern beharrliches Studium von Musik und Gesang forderte, trug seinen Teil zu ihrer Ausbildung bei. Sie war eine Primadonna, genau wie ihre Mutter, Joaquina Sitches aus Cádiz, deren Lehrer ebenfalls Manuel gewesen war. Pauline wurde am 10. Juli 1821 in Paris geboren. Die ersten Gesangsstunden bekam sie in Mexiko, wo die Familie auf Konzerttournee war. Zurück in Europa, studierte sie bei Liszt Klavier und begann auf Opernbühnen aufzutreten; ihr Debüt hatte sie 1837 in Brüssel in einem Benefizkonzert für die Armen. Diesem Auftritt folgten ein weiterer und danach ein Vertrag in London, um am King's Theatre in *Otello* mitzuwirken.

Mit neunzehn Jahren heiratete sie Louis Viardot, Leiter des Théâtre Italien in Paris, der ihr Impresario wurde. Nach einem Jahr bekamen sie ihre erste Tochter, Louise. Daraufhin bereisten sie Italien, Spanien, England, wo Pauline ein sehr breitgefächertes Repertoire interpretierte: *Die Nachtwandlerin, Die diebische Elster, Sappho, Robert der Teufel, Iphigenie in Tauris*... Wie ihre Schwester sang sie in fünf Sprachen, was sie überall mit ihrem Publikum in Berührung brachte.

Das von Viardot geleitete Ensemble besuchte St. Petersburg, nachdem es im selben Jahr in Berlin einen großen Erfolg gefeiert hatte, und spielte in der Saison 1843/44 und 1844/45 im Theater der Italienischen Oper, dem besten der russischen Hauptstadt, wo die ausländischen Künstler auftraten. Die Sitzreihen im Parkett entsprachen den Rängen der Beamten: Die ersten waren für die Minister reserviert, und dahinter saßen weitere hohe Chargen, wenn auch niedrigeren Ranges. Von dort aus sollte Turgenjew am Abend des 3. November die Sängerin sehen und hören, die, wie ihr Sohn Paul schrieb, mit der dramatischen Arie *Che farò senza Euridice?* im letzten Akt von Glucks *Orfeo ed Euridice* »einige Zuschauer aus dem Häuschen brachte«[25].

Ende Oktober war Viardot ein junger Russe vorgestellt worden, begeisterter Jäger wie er selbst, und gemeinsam zogen sie durch die Umgebung von St. Petersburg, wo es damals viele Wölfe und Füchse, Hasen und sogar Bären gab. Und am 1. November – an dieses Datum sollte sich Turgenjew immer erinnern – besuchte er, eingeführt von einem Freund, das Ehepaar in dem Gasthaus, wo sie logierten, einem eleganten Gebäude am Newski-Prospekt, und dort bahnte er an diesem Vormittag die Freundschaft mit Pauline an. Für sie mochte er einer von vielen Männern sein, die sie in Rußland ihrer Stimme wegen umschwärmten und mit denen sie sich wie üblich aus Verpflichtung abgab. Zwei Tage später hatte sie ihr Debüt als Rosine in Rossinis *Barbier von Sevilla*, und damit begann eine Saison voller Erfolge und großartiger Geschenke, die sie von einem sachverständigen, aristokratischen Publikum erhielt. Von da an wurde Turgenjew, zusammen mit anderen Freunden des Paares, ständiger Besucher in ihrer Garderobe, und er zeichnete sich nur dadurch aus, daß er sehr unterhaltsame Geschichten erzählte.

Im Sommer 1845 unternahm er eine Reise nach Frankreich und in die Pyrenäen und besuchte Courtavenel, das Gut, das Viardot ein Jahr zuvor östlich von Paris, in Rozay-en-Brie, erworben hatte, doch zu diesem Zeitpunkt war Pauline abwesend. Die Beziehung zu dem Ehepaar schien sich abzukühlen, und die Briefe, die sie miteinander wechselten, unterschrieb nur der Ehemann.

Im Mai 1847 sang Pauline in Dresden, und Turgenjew ging ebenfalls hin. Dann kehrte er nach Courtavenel zurück. Das dürfte der Moment gewesen sein, wo er mit der Sängerin eine herzlichere, vielleicht sogar intime Beziehung begann. Drei Jahre bleibt der junge Russe in Paris, ohne Geld, aber intensiv schreibend.

Von der ersten Begegnung in St. Petersburg an versuchte Turgenjew, mit dem Ehepaar Viardot in enge Verbindung zu treten. Das gelingt ihm auch: Er wohnt bei ihnen, bemüht sich um die Zuneigung der beiden, paßt sich ihren Gewohnheiten an, und auf seinen häufigen Reisen schreibt er ihnen ununterbrochen. Sein Bedürfnis, bei ihnen zu sein, war so stark, daß er neben ihnen bauen ließ, in Baden-Baden eine Villa und später in Bougival ein Chalet; nachdem sich 1871 die ganze Familie in Paris niedergelassen hatte, bewohnte er im selben Haus den oberen Stock...

Diese anhaltende Freundschaft mit Pauline ist als Beispiel von Bewunderung, Hingabe, Respekt und völliger Ergebenheit angesehen worden. André Maurois schrieb in seiner Turgenjew-Biographie: »Damals war seine Zuneigung zu Pauline gleichzeitig Liebe und etwas Beständigeres als Liebe.« In dieser Beziehung muß es zweifellos sehr zwingende Gründe gegeben haben, sie aufrechtzuerhalten, und einer könnte in der Koinzidenz bestanden haben, daß Turgenjew eine tyrannische Mutter und Pauline einen tyrannischen Vater hatte – Manuels Brutalität gegenüber seinen Kindern läßt sich durchaus mit der Behandlung vergleichen, die Warwara den ihren angedeihen ließ.

Turgenjews Liebe zu Pauline führte ihn manchmal zu fast kindlicher Unterwürfigkeit und Aufmerksamkeit und machte es ihm unmöglich, eine so anormale Situation einigermaßen objektiv zu beurteilen. Dieses Gefühl blieb auch George Sand, einer guten Freundin von beiden, nicht verborgen, und im März 1873 äußert sie sich dazu Flaubert gegenüber: »Nein, dieser Riese tut nicht, was er will, das habe ich gemerkt. Aber er gehört zu denen, die ihr Glück darin finden, beherrscht zu werden, ich verstehe es übrigens. Vorausgesetzt, man ist in guten Händen – und er ist.«

Manchmal brachte der Russe seine ihn besuchenden Landsleute zur Verzweiflung, wenn sie sahen, wie er unter Paulines Einfluß stand und in einer Weise gebunden war, die ihn ihrer Ansicht nach von Rußland und seinen nationalen Problemen entfernten. Während einige Autoren in Pauline die Muse des großen Romanciers sehen, sprechen ihr andere jeglichen Einfluß auf sein literarisches Schaffen ab. Die Meinungen sind je nach der Nationalität geteilt. Im allgemeinen führen die Russen auf die Sängerin den Konservatismus des Schriftstellers, einige in seinen Romanen aufscheinende konventionelle Ideen, seine übermäßig sentimentalen Vorstellungen oder die Frivolität seiner Theaterstückchen zurück. Auch ist darauf hingewiesen worden, daß man den Schriftsteller in den Pariser Kreisen nie wirklich akzeptierte. Ein Biograph hat die Meinung vertreten, sowohl für die Viardots wie für die Teilnehmer des literarischen Stammtischs im Café Riche sei Turgenjew ein Fremder geblieben. Andere, mehrheitlich westliche Kritiker sind der Ansicht, die Beziehung zu diesem Ehepaar habe sich für den Romancier in hohem Maß positiv ausgewirkt, und er habe das Leben, das er in Frankreich geführt habe, sehr genossen; und das sagte er auch selbst immer wieder, wie man in einem Brief aus der Baden-Badener Zeit feststellen kann, in dem er mitteilt, Pauline sei für ihn die oberste Instanz zur Beurteilung seiner Werke und ihre Anerkennung der einzige Erfolg, auf den er sich etwas einbilde. Diese gegensätzlichen Meinungen rühren zum Teil daher, daß man die wirkliche Natur der Beziehung zwischen den beiden noch immer nicht kennt. Die Nachkommen der Sängerin, die die postumen Schriftstücke des Autors aufbewahrten, hüteten jahrelang den Zugang zu den Familienarchiven, bis heute sind wenige Briefe von Pauline an Turgenjew bekannt. Viele wurden vernichtet, um mögliche Spuren einer außerehelichen Liebe zu verwischen. Auch das Tagebuch ist verschwunden, das Turgenjew mehrere Jahre lang führte und in dem vermutlich die Alltagskleinigkeiten protokolliert waren, die die großen Taten so sehr veranschaulichen. Glückerweise sind wenigstens viele Briefe von Turgenjew an seine Freundin erhalten, eine nie versiegende Quelle von Hinweisen, anhand deren sich die Wechselfälle seines Privatlebens verfolgen lassen. Aber um ein Haar wäre ein Teil dieser ausgedehnten, ebenso prosaischen wie literarischen Korrespondenz Ende des letzten Jahrhunderts abhanden gekommen. Anscheinend ging beim Umzug der Familie von Baden-Baden nach Paris 1871 ein Paket mit Briefen an Pauline verloren[26]. Jahre nach Turgenjews Tod entdeckte ein Verehrer von ihm sie in einem Berliner Antiquariat. Diese Briefe landeten bei einem Autographensammler und anspruchslosen Schriftsteller, Marius-Émile Dodillon, Tierarzt in Provins. Um 1890 traten zwei französische Slawisten, Élie Halpérine-Kaminsky und Émile Haumant, mit Dodillon in Verbindung, da ersterer Turgenjews Briefe an seine französischen Freunde herausgab. Er schlug Dodillon vor, dessen hundertvierzig Briefe zu publizieren, aber als Pauline davon erfuhr, intervenierte sie durch ihren Schwiegersohn, Georges Chamerot, um sie vor Erteilung der erforderlichen Bewilligung durchzusehen und zweifellos zu verhindern, daß etwas allzu Privates veröffentlicht würde. Dodillon schickte sich in einen Modus, gemäß dem er Pauline die Kopien der Briefe schicken würde, damit sie darin die für notwendig erachteten Streichungen oder Korrekturen anbringen könnte, und am Ende würden ihr alle Originale zurückgegeben. Dodillon wurde ärgerlich über Paulines Saumseligkeit und verzögerte die Sendungen, aber schließlich wurden die wertvollen Briefe doch nach und nach von Pauline gelesen und zensiert. Sie strich ganze Absätze und schied einige Briefe völlig aus. Von den ersten zwanzig, die sie erhielt, zog sie drei zurück und von den folgenden fünfundzwanzig neun. Die Streichungen können nur so interpretiert werden, daß sie der Meinung war, aus nichtssagenden Sätzen würde man intime Dinge erfahren, die den guten Namen hätten beflecken können, den zu behalten sie besorgt gewesen war. Man darf nicht vergessen, daß Pauline immer moralistische Vorstellungen hatte und ihre Geheimnisse eifersüchtig hütete.

Die vollständige Ausgabe dieser Briefe erschien 1907 in Paris. In den sechziger Jahren fand der Forscher Patrick

Waddington in der Gemeindebibliothek von Provins Dodillons Schriftstücke und darunter einen noch nie veröffentlichten Brief Turgenjews, der Pauline aus unbekannten Gründen nicht geschickt worden war, vielleicht weil man schon im voraus als sicher angenommen hatte, daß sie ihn nicht autorisieren würde. Aus diesem Brief vom März 1871 wird ersichtlich, daß Turgenjew akzeptiert hatte, in Moskau Vorträge zu halten, um etwas Geld zu bekommen, das er für die Mitgift Claudies benötigte, Paulines Tochter, die demnächst heiraten würde.

Pauline verstümmelte Briefe und veränderte auch Urteile, die sich nicht mit ihrem Geschmack deckten. Beispielsweise haßte Turgenjew den russischen Komponisten Anton Rubinstein, den er langweilig fand; aber sie unterschlug diese Meinung, ja ersetzte sie durch »großen Applaus« im Kommentar zu einem Konzert. Ganz offensichtlich zeigen die Erben großer Persönlichkeiten wenig Respekt vor ihrem Andenken – und noch weniger vor ihren postumen Schriftstücken. Auch einige humoristische Anspielungen, die sich Turgenjew zu eschatologischen Themen erlaubte, fielen dem Zensurstift zum Opfer.

An Turgenjews Korrespondenz kann man nicht nur Schritt für Schritt sein Alltagsleben verfolgen, sondern auch Facetten seiner Psychologie beurteilen, die sich einer vereinfachenden Interpretation entziehen. Schon in seinen allerersten Briefen an Pauline entdeckt man Sätze von überspannter Zuneigung, von Freundschaft, Versprechungen unerschütterlicher Erinnerung:

»Nachdem ich in Ihre und Ihres Mannes Intimität zugelassen worden bin, kann ich mich nicht mit dem Gedanken abfinden, Ihnen fremd zu werden, und schreibe Ihnen in der

Hoffnung, daß Sie mich nicht ganz vergessen haben und mit etwas Vergnügen Nachrichten aus einer Stadt bekommen, wo man Sie so geliebt hat und noch immer liebt...«[27]

»Wie oft ich den ganzen Tag an Sie gedacht habe, kann ich Ihnen nicht sagen; als ich zurückging, rief ich Ihren Namen so entzückt, ich streckte die Arme mit so viel Sehnsucht nach Ihnen aus! Sie haben es gewiß hören und sehen müssen.«[28]

Einzig in die Schlüsse schmuggeln sich Indiskretionen ein, der Rest des Briefes läßt nie eine Andeutung von Liebe durchscheinen. Häufig ist der leidenschaftliche Schlußsatz auf deutsch geschrieben, eine Sprache, die beide sehr gut konnten, während Louis Viardot sie nicht verstand.[29] Als Beispiel möge der Schluß eines Briefes vom November 1850 dienen: »Und Ihnen küss ich die Füsse STUNDENLANG [dieser Satz durchgestrichen]. Tausend Dank für die lieben Nägel.« Es folgt ein Postskriptum, ebenfalls auf deutsch: »Es ist schon lange her, daß Sie mir SCHRIFTLICH Ihre Hände zu küssen nicht geben... Warum? Bitte, im nächsten Brief lassen Sie mich Ihre Füsse küssen.«[30]

Auch Warwara Petrowna neigte zu brieflicher Rhetorik, und zweifellos beerbte Turgenjew sie. Schon in den Briefen des Fünfzehnjährigen an seinen Onkel Nikolai sieht man eine Vorwegnahme solcher Herzensergüsse, die durch ihren literarischen Tonfall ein gewisses Mißtrauen erregen könnten. Wer wollte hinter dieser Begeisterung ein kaltes Temperament vermuten? Sollten diese gefühlvollen, manchmal stereotypen Sätze darauf aus sein, für den grundlegenden Mangel an Gefühl Verzeihung zu erlangen? Gesteht man Warwara Petrowna irgendeine Einsicht über ihren Sohn zu, so könnte man einen Satz aus einem Brief an ihn zitieren, in dem es heißt: »Du bist der größte Egoist... Ich kenne Deinen Charakter besser als Du selbst. Ich prophezeie Dir: Deine Frau wird Dich nicht lieben. Du bist liebesunfähig. Das heißt, Du wirst nicht die Frau, sondern Deine eigene Lust lieben.«

Bei einigen Abschnitten der Briefe an Pauline kommen Zweifel auf, ob sie ehrlich sind, als wären sie eher die Täuschung eines Mannes, der sich nach Zärtlichkeit sehnt und sie selbst um den Preis der Unterwerfung zu erlangen sucht. »Ich möchte mein ganzes Leben wie einen Teppich unter Ihre lieben Füße legen, die ich tausendmal küsse.«[31]

Die Jahre vergingen, und dieses Bedürfnis blieb bestehen, mit dem Dank für die erhaltene Zuneigung. Ein Brief, den sie ihm schreibt, nachdem sie sich schon einundzwanzig Jahre kennen, läßt ihn ausrufen: »*Theuerste Freundin*, das ist aber wirklich ein guter Brief, der mich so zufrieden und glücklich gemacht hat. Aber eigentlich bin ich ganz verwirrt, wenn ich sehe, daß man mich so liebhat. Fast möchte ich um Entschuldigung bitten, und ich fühle mich so glücklich. Danke, tausend Millionen Mal Dank.«[32]

Eine Besonderheit von Paulines Charakter bestand, neben ihren vielen Qualitäten, in ihrer barmherzigen Haltung gegenüber hilfsbedürftigen Menschen; sie hielt sich für die Beschützerin der Schutzlosen, und was Turgenjew betrifft, so ist der Gedanke erlaubt, sie sei durch die Verehrung dieses angesehenen Mannes in ihrem Selbstwertgefühl geschmeichelt worden. Aber dieser Hilfe wird mit Dankbarkeit entsprochen, und von Dankbarkeit kann nicht Liebe kommen, wie Turgenjew 1881, zwei Jahre vor seinem Tod, in einem der *Gedichte in Prosa* (›Der Weg zur Liebe‹) schrieb: »Alle Gefühle können zur Liebe, zur Leidenschaft führen, alle: der Haß, das Mitleid, die Gleichgültigkeit, die Ehrfurcht, die Freundschaft, die Furcht, selbst die Verachtung. Ja, alle, so viele ihrer sind. Nur eines nicht – die Dankbarkeit.«

In den Briefen an Pauline finden sich auch unzählige Kommentare und Notizen zu musikalischen Dingen, die er schrieb, um die Sängerin für sich einzunehmen und ihren Vorlieben entgegenzukommen, obwohl wir schon gesehen haben, wie sie vor der Publikation der Briefe Urteile von Turgenjew korrigierte, wenn sie ihr nicht zusagten.

Gleichermaßen übte sie eine Zensur über die Werke des Schriftstellers aus, und vielleicht ist es eine Folge dieser Kontrolle, daß es in den Handlungen all der Romane und Erzählungen keinen Hinweis, wenigstens keinen expliziten, auf die Sängerin gibt. Daß sie nirgends erwähnt wird, war möglicherweise eine Maßnahme der Diskretion, die man ihm nahegelegt hatte, denn man darf nicht vergessen, daß Schauspielerinnen und Sängerinnen selbst Mitte des 19. Jahrhunderts den zweifelhaften Ruf noch nicht losgeworden waren, der in vorangehenden Jahrhunderten den Theaterfrauen angehaftet hatte. Selbst eine international renommierte Diva wie Pauline war sozusagen stillschweigend dazu verpflichtet, die einflußreichen Männer der Stadt zu empfangen, in der sie auftrat. So hatte sie Turgenjew kennengelernt.

Auch der im Œuvre dieses Schriftstellers vorherrschende Moralismus dürfte daher rühren, daß er sich in der französischen Gesellschaft Louis Philippes und Napoleons III. ansiedelte – es ist der sehr äußerliche Moralismus der Franzosen und eines großen Teils der französischen Literatur. Die Liebe, wie Turgenjew sie beschreibt, ist ausschließlich platonisch, und er erlaubt sich kaum einen direkten Hinweis auf das Sexualleben – und so war die ganze ernst zu nehmende Literatur des 19. Jahrhunderts. Die Liebenden bewegen sich innerhalb der Grenzen von Keuschheit und Beherrschung, entsprechend der Konvention von Tugend bei der Frau und Ehrenhaftigkeit beim Mann.

Ein Beispiel für die Einschränkungen durch die Zensur, die Turgenjew zu erdulden hatte – in diesem Fall ohne Paulines Dazutun –, ereignete sich im Zusammenhang mit der Absicht, in der *Revue des Deux Mondes* die Novelle *Ein König Lear aus der Steppe* zu veröffentlichen. Der Chefredakteur der Zeitschrift fand, der Ausdruck *fille de chienne* könne nicht gedruckt und müsse also geändert werden. Schließlich erschien die Novelle, aber mit vielen Kürzungen.

In der Geschichte dieser außergewöhnlichen Liebschaft wird der Ehemann von den Biographen vergessen und geht in der spektakulären Umgebung unter, in der sich die berühmte Sängerin bewegt. Louis Viardot, einundzwanzig Jahre älter als Pauline, war ein ernster, methodischer Mann, der sich der Kunstkritik widmete, ein hervorragender Hispanist und Verfasser mehrerer Bücher über europäische Museen und über die Jagd. Er beherrschte mehrere Sprachen und übersetzte Bücher ins Französische, unter anderem 1836 den *Don Quijote*. Er schrieb eine *Geschichte der Mauren in Spanien* und wurde zum korrespondierenden Mitglied der Akademie der Geschichte in Madrid ernannt. 1841 hatte er zusammen mit George Sand die *Revue indépendante* gegründet. Mitte 1843 kam er für die im Herbst beginnende Spielzeit mit dem ganzen Ensemble nach Rußland. Dort lernte er Turgenjew kennen, und zwischen den beiden Männern entstand eine herzliche Freundschaft, der der Altersunterschied von achtzehn Jahren keinen Abbruch tat. Sie verbrachten viel Zeit miteinander, gemeinsam übersetzten sie russische Werke ins Französische, 1848 die Werke Gogols und kurz danach *Die Hauptmannstochter* von Puschkin.

Es drängt sich die Frage auf, was für eine Art Übereinkommen es zwischen diesen beiden Männern gab, auf Schloß Courtavenel, ihrem Gut in Frankreich, oder im Pariser Haus, an der Seite der Frau, die beide liebten. Man weiß sehr wenig über das Innenleben dieser Beziehung, aber wenn wir davon ausgehen, daß Turgenjew ganz genau wußte, daß er diese angebliche, bis zu seinem Tod dauernde *ménage à trois* verschuldet hatte, werden wir verstehen, warum er, wenn er in seinen Werken den Typus des hintergangenen Ehemanns abhandelt, diesen, vielleicht aus Taktgefühl, aus Skrupel oder wegen der Nähe des Vorbilds, als ›Opfer‹ eines verachtenswerten Dritten darstellt.

Das mußte die Situation der beiden Männer in dieser Familie sein. Und so bezeugt es der von Eugène Séménoff zitierte Kommentar einer Schülerin von Pauline[33]: »Der alte Viardot nahm selten an den ›Donnerstagen‹ teil. Aber wir sahen ihn beim Mittagessen und abends, wenn keine Leute da waren. Er war zwanzig Jahre älter als Mme Viardot, ein in sich gekehrter, gebeugter Alter. Wenn ich einmal M. Viardot – einen kleinen Alten – und Turgenjew – diesen Adler – beisammen sah, fragte ich mich wider Willen: Was war das für eine Beziehung, die diese drei Menschen aneinanderband? Sie haben ein ganzes Leben lang zusammengelebt, sind jung gewesen, haben geliebt... Alles, was ringsum gesagt, was nicht gesagt, was geschrieben wurde, soufflierte die Antwort. Ich weiß, daß sich Nekrassows Gedicht *Ich beneide dich, dich, deine Reise und dein Los* auf Turgenjew bezog, der mit Mme Viardot nach ihren Erfolgen in Rußland 1845 ins Ausland reiste...«

Die Ehe des Paars Viardot-García war eine Zweckehe gewesen wie so viele damals, ohne daß dabei Gefühle oder die freie Wahl eine Rolle gespielt hätten. Wahrscheinlich haben ganz andere Erwägungen als die Liebe Pauline dazu gebracht, mit neunzehn einen vierzigjährigen Mann zu heiraten. Doch dieser Altersunterschied wurde durch Louis' Prestige in französischen Theaterkreisen wettgemacht.

Von Viardot hieß es, er sei, mit seinen Büchern, seinen historischen Arbeiten und der Jagd befaßt, ein egoistischer Ehemann und Vater gewesen. 1859 schrieb Pauline dem deutschen Musiker Julius Rietz, einem sehr guten Freund, daß sie für Louis einzig tiefe Freundschaft empfinde, anders könne sie die Liebe nicht erwidern, die er ihr gegenüber zum Ausdruck bringe. Sie wisse, wie grausam das sei, doch das Herz »kann man zum Schweigen bringen, aber nicht zum Sprechen zwingen«. Einige Reisen, die sie in letzter Zeit allein unternommen habe, fern von einer Zuneigung, an der sie nicht teilhaben könne, seien erholsam gewesen. Möglicherweise beschreiben diese Geständnisse analoge Gefühle für Turgenjew: vielleicht ein wohlwollendes Annehmen, nicht mehr als Freundschaft. Es dürfte nicht müßig sein, daran zu erinnern, daß sie den Romancier freundschaftlich ›Turgi‹ nannte, eine zärtliche, nicht verächtliche Bezeichnung, jedoch mit einer kindlichen Konnotation.

Viardots Stellung als Vater und Ehemann war im Haus in Baden-Baden und dem in Paris zweifellos eingeschränkt. 1865 schreibt er seiner Frau einen Protestbrief, da jemand seinen Platz eingenommen habe, und bittet um eine gewisse

Zurückhaltung vor Dritten, damit er seine Freude und seinen Frieden behalten könne[34]. Offenbar bezieht sich dieser Brief nicht auf Turgenjew, sondern auf einen möglichen Rivalen.

Einen verborgenen Protest Viardots erkennt man in dem harten Urteil über Turgenjews Novelle *Erste Liebe*. Viardot wirft ihm vor, einen Ehebruch als Stoff gewählt zu haben, und er scheint sich über mehr zu beklagen als über eine schlichte Novellenhandlung, wie wir dem folgenden Brief entnehmen können[35]:

»Mein lieber Freund, ich werde mich offen zu Ihrer *Ersten Liebe* äußern. Ehrlich gesagt, wäre ich der Chefredakteur der *Revue des Deux Mondes* gewesen, ich hätte diese Novelle ebenfalls abgelehnt, und aus demselben Grund. Ich fürchte, sie gehört, ohne daß Sie es wissen, zu dem, was man zu Recht als ungesunde Literatur bezeichnet. Alle Figuren sind nahe am Gemeinen, und die alte, dem Tabak verfallene Prinzessin und das junge Mädchen, dessen Koketterie versteigert wird, und der Husar und der Pole und der Dichter; niemand von ihnen vermag zu interessieren oder zu amüsieren. Und welchen von ihren Verehrern erwählt diese neue *Kameliendame* wohl aus? Einen verheirateten Mann. Wieder der Ehebruch, immer wieder der blühende, verherrlichte Ehebruch. Dieser Mann hat aus Berechnung eine alte Frau geheiratet; er verschleudert ihr Vermögen, indem er sich junge Mätressen kauft. Tut nichts zur Sache; er ist ein bezaubernder, anbetungswürdiger, unwiderstehlicher Mann. Warum haben Sie ihn nicht wenigstens zum Witwer gemacht? Wozu dient die traurige, unnütze Figur seiner Frau? Und wer erzählt nun diese skandalöse Geschichte? Sein Sohn, o Schande! Sein eigener Sohn, der es nicht Noahs

Söhnen gleichtut, welche die Trunkenheit und Nacktheit ihres Vaters zudecken, sondern sie ans hellste Licht zerrt. Und er ist nicht mehr sechzehn, als er spricht, sondern vierzig, seine Haare werden grau, und er findet kein Wort des Tadels oder des Bedauerns zur elenden Situation seiner Eltern. Wozu dient da noch das Talent, wenn es für so etwas vergeudet wird?«

Obwohl Turgenjew in der Korrespondenz mit Pauline diesbezüglich diskret war, läßt er einmal durchblicken, daß er Viardots Mißbilligung seines langen Aufenthalts bei ihnen wahrgenommen hat. In zwei kurzen, deutsch geschriebenen Sätzen fragt er sie: »Was fehlt V.? Ist ihm vielleicht unangenehm, daß ich hier wohne?«[36]

Diesmal war er sich seiner unbehaglichen Lage bewußt, denn in einem anderen Brief aus diesen Tagen beharrt er auf etwas konfuse Art auf dem Thema, nachdem er lange Zeit in Courtavenel zu Gast gewesen ist:

»Ich weiß nicht, was mit mir ist, ich fühle mich in der Haut eines Aufschneiders... Und im Grunde bin ich ein ganz kleiner Junge; ich habe den Schwanz eingezogen und sitze armselig und schofel auf dem Hintern, wie ein Hund, der weiß, daß man sich über ihn lustig macht, und vage beiseite schaut und blinzelt wie von der Sonne geblendet; oder besser gesagt, ich bin ein wenig traurig und ein wenig melancholisch, aber das macht nichts, ich bin trotzdem sehr zufrieden, mich in Courtavenel zu befinden, die weidengrüne Tapete meines Zimmers erquickt meine Augen, und ich bin gleichwohl sehr zufrieden...«[37]

5. Rußland nahe und fern von Rußland

Turgenjew beschloß, im Exil zu leben, als einer, der sich freiwillig verbannt, um einer Heimat zu entkommen, in der er sich als Fremder fühlt. Die Ablehnung der für ihn unerträglichen Familiengebräuche dehnte sich auf das ganze Land aus, in welchem sie zugelassen waren, und so bekam die Tendenz, sich von Rußland zu distanzieren, zwei Gesichter: die Dualität Mutter–Heimat.

Turgenjew beschrieb sein Heimatland als bedrohliche Sphinx; da er sich fürchtet, ihr gegenüberzutreten, verzögert er die Rückkehr ins mütterliche Haus:

»Rußland wird warten; diese riesige, finstere Gestalt, unbeweglich und verschleiert wie die Sphinx des Ödipus. Sie wird mich erst später verschlucken. Ich meine zu sehen, wie sie ihren schweren, trägen Blick mit düsterer Aufmerksamkeit auf mich heftet, wie es zu steinernen Augen paßt. Sei ruhig, Sphinx, ich werde zu dir zurückkommen, und du wirst mich nach Lust und Laune verschlingen können, wenn ich das Rätsel nicht löse. Laß mich noch einige Zeit in Frieden! Ich werde zu deinen Steppen zurückkehren!...«[38]

Hier wird die in der modernen Welt weitverbreitete Ambivalenz thematisiert, daß man das Land, in dem man geboren ist, liebt und gleichzeitig wünscht, fern von ihm zu leben. Die pathetische Note vieler Erfahrungen in seinem Leben wurde noch durch den Impuls verstärkt, vor dieser verschlingenden *genitrix* zu fliehen, den Ort zu wechseln und dabei die ewige Sehnsucht nach einem in seiner Fantasie neuerschaffenen Heimatland mitzuschleppen.

Ausgeprägter als andere europäische Schriftsteller, die

lange im Exil gelebt hatten – man braucht nur an Heine zu erinnern, der fünfundzwanzig Jahre in Frankreich verbrachte –, hatte Turgenjew die Gewißheit, ein Vagabund zu sein, als ereile ihn der Fluch, der über dem Protagonisten seines Romans *Ein Adelsnest* drohte: »Auch du sollst dir nirgendwo ein Nest bauen können. Umherirren sollst du dein Leben lang.«

Unabänderliche Verlassenheit, die viele Passagen durchzieht, etwa den Schlußsatz von *Rudin*, den Satz, den Anton Tschechow im letzten Akt von *Die Möwe* wiederaufnahm, um eine analoge Situation zu typisieren: »Eine lange Herbstnacht war hereingebrochen. Wohl dem, der in solchen Nächten ein Dach über dem Kopf hat und in einem warmen Winkel sitzt. Gott aber möge allen obdachlosen Wanderern helfen.«

Mit seiner Reise in den Westen als Zwanzigjähriger hatte sich sein Schicksal als Reisender besiegelt, der an den europäischen Sitten Gefallen fand. Über seine Studentenzeit in Berlin schrieb er:

»Ich stürzte mich kopfüber in ›das deutsche Meer‹, das mich reinigen und wiedergebären sollte, und als ich endlich aus seinen Wogen wieder auftauchte, war ich ein ›Westler‹ geworden und bin es für immer geblieben.«[39]

Zum zweiten Mal verließ er sein Land im Jahr 1845, als man in Rußland für einen Paß den erklecklichen Betrag von fünfhundert Rubel bezahlen mußte, eine unerschwingliche Summe für die armen Studenten, die deshalb die Grenzen nicht überschreiten konnten und von den damals in Europa kursierenden subversiven Ideen nicht angesteckt wurden. Turgenjew aber konnte bezahlen und unternahm im Frühling dieses Jahres in Begleitung seines Freundes Wassili

Botkin eine Reise. Gemeinsam zogen sie durch Frankreich und gelangten bis Saint-Jean-de-Luz, wo sie sich trennten: Turgenjew reiste in den Pyrenäen umher, während Botkin sie durchquerte und mehrere spanische Städte besuchte; seine Eindrücke davon verarbeitete er später in seinen *Briefen aus Spanien*, einem wenig bekannten Buch.[40]

Zwei Jahre später wiederholte Turgenjew die Reise nach Paris und blieb einige Zeit dort. Der Wunsch, in Paulines Nähe zu sein, ließ ihn Rußland verlassen, um die in St. Petersburg begonnene Freundschaft weiterzupflegen. Ein ebenfalls gewichtiger Grund dürften der Wunsch und das Bedürfnis nach einem weniger beklemmenden intellektuellen Klima gewesen sein, in dem es nicht zwangsläufig immer zu Reibungen kam wie im russischen Reich. Später rechtfertigte er seinen Weggang so: »Ich mußte mich unbedingt von meinem Feind entfernen, um ihn dann aus ebendieser Ferne um so heftiger anzugreifen. In meinen Augen hatte dieser Feind eine ganz bestimmte Gestalt, und er trug einen bekannten Namen: Dieser Feind war die Leibeigenschaft. Unter diesem Namen faßte ich alles zusammen, wogegen ich entschlossen war bis zum Ende zu kämpfen, mit dem ich mich nie abzufinden geschworen hatte.«[41] Es stimmte, daß der künftige Romancier nur jenseits der russischen Grenzen in Freiheit würde schreiben, ja sein Land über eine Entfernung hinweg besser betrachten können, die ihm die nötige Perspektive gäbe, um der ›russischen Sphinx‹ gegenüberzutreten. Es ist dem auf dieser Reise gefaßten Beschluß auszuwandern zuzuschreiben, daß Turgenjew für immer an Europa gebunden blieb und einige Länder kennenlernte, während ihm außer den zentralen Gegenden, wo er geboren wurde und seine Kindheit verbrachte und die er in seinen

Naturbeschreibungen immer meint, viele Regionen Rußlands unbekannt blieben. Der unermeßliche russische Raum, wie ihn später Maxim Gorki oder Wladimir Korolenko kennenlernten, war ihm fremd. Selbst das in seinen Romanen vorkommende Klima ist im allgemeinen das des Sommers oder Frühlings, nie Rußlands langer, charakteristischer Winter.

Aber seine Entfernung war rein geographisch. Er dachte weiterhin wie ein Russe, achtete auf alles, was sein Land betraf, mit anfechtbarem, aber nie kühlem Urteil, denn er erlebte Tag für Tag den Gang der Ereignisse in der russischen Politik. Offenbar hat man in Turgenjew zu Unrecht einen Westler sehen wollen, einen Französling, der sich von all seinen slawischen Eigenschaften gelöst hatte. In seinen *Literatur- und Lebenserinnerungen* rechtfertigte er sich mit einer ausführlicheren, die ganze Wirklichkeit des Zarenregimes umfassenden Begründung, da dieses jahrelang Formen der Unterdrückung und Gewalt unterstützte, welche danach die autoritären Regime der ganzen Welt anwendeten.

»Jene Lebensweise, jenes Milieu und besonders jene Sphäre, wenn man so sagen darf, der ich angehörte – die Sphäre der Großgrundbesitzer, der Leibeigenschaft –, waren nicht geeignet, mich zurückzuhalten. Im Gegenteil: beinahe alles, was ich um mich herum sah, rief in mir ein Gefühl der Verwirrung, des Unwillens und letztlich der Abscheu hervor. Ich durfte nicht lange zögern. Entweder mußte ich mich fügen und demütig in dem gleichen Gleise gehen wie die anderen, in dem ausgetretenen Pfad, oder mich mit einemmal abwenden, alle und alles von mir stoßen, selbst auf die Gefahr hin, vieles zu verlieren, was meinem Herzen lieb und teuer war. Ich habe es getan.«

Im September 1847 logierte Turgenjew in Courtavenel, der Besitzung der Viardots, die er umsonst und frei benutzen konnte, auch wenn seine Freunde auf Reisen waren. Es war »ein altes Schlößchen mit Türmchen, umgeben von Gräben, die mit grünem Kraut überwachsen und vom Geplätscher der Frösche getrübt waren«, wo er, ausgiebig schreibend, ein ruhiges Leben führte. Aus dieser Einsamkeit heraus richtete er an Pauline, die gerade in Deutschland weilte, lange Briefe, in denen er ihr von den kleinsten Einzelheiten des Alltags Bericht erstattete. Hier ein Beispiel für diese Briefe, die er der Sängerin während seiner drei Frankreichjahre fast täglich schickte, auf französisch, wie – mit Ausnahme einzelner Sätze – seine ganze Korrespondenz mit ihr:

»Guten Tag, Madame; wie geht es Ihnen? – Alle Bewohner von Courtavenel sind wohlauf und lassen Sie grüßen. Sie haben mich beauftragt, Ihnen vom gestrigen Tag zu berichten. Da ist er also, dieser Bericht:

Nach Ihrer Abreise sind alle zu Bett gegangen und haben bis zehn geschlafen; dann ist man aufgestanden, hat ziemlich schweigsam gefrühstückt, hat ohne Eile Billard gespielt, und danach ist man ans Werk gegangen: Mlle Berthe mit Louise, M. Sitchès mit der Zeitung, Mme Sitchès irgendwo und ich im Arbeitszimmerchen, wo ich begonnen habe, über das fragliche *Thema* nachzudenken. Eine Stunde habe ich nachgedacht, danach habe ich Spanisch gelesen, dann eine halbe Seite des Themas geschrieben, danach bin ich in den großen Salon gegangen, wo ich erstaunt gesehen habe, daß es erst zwei Uhr war. Dann habe ich dreiviertel Stunden mit Louise gearbeitet, die ein wenig ihr Deutsch zu vergessen beginnt, im Diktat aber sehr wenig Orthographiefehler macht; danach bin ich allein spaziergegangen, und bei meiner Rückkehr sind alle zusammen (und ich auch) bis zum Abendessen spazierengegangen, das um fünf stattgefunden hat. Nach dem Essen ist mir die Zeit, die bis dahin wie ein verletztes Rebhuhn das Bein nachzuschleppen schien, weniger lang geworden; ich habe aber tatsächlich dank der Ermüdung durch meine beiden Spaziergänge bis neun geschlafen. Um neun hat man uns Tee gebracht – oder vielmehr den schweizerischen Wundklee aus Razay, den wir getrunken haben; diesen frugalen Imbiß haben wir mit einem ehrbaren, bescheidenen Gesprächlein über allgemein bekannte, sehr wenig interessante Themen gewürzt. Berquin und Marmontel oder jeder andere Autor moralischer und belehrender Bücher wären ganz sicher erbaut gewesen, hätten sie unsere bescheidene, geschmackvolle Haltung, unsere Ehrerbietung einer dem anderen gegenüber gesehen, die eine leichte Schläfrigkeit nur noch angenehmer machte. Kurzum, nachdem wir fast eine Stunde die Gesellschaft von unseresgleichen genossen hatten, ein Vergnügen, für das, wie gesagt wird, der Mensch geboren ist, standen wir auf, verfügten uns ins Speisezimmer, nahmen unsere Beleuchtung, wünschten uns eine gute Nacht und legten uns in unsere Betten, wo wir alsogleich einschliefen.

Diesen Morgen ist sehr schönes, sehr mildes Wetter; ich habe vor dem Frühstück einen ziemlich langen Spaziergang gemacht, und jetzt schreibe ich Ihnen zwischen Frühstück und Billard in der Besorgnis, daß der Briefträger nicht eher kommt als üblich. Morgen werden wir ihn noch ungeduldiger erwarten.

Ich drücke Ihnen ganz, ganz fest die Hand. Tausend Grüße an Viardot und die anderen Freunde...

Ein Uhr. – Der Briefträger ist noch nicht gekommen, ich füge noch einige Worte hinzu. Es ist zauberhaftes Wetter, und Courtavenel ist heute sehr hübsch, sehr angenehm. Ich habe den ganzen Vormittag im Park verbracht. Was machen Sie in diesem Augenblick? Das ist eine Frage, die wir uns jede Viertelstunde stellen... Allen geht es heute noch besser als gestern. Noch einmal guten Tag, alles Gute und auf Wiedersehen.

Ihr IV. TOURGUENEFF«[42]

In Courtavenel verfaßte er das Theaterstück *Der Parasit* und die Novellen *Drei Begegnungen* sowie *Tagebuch eines überflüssigen Menschen* und bereitete dann die zweite Serie der *Aufzeichnungen eines Jägers* vor, um zu etwas Geld zu kommen, wie er in einem Brief an seinen Freund Afanassij Fet, den Lyriker, selbst zugibt, denn Warwara Petrowna weigerte sich, ihm Geld zu überweisen. Dagegen borgte ihm Paulines Mutter kleine Summen französische Francs. Wenn die Sängerin abwesend war, pflegte er ihre Mutter zu besuchen, um von ihr etwas über Pauline zu erfahren. Joaquina Sitchès war eine berühmte Schauspielerin gewesen, die unter dem Namen Briones auftrat. Sie lebte in Paris bei einem verheirateten Bruder, Pablo Sitchès, dessen Tochter ebenfalls Sängerin war.

Diese Besuche dürften Turgenjew dazu gedient haben, sich im Spanischen zu üben, das er bei einem Lehrer namens Castelar zu lernen begonnen hatte. Schon im November 1847 erzählte er Pauline, daß er Calderón lese[43], und am 25. Dezember berichtete er: »Ich habe jetzt den spanischen ›Faust‹ angefangen, *El mágico prodigioso*; ich bin ganz calderónisiert.«[44] Diese Studien führten anscheinend zu einem befriedigenden Ende, denn Turgenjew konnte gut Spanisch, und zweimal in seinem Leben dachte er daran, den *Don Quijote* ins Russische zu übersetzen. Interessanterweise finden sich in vielen der immer französisch geschriebenen Briefe an seine Tochter oder an Pauline Sprichwörter oder Redewendungen auf spanisch.

Mitte 1850 drängte sich die Rückkehr nach Rußland auf, sowohl wegen familiärer Spannungen als auch aus politischen Gründen, da die zaristischen Behörden in einem noch längeren Auslandsaufenthalt ein Exil hätten sehen können. Aber um diesen Entschluß zu fassen, mußte Turgenjew seinen natürlichen Wunsch bezwingen, in Frankreich zu bleiben: »... Sie empfehlen mir, vorsichtig zu sein: die Vorsicht legt mir nahe, sogleich zurückzukehren: noch länger in Europa zu bleiben wäre überaus unvorsichtig. Im übrigen habe ich Ihnen all meine Gründe schon in dem Brief dargelegt, den Sie gestern bekommen haben müssen. Ich bin verzweifelt – das ist kein leerer Satz –, weil ich Ihnen Kummer bereite... Sie können sich leicht vorstellen, was in mir vorgeht: Behandeln Sie mich bitte schonend, meine lieben Freunde, und machen Sie mir meine Aufgabe nicht noch schwerer: Sie ist es schon genügend, glauben Sie mir.«[45] Und einen Monat später, kurz vor der Abreise, schrieb er erneut, schon aus Paris, nachdem er sich von Courtavenel verabschiedet hatte: »Ich gehe, aber mit welcher Trauer in der Seele, mit welcher Last auf dem Herzen.«

Von der Bedeutung, die diese Familie, mit der er seine eigene ersetzte, für Turgenjew gehabt hatte, spricht ein Brief an Louis Viardot mit den Dankesbekundungen, die er im Lauf ihrer Freundschaft noch oft wiederholen sollte:

»Paris, Montag, 24. Juni 1850.

Ich mag Frankreich nicht verlassen, mein lieber, guter Freund, ohne Ihnen gesagt zu haben, wie sehr ich Sie liebe und schätze und wie sehr ich die Notwendigkeit dieser Trennung bedaure. Ich nehme die herzlichste Erinnerung an Sie mit; ich habe die Vortrefflichkeit und Vornehmheit Ihres Charakters schätzen gelernt, und glauben Sie mir, ich werde mich erst wirklich glücklich fühlen, wenn ich wieder an Ihrer Seite, das Gewehr in der Hand, die geliebten Ebenen der Brie durchstreifen kann. Ich nehme Ihre Prophezeiung an; will daran glauben. Die Heimat hat zweifellos ihre Rechte; aber ist die wahre Heimat nicht dort, wo man am meisten Zuneigung gefunden hat, wo sich Herz und Geist am wohlsten fühlen? Es gibt keinen Ort auf Erden, den ich so liebe wie Courtavenel. Nie werde ich Ihnen sagen können, wie sehr mich all die Freundschaftsbezeigungen berührt haben, die ich seit einigen Tagen bekommen habe; ich weiß wirklich nicht, wie ich sie verdient habe; was ich hingegen weiß, ist, daß ich die Erinnerung daran mein Lebtag im Herzen bewahren werde. Sie haben in mir, lieber Viardot, einen ergebenen, bewährten Freund.

Nun, seien Sie glücklich; ich wünsche Ihnen alles Gute auf der Welt. Eines Tages werden wir uns wiedersehen; das wird ein glücklicher Tag für mich sein, der mich für alle Traurigkeiten, die mich erwarten, reichlich entschädigen wird. Ich danke Ihnen für Ihre guten Ratschläge und grüße Sie herzlich.«[46]

Auch Geldmangel zwang ihn zur Heimkehr nach Rußland, um eine Lösung für seine Notlage zu suchen. Im Lauf der Jahre akzentuierten sich die negativen Eigenschaften von Warwara Petrownas Charakter noch; sie war krank und einsam und in ihrem Stolz verletzt, da ihr Sohn Nikolai ihr den Schimpf angetan hatte, eine aus Deutschland stammende ehemalige Kammerzofe von ihr zu ehelichen, und mit ihr in St. Petersburg lebte. Zugunsten seiner Unabhängigkeit gab er die militärische Laufbahn auf, verschaffte sich eine Amtsstelle und erteilte Französischunterricht, um sein Leben zu fristen. Warwara hatte die Geldsendungen an ihn eingestellt, genau wie bei Iwan, den sie so für seine Liebe zu der ›verdammten Zigeunerin‹ bestrafte, wie sie Pauline nannte. Die Unbotmäßigkeit des älteren Sohnes, zusammen mit Iwans Verschwinden, verstärkte die Schrulligkeit ihres Charakters, die man jetzt dem vorgeschrittenen Alter zuschreiben konnte. Einmal hatte sie angeordnet, in Spasskoje das Osterfest nicht zu feiern, da sie nicht mit Freude daran teilnehmen konnte – eine unfaßbare Maßnahme, wenn man weiß, welche Bedeutung dieses Fest in der orthodoxen Kirche besitzt: Die Menschen beglückwünschen und küssen einander auf der Straße, ohne sich zu kennen, und rufen dazu: Christus ist auferstanden!

Am Vorabend seiner Rückkehr nach Rußland schreibt Iwan an Pauline:

»Es gilt endlich diese unerträglichen Familienangelegenheiten zu regeln, die an mir haften wie die Spinnweben an den Flügeln einer eben befreiten Fliege. Es ist ganz entschieden nötig, und es wird mir auf die eine oder andere Art auch gelingen. Ich werde Ihnen getreulich sämtliche Wendungen berichten. Sie erlauben mir doch, Ihnen alles anzuvertrauen, was mich betrifft, nicht wahr? Ihnen alles anzuvertrauen, alles, was ich tue, was ich beschließe, was mir widerfährt. Der Gedanke, so unter Ihren Augen zu leben, wird mir sehr gut tun und mir große Freude bereiten.«[47]

Der erste Eindruck nach seiner Rückkehr in die Heimat ist nicht sehr verheißungsvoll, und in einem weiteren Brief an Pauline offenbart er ihr die Abhängigkeit zwischen der Gegenwart der Mutter und der ihm völlig fremd gewordenen Umwelt:

»Ich habe meine Mutter wiedergesehen. Ich habe die Angelegenheiten im jämmerlichsten Zustand vorgefunden, aber davon werde ich Ihnen später erzählen, nachdem ich mich ein wenig umgesehen habe. Es möge Ihnen genügen zu erfahren, daß ich mir vorkomme, als wäre ich in eine feuchte, ungesunde Grotte getreten, um weiß Gott wie lange darin zu verharren. Oh, die Sonne, der freie Himmel, alles, was das Leben schön und gut macht – alles habe ich bei Ihnen zurückgelassen, meine Freunde. Wie weit weg von Ihnen bin ich! Wie viele Meilen trennen uns! Wie viele Tage, Wochen, vielleicht Jahre werden vergehen, ehe es mir vergönnt ist, Ihre geliebten Gesichter zu sehen, in Ihrer lieben Gegenwart ruhig zu atmen! Vergessen Sie mich nicht, denken Sie an mich, ich flehe Sie an – für mich –; was soll ich tun, was soll ich sagen, um Ihnen begreiflich zu machen, wie süß und lieb mir die Erinnerung an Sie ist? Aber es ist noch mehr als all das; sie wird, ich ahne es, mein einziger Rettungsanker sein, wenn ich in all den schmerzlichen Streitigkeiten, die mich erwarten, und mit der Aufgabe befaßt, mühsam aller Art Schlechtem, Traurigem abzuhelfen, mein Herz vor Müdigkeit und Widerwillen ermatten fühle. Das wird mein einziger Trost sein. Wenn ich an so viel Güte, Wahrhaftigkeit, Freundlichkeit, Schönheit denke, wenn ich vor allem an die Zuneigung denke, die man mir entgegenbringt, dann werde ich vielleicht mehr Mut aufbringen, um diese alten Wunden auszuwaschen, all die Leiden und dies ganze Elend auf mich zu nehmen. Im übrigen werden Sie mir doch erlauben, nicht wahr, Ihnen meine Leiden anzuvertrauen? Es wird mich sehr trösten! Ich möchte so sehr unter Ihren Augen leben…, und doch, wenn ich denke, daß Sie diese Briefe voll trauriger, gemeiner Familienangelegenheiten in Courtavenel bekommen, fürchte ich, daß der peinliche Eindruck, den sie auf Sie machen werden, unwillkürlich auf mich zurückfällt. Ich werde Ihnen jedenfalls nur die Ergebnisse mitteilen. Ich will die Erinnerung nicht beschädigen, die Sie an mich haben; sie ist mein liebster Schatz, der, den ich mit größter Unruhe hüte.

Morgen werde ich eine Art Tagebuch beginnen, das ich Ihnen schicken werde. Heute ist es nur ein Brieflein, um Ihnen meine Ankunft mitzuteilen. Ach, meine lieben Freunde, wie traurig ich bin! Und wie bedrückt! Aber nein, ich darf Ihnen nicht zuviel davon sprechen.«[48]

Turgenjew kam nach Moskau und erfuhr, daß Warwara, um Nikolai unter Kontrolle zu behalten, diesen geheißen hatte, den Dienst zu quittieren und sich um die Verwaltung der Grundstücke zu kümmern. Sie hatte ihm in Moskau ein Haus gekauft – ohne daß es sein Eigentum wurde –, zahlte ihm jedoch keinen Lohn. So hatte er nicht den geringsten Freiraum, und das Ehepaar litt wirtschaftliche Not.

»Mein Bruder ist jetzt verheiratet, worüber ich mich freue. Seine Frau ist eine vortreffliche Person. Meine Mutter, die meinen Bruder gezwungen hat, den Dienst aufzugeben, als Bedingung für ihre Zustimmung zu dieser Ehe, hat sie nicht zu sich gelassen, seit sie sich hier befindet – beider Stellung ist prekär, erniedrigend, unmöglich. Meine Mutter ist von einer Wolke von Parasiten umgeben, die sie ausbeuten, wenn nicht noch mehr. Aber es gibt zwei oder drei, die einen verhängnisvollen Einfluß auf sie ausüben, und trotz ihrer großen Schwäche ist sie es, die alles *leitet*... Sie können sich ausmalen, wozu das führt.«[49]

Einige Tage später schien er eine Besserung zu ahnen:

»Der Horizont unserer Familienangelegenheiten, um poetisch zu sprechen, beginnt sich etwas zu lichten; ich glaube, in ihrem Alter verspürt meine Mutter selbst das Bedürfnis auszuruhen, und sie entschließt sich endlich, den armen Teufel von meinem Bruder in eine etwas weniger prekäre Lage zu versetzen. (...) Sie kann die Vorstellung nicht ertragen, daß wir selbständig werden – ich kann Ihnen versichern, daß die Gespräche, die wir führen, manchmal sehr schmerzlicher Natur sind.«[50]

In ihren *Erinnerungen* erzählt Bibi, die mutmaßliche Schwester Iwans, wie dieser die Mutter bat, der traurigen Lage seines Bruders ein Ende zu setzen. Da beauftragte Warwara ihren Sekretär, ein Dokument über die Schenkung von Ländereien an die beiden Söhne aufzusetzen – ohne die erforderlichen gesetzlichen Formalitäten. Sie bestellte sie in ihr Zimmer und las ihnen das Schriftstück vor. Die Söhne merkten, daß ohne amtliche Beglaubigung die Zession vollkommen wertlos war, und das sagte ihr Iwan auch, derjenige der beiden Brüder, der sich am ehesten mit ihr Klartext zu sprechen erlaubte. Aber in den Sitten Mitte des vergangenen Jahrhunderts war der Respekt vor den Eltern so absolut, daß Nikolai nicht anders konnte, als der Mutter widerspruchslos zu gehorchen. Sie hatte sich nicht nur geweigert, seine Frau zu sehen, sondern akzeptierte auch die Kinder nicht, die sie hatten. Einmal hatte sie Interesse bekundet, sie kennenzulernen, und Nikolai schickte ihr die gerahmten Porträts der drei Kleinen, wahrscheinlich Pastellzeichnungen, da es damals noch keine Fotografien sein konnten. Eine Weile nachdem sie sie erhalten hatte, hörte die Dienerschaft Scherbengeklirr (sie befand sich allein in ihrem Zimmer): Sie hatte die Bildchen zu Boden geschmettert. Nikolai dachte immer, damals habe seine Mutter einen Fluch gegen die Kinder ausgestoßen, denn im nächsten Winter erkrankten sie alle drei und starben eins nach dem andern. Warwaras Wutausbrüche erschreckten alle; sie mußten sehr heftig gewesen sein, wie man aus einer Episode mit einem Leibeigenen ihres Vertrauens schließen kann. Diesen hatte sie nach St. Petersburg geschickt, damit er sich vergewissere, ob Nikolai verheiratet war und mit der Deutschen zusammenlebte, doch der Leibeigene verschwieg ihr die Wahrheit. Als sie sie durch andere Kanäle erfuhr, packte sie wütend eine schwere Krücke, die sie noch von ihrem Onkel hatte, um sie dem Diener über den Schädel zu ziehen. Zum Glück konnte jemand den Schlag ablenken, er wäre tödlich gewesen.

Nach der Besprechung mit den Söhnen vergingen einige Tage, und Warwara rief sie wieder zu sich, um ihnen die jetzt zwar sorgfältiger abgefaßten, aber dennoch vollkommen wertlosen Zessionsurkunden für die Ländereien erneut zu geben. Nikolai und Iwan lasen die Dokumente und zogen sich mit einem trockenen »Gute Nacht, Mama« zurück. Vielleicht wußten die beiden Söhne schon, daß Warwara den Verwaltern sogleich aufgetragen hatte, die Ernten dieser Ländereien, die sie abtrat, rasch zu verkaufen – die Szene ereignete sich zu Ende des Sommers –, damit sie nichts vom Ertrag hatten.

Bibi erinnert sich an das Gespräch zwischen Warwara Petrowna und Iwan und an die entschlossene Haltung der beiden Söhne angesichts dieser falschen Schenkung. Erstmals gaben sie der Mutter nicht nach, sondern forderten auf notariellem Weg den Besitz ihres Vaters, Turgenjewo, wozu das Gesetz sie ermächtigte. Als die Mutter vom Beschluß ihrer Söhne erfuhr, warf sie Iwans Bild, das immer auf ihrem Schreibtisch gestanden hatte, zu Boden, und dort blieb es wochenlang liegen, da sich niemand getraute, es aufzuheben, bis sie es wieder auf einen Tisch in der Nähe ihres Betts stellen ließ. Wenn sie eine ihrer Nervenkrisen hatte, wagte aus Furcht vor ihrem Zorn niemand im Haus das geringste Geräusch zu machen, nicht einmal mit Schlüsseln oder dem Geschirr. Sie weigerte sich, ihre Söhne zu empfangen, obwohl sie ihr mehrere Briefe geschrieben hatten. Sie kehrte von Moskau nach Spasskoje zurück, und als sie von ihrem Sekretär erfuhr, daß Iwan und Nikolai das Haus besucht hatten, bevor sie sich in Turgenjewo einrichteten (etwa fünfzehn Kilometer von Spasskoje entfernt), schlug sie ihm mit einer Peitsche ins Gesicht.

Ihre Gesundheit verschlechterte sich, die Asthmabeschwerden nahmen zu. Der leibeigene Arzt Porfiri, der sie betreute, sah, daß es ernst und damit notwendig wurde, einen offiziellen Arzt beizuziehen, und im November begaben sie sich wieder nach Moskau.

Diese letzten Tage werden zu Beginn der Erzählung *Mumu* heraufbeschworen, die Turgenjew zwei Jahre nach dem Tod seiner Mutter schrieb: »In einer abgelegenen Straße von Moskau, in einem grauen Haus mit weißen Säulen, Zwischengeschoß und windschiefem Balkon, wohnte einst, umgeben von zahlreicher Dienerschaft, eine verwitwete vornehme Dame. Ihre Söhne dienten in Petersburg, ihre Töchter waren verheiratet. Sie fuhr nur selten aus und verbrachte die letzten Jahre ihres kärglichen und langweiligen

Altersdaseins recht zurückgezogen. Der Mittag ihres Lebens, freudlos und unwirtlich, war längst vorüber; aber auch der Abend war dunkler als die Nacht.« Das Haus, in dem Warwara starb, steht heute nicht mehr, das andere hingegen – das sie vorher in der Ostoschenkastraße besessen hatte, nicht weit vom Arbatviertel – ist noch erhalten; an ihm ist eine Gedenktafel angebracht. Es ist einer der zahllosen literarischen Orte in Moskau. In der Novelle *Eine Unglückliche* wird dieses Haus erwähnt: »Sie bewohnte ein großes Holzhaus in der Ostoschenka, das so warm und wohnlich war wie wohl kaum ein anderes in Moskau...«

Warwara machte kein Testament, sondern schrieb ihren Söhnen nur einen Brief, in dem sie sie anwies, nach ihrem Tod dem Sekretär und dem leibeigenen Arzt die Freiheit zu geben und sie zu belohnen. Am 16. November 1850 starb sie um Mitternacht. Bibi und Nikolai waren bei ihr, während sich Iwan in St. Petersburg befand und zu spät für die Beerdigung eintraf. In ihren *Erinnerungen* erwähnt Bibi die traurigen Details nicht, die Iwan Pauline in seinen Briefen erzählte und Bibi verschwiegen hatte, wahrscheinlich in der barmherzigen Absicht, ihr Andenken an die Mutter noch irgendwie zu retten. Nachsichtiger als ihr Stiefbruder, wollte Bibi Warwaras gewalttätigen Charakter rechtfertigen, indem sie ihn auf ihre Leiden als Mädchen und das Zusammenleben mit dem Onkel zurückführte: »Ihre Kindheit und Jugend war schrecklich. (...) Sie wußte, daß ihr bezaubernder Mann bloß ihren Besitz liebte und daß sie nur eine gute Partie für ihn war. Sergej Nikolajewitsch war seiner Frau oft untreu, und sie wußte es.«

In einem weiteren Brief an seine Freundin schreibt Turgenjew:

»Endlich hat man die Siegel [am Haus] entfernt. Wir haben nur belanglose Papiere in kleiner Zahl gefunden – keine einzige rechtskräftige Urkunde – nichts – nicht einmal einen Brief für uns – sie hat alles vor ihrem Tod verbrannt. Aber wir haben ein Tagebuch gefunden, das sie in ihren letzten Tagen mit Bleistift geführt hat. Ich werde es heute nacht durchgehen. Alle Machenschaften haben ins Nichts geführt. Aber wie viele hat es gegeben! Der Ärger, der Wunsch, den Fehler dem anderen in die Schuhe zu schieben, hat nach und nach allen den Mund geöffnet. Was für ein Konzert der Anschuldigungen – was für Schmutz tritt da zutage!«

Einige Stunden später fügte er im selben Brief hinzu: »Ich gehe zu Bett. Vor dem Einschlafen werde ich das Tagebuch meiner Mutter lesen – das nur aus Zufall dem Feuer nicht zum Opfer gefallen ist.«

Drei Tage später schreibt er erneut:

»Seit Dienstag habe ich ein Wechselbad der Gefühle erlebt. Die stärkste Erregung hat mir die Lektüre des Tagebuchs meiner Mutter verursacht... Was für eine Frau, meine Freundin – was für eine Frau! Ich habe die ganze Nacht kein Auge zugetan. Gott möge ihr alles verzeihen... aber welch ein Leben!

Ich versichere Ihnen, ich bin noch immer ganz betäubt davon. O ja – seien wir ehrlich und gut – und sei es nur, um nicht so zu sterben... Eines Tages werde ich Ihnen dieses Tagebuch zeigen – die Vorstellung, Ihnen etwas auch Unangenehmes zu verbergen, das mich aber betrifft – belastet mich. Bis jetzt wissen Sie alles. Sie werden alles wissen bis zum Ende. Es sei denn, Sie selbst heißen mich schweigen.«

Nicht einmal im Vergessen, das sich Turgenjew vorgenommen hatte – »all das muß ich vergessen« –, verschwand der Schatten der Mutter mit dem Tod. Eine so dominierende Persönlichkeit mußte die »alten Wunden« offen behalten, auf die er in seinem Brief an Pauline anspielt.

Noch steht eine Studie aus, die den emotionalen Widerhall des mütterlichen Todes in Turgenjews literarischer Produktion untersucht. Die deutlichste Anspielung darauf ist die Erzählung *Mumu*, aus der bereits in einem anderen Kapitel der geballte unterschwellige Protest gegen die herrschaftlichen Sitten zitiert wurde. Man weiß aber, daß er im Februar 1853 den ersten Teil eines Romans fertigstellte, der nichts anderes als eine getreuliche Nacherzählung von Warwara Petrownas Leben war. Seiner Angewohnheit folgend, zog er die Freunde zu Rat, doch offenbar fiel deren Meinung nicht günstig aus, so daß er auf eine Fortsetzung verzichtete. Erhalten ist nur ein Fragment mit dem Titel *Das Kontor*, und darin erscheint eine Gutsbesitzerin von autoritärem Charakter, die Zusammenstöße mit ihren Verwaltern hat und in der sich unschwer Warwara erkennen läßt, sogar in der ihr eigenen Ausdrucksweise. Vielleicht gründete die Kritik der Freunde auch darin, daß dieser Text ganz direkt etwas schilderte, was allen bekannt war.

Drei Jahre später schrieb er eine Novelle, und zwar in Briefform, im leidenschaftlichen Ton einer Beichte, in der er seinen ureigenen, kaum verdeckten Ängsten Ausdruck verleiht. Die Novelle trägt den Titel *Faust* und könnte einem Genre fantastischer Erinnerungen zugerechnet werden. Zuvor hatte Turgenjew die Erzählung *Drei Begegnungen* veröffentlicht, in der die geheimnisvollen Umstände rund um drei aufeinanderfolgende Begegnungen mit einer Frau zum Ausdruck kommen, doch in *Faust* gibt es für ein beunruhigtes Gemüt eine deutlich geisterhafte Erscheinung, die den Tod auslöst. Hier ragt eine weitere schreckliche Mutter empor: »Frau Jelzowa war eine sehr eigentümliche Persönlichkeit; charaktervoll, beharrlich und konzentriert. Auf mich übte sie großen Einfluß aus; ich verehrte sie und fürchtete sie zugleich.«

Der eigentliche Sinn der Angst vor den Toten ist, daß diese zurückkommen, um sich zu rächen, Rechenschaft zu verlangen oder die Einlösung eines Versprechens zu fordern, wie es in dieser Novelle geschieht. Weras Mutter sagt ihrer Tochter voraus, daß sie sterben wird, wenn sie sich von der Leidenschaft mitreißen läßt, und so sieht die junge Frau, als sie sich verliebt und sich Pawel, dem Protagonisten der Geschichte, hinzugeben anschickt, flüchtig den Geist der Mutter, und diese Vision bringt sie dem Wahnsinn nahe, so daß sie kurz darauf stirbt.

Im Verlauf der Erzählung sieht sich Pawel vom Verantwortungsbewußtsein gehemmt und fühlt sich schuldig in seinem Versuch, Wera durch die Lektüre in die Welt der Fantasie und der Gefühle einzuführen. Alles wird in einem Vorsatz von Askese, von Entsagung enden, um den anklagenden Blick der Toten nicht auf sich zu ziehen. Diese verlangen, was Eltern den Kindern immer vorschreiben: Gehorsam. Und in *Faust* verlangt die Mutter von Wera, daß sie sich nicht der Fantasie überläßt, nicht dem Zauber der Lektüre verfällt, als gelangte man dadurch auf die andere Seite der Wirklichkeit und entdeckte irgendein Geheimnis, das verborgen bleiben muß.

Diese Briefnovelle steht im Zusammenhang mit folgender Episode. Als Turgenjew sechsunddreißig Jahre alt war, schloß er Freundschaft mit Marja Nikolajewna Tolstoi, der

Schwester des bereits berühmten Romanciers Leo Tolstoi, die verheiratet und, obwohl erst zweiundzwanzig, schon Mutter von vier Kindern war. Sie wurden Freunde – nur eines störte ihn an ihr: Sie ließ jede Empfindsamkeit für die Dichtkunst vermissen, was eines Tages sogar zu einem Streit führte. So schrieb er die Novelle *Faust*, in der Marja das Vorbild für Wera war. Er las sie der jungen Frau vor, und man weiß, daß sie ihr gefiel, denn vielleicht sah sie sich nur in ihrer Gleichgültigkeit gegenüber der Dichtung verkörpert. Ob sie Zwängen oder Nötigungen seitens ihrer Mutter ausgesetzt gewesen war, ist nicht bekannt. In *Faust* erscheint das Wera auferlegte Leseverbot eigentlich eher als Beherrschung hemmungsloser Spontaneität. Im zweiten Brief heißt es, Wera habe sich daran gewöhnt, ihren Gefühlen nicht freien Lauf zu lassen. Vielleicht stammt in der Novelle nur Marjas fehlende Neugier auf Lektüre aus der Wirklichkeit, und die ganze Geschichte von einer Mutter, die solchen Zwang ausübt, und ihre spätere Erscheinung aus dem Jenseits waren reine Erfindung des Autors.

Bald verlor diese Freundschaft ihre Frische, und in Briefen an Marja wird ein Bestreben Turgenjews deutlich, sich selbst als bejahrt, als wenig liebesfähig hinzustellen, was in Anbetracht seiner sechsunddreißig Jahre einigermaßen überrascht.

Marja hatte sich von ihrem Mann, einem ausschweifenden Menschen, getrennt und zog in Begleitung ihres Bruders Leo nach Moskau. Anscheinend paßte letzterem Turgenjews Zuneigung zu seiner Schwester nicht, und eines Tages fand zwischen den beiden Männern eine Art Aussprache statt, bei der Tolstoi ihm wegen seiner Beziehung zu Marja Vorwürfe machte, vielleicht weil Turgenjew ihr weiterhin mit großer Ehrerbietung begegnete. Damit begann der beinahe siebzehn Jahre währende Bruch zwischen den beiden Schriftstellern, die sich freilich später wieder aussöhnten, wenn auch die Spannung zwischen ihnen nicht verschwand.

Von der Liebe enttäuscht, begann Marja zu reisen. Einmal lernte sie in einem französischen Badeort einen sehr gutaussehenden jungen Schweden kennen, Hector de Klen. Sie fand den Glauben an die Liebe wieder, die beiden lebten zusammen, und Marja bekam ein Mädchen von ihm. Aber die Verbindung hielt nicht lange an, und Klen kehrte nach Schweden zurück.

Zehn Jahre später, als Marja bei Leo weilte, ereignete sich eine merkwürdige Episode. Sie verspürte einen Schlag auf der Schulter, und als sie sich wütend umwandte, um zu sehen, wer das getan hatte, stellte sie fest, daß in diesem Augenblick niemand nahe genug bei ihr stand. Am nächsten Tag erreichte sie ein Telegramm mit der Nachricht vom Tod ihres ersten Mannes. Marja war eine ungewöhnliche junge Frau, die Turgenjew bezauberte und ihn vermutlich auf die Gestalt Weras brachte. Aber Marja war nicht glücklich, verbrachte lange Jahre mit Reisen, immer in Schwarz gekleidet und unter Depressionen leidend. Schließlich trat sie in ein Konvent ein, wo sie sich der harten klösterlichen Disziplin unterordnete. Dort besuchte sie ihr Bruder Leo, um ihre Ratschläge zu hören, ohne daß er die beträchtliche Veränderung recht verstand, die sich Marja auferlegt hatte.

In *Faust* offenbarte Turgenjew seine Angst vor der Drohung der autoritären Mutter, die dem Sohn den freien Gedankenflug verboten hat, selbst noch nach ihrem Tod. Es scheint, als wollte sie Gedanken verbergen, die ihr zur

Schande gereichen könnten: den Sohn nicht geliebt zu haben – oder ihn unfreiwillig empfangen zu haben.

Die Aussage der Novelle könnte nicht negativer, fast möchte man sagen, abartiger sein: ignorieren, weder Prosa noch Lyrik lesen, um das Gebot des Nichtwissens nicht zu durchbrechen. Eine verhängnisvolle Schwere lastet auf den letzten Seiten, als Pawel sagt: »Das Leben ist kein Scherz und kein Vergnügen, das Leben ist nicht einmal Genuß, nein, das Leben ist schwere Mühe. Entsagung, fortwährende Entsagung – das ist sein geheimer Sinn, die Lösung seines Rätsels: Nicht seine Lieblingsgedanken, seine Lieblingsträume zu verwirklichen, wie erhaben sie auch sein mögen, sondern seine Pflicht zu erfüllen – danach soll der Mensch trachten.« Was mochte Turgenjew mit der Pflicht gemeint haben, hinter der das Glück zurückzustehen hat? Vielleicht, immer bereit zu sein, eine Weisung entgegenzunehmen und zu befolgen, dem Befehl einer obersten Autorität zu gehorchen? In *Faust* und in den Ereignissen seines Lebens gibt Turgenjew preis, daß er seinen Willen nicht voll verwirklichen kann. So erlebt er, auf diese unabwendbare Art, die dem Menschenleben eigenen Schicksalswendungen: Er hält sich für gebeugt von einer unbezwingbaren Kraft, derentwegen er verzichten muß. Das Schicksal – der mütterliche Wille? Jahre später schreibt er an Gustave Flaubert: »Nach 40 Jahren gibt es nur ein Wort, das den Inhalt des Lebens zusammenfaßt: *verzichten.*«

Wenn das Problem in *Faust* das Sichbeugen ist, so ist es in anderen Werken die Strafe dafür, daß einem weiblichen Willen nachgegeben wurde. Als wäre die Liebe zu einer dominierenden, geschäftigen, treulosen Frau für Turgenjew der größte aller Fehler. Das ist das wiederkehrende Thema seiner großen Werke – *Ein Adelsnest*, *Frühlingsfluten*, *Ein Monat auf dem Lande*, *Rauch*.

Vielleicht findet sich hier auch ein Ansatz zum Verständnis seines Liebeslebens. Vielleicht ist *Faust* deshalb von besonderem Interesse, weil die Novelle, wenn man sich dem Schriftsteller nähern will, verstehen hilft, welcher Natur das Schicksal war, an das er sich gebunden glaubte. Die subtilen Zusammenhänge mit den eigenen Ursprüngen, die Abhängigkeit von der Vergangenheit werden auf der vorletzten Seite deutlich erklärt:

»Wer weiß, was jeder, der auf Erden lebt, an Saatkörnern zurückläßt, denen erst nach seinem Tode aufzugehen beschieden ist? Wer kann sagen, mit welch geheimnisvoller Kette das Schicksal des Menschen mit dem Schicksal seiner Kinder, seiner Nachkommen verbunden ist und wie sein Sehnen und Trachten sich in ihnen spiegelt, seine Fehler an ihnen geahndet werden? Wir alle sollen demütig sein und das Haupt vor dem Unbekannten, Unerkennbaren neigen.«

Turgenjew war empfänglich für diese Vorstellung des Einflusses, den die Vergangenheit ausübt, und kommentierte ihn einmal Julia Wrewskaja gegenüber, einer Freundin, bei der er genügend Verständnis fand und zu der er Vertrauen hatte. Am 26. November 1874 schrieb er ihr: »Ihre Vergangenheit, die ich nicht kenne, die aber gewiß einen wichtigen Raum in ihrem Geistesleben einnimmt, erfüllt in gewisser Hinsicht Ihre Gegenwart, indem sie in Ihnen sogar den Wunsch nach etwas Neuem beseitigt und Ihnen ein Gefühl von Resignation und Demut eingibt.« Für Turgenjew war diese unsichtbare Last der Welt von gestern eine Art Hemmschuh für die freie Verwirklichung von Impulsen und Wünschen.

Weras Mutter hatte nicht nur »Angst vor jenen geheimen Kräften, die auf dem Grunde des Lebens wirken und die manchmal unvermittelt hervorbrechen«, diese Worte entsprachen auch den Befürchtungen Turgenjews, der mehrmals seltsame Situationen erlebte und an Fragen interessiert war, bei denen keine logische Erklärung paßte: Traumschöpfungen – nicht übernatürliche Kräfte.

Träume waren für ihn höchst bedeutsam, und einige sind in weitschweifiger Beschreibung erhalten, etwa der, den er in einem Brief vom 13. August 1849 Pauline Viardot erzählte und der nicht nur ein schöner literarischer Text ist. Die Gestalt der Mutter ist allgegenwärtig durch ein Liedchen, das er wie eine Zauberformel fünfhundertmal zu wiederholen hat. Aber auch andere Schrecken zeigen sich: das stürmische Meer, die Fische, die er essen muß, die brennende Sonne und das Licht, die ihn blenden und ersticken...

»Heute nacht habe ich einen ziemlich kuriosen Traum gehabt, wie es mir manchmal passiert; ich werde ihn Ihnen erzählen. Es schien mir, als ginge ich einen pappelgesäumten Weg entlang. Es war düster, ich war sehr müde, und um zum Nachtquartier zu gelangen, mußte ich fünfhundertmal nacheinander singen: *Nach der Stimme deiner Mutter...* Ich wollte diese Aufgabe möglichst schnell zu Ende bringen und verlor den Überblick; Sie wissen ja, wie hartnäckig man im Traum sein kann. Auf einmal sehe ich eine große weiße Gestalt auf mich zukommen, die mir bedeutete, ihr zu folgen; ich sage mir: Nanu! Das ist doch mein Bruder Anatol (nie habe ich einen Bruder dieses Namens gehabt). Ich finde das ganz normal und folge ihm. Einige Augenblicke später scheint mir, als peitschte uns ein kräftiger Wind; ich schaue mich um und kann trotz der Dunkelheit erkennen, daß wir uns auf der Spitze eines sehr hohen Felsens befinden, der das Meer dominiert. ›Aber wohin gehen wir denn?‹ frage ich meinen Führer. ›Wir sind Vögel‹, antwortet er, ›los jetzt.‹ – ›Wie denn Vögel?‹ antwortete ich. ›Schneuzen Sie sich‹, sagt er zu mir. Tatsächlich will ich mich schneuzen und finde mitten im Gesicht einen langen Schnabel mit einem Sack daran, wie bei einem Pelikan. Aber genau in diesem Augenblick hebt mich der Wind in die Höhe. Ich könnte Ihnen den Glückesschauer nicht beschreiben, den ich beim Ausbreiten meiner großen Schwingen empfand; ich erhob mich mit einem lauten Triumphschrei gegen den Wind und stürzte mich dann, die Luft wie eine Möwe stoßweise schlagend, aufs Meer hinunter. In diesem Moment war ich ein Vogel, ich versichere es Ihnen, und jetzt, da ich Ihnen schreibe, habe ich keine deutlichere Erinnerung an mein gestriges Abendessen als an meine Gefühle als Vogel: Sie ist absolut klar und präzis, nicht nur im Gedächtnis meines Hirns, wenn man sich so ausdrücken kann, sondern in dem meines ganzen Körpers; und das beweist: ›Das Leben ein Traum, und der Traum ein Leben‹. Was ich Ihnen aber nicht beschreiben könnte, ist das Schauspiel, das sich um mich abspielte, während ich so in der Luft schwebte: Da war das Meer, riesig, stürmisch, düster, mit leuchtenden Punkten; da und dort kaum sichtbare Boote, die über die Wellen glitten; hohe Klippen; manchmal drang lauter Lärm zu mir herauf; ich ließ mich fallen. Das Brausen wurde deutlicher und machte mir Angst; ich stieg wieder zu den Wolken empor, die mit Getöse dahinzurollen schienen, vom Wind gejagt. Ab und zu brach eine ganz weiße Wassergarbe aus dem Schoß des Meeres heraus, und ich spürte, wie mir der Schaum ins Gesicht spritzte, dann, auf einmal, breiteten sich in der Ferne große Schimmer aus, unter mir ... Oh! dachte ich, das sind die von Galilei entdeckten Meeresblitze (!) ... Sie sind nicht so schnell wie die Luftblitze, denn Wasser ist schwerer, und es ist schwieriger zu verdrängen. Im Schimmern dieser Blitze sah ich bis auf den Grund des erleuchteten Meeres; ich sah riesige, dickköpfige schwarze Fische, die langsam an die Oberfläche kamen ... Ich dachte, ich müsse mich hinabstürzen, da sie meine Nahrung waren. Aber eine geheime Angst hielt mich zurück ... Und außerdem waren sie zu groß. Auf einmal sehe ich, wie das Meer weiß wird und wie kochendes Wasser hüpft, eine rosa Farbe breitet sich um mich herum aus ... Es ist die Sonne, die aufgeht, denke ich, fliehen wir, sie wird alles verbrennen. Aber umsonst warf ich mich hierhin und dorthin, alles wurde glänzend, leuchtend, unerträglich für die Augen, dicke, glitzernde Blasen stiegen in der Luft auf, ich spürte eine erstickende Hitze, meine Federn begannen rotbraun zu werden. Ich sah den oberen Teil der Sonnenscheibe, die den ganzen Horizont einnahm und strahlte wie ein Schmelzofen, eine unerträgliche Angst packt mich, und ich erwache. Es war schon Tag; ich sah vor mir die weidengrüne Tapete meines Zimmers und begriff noch nicht, wo ich war ...«

Dieser realistische Autor, in der Logik seiner Handlungen so klar und streng, fühlte sich insgeheim zur Welt des Irrealen hingezogen, und diese geheime Welt dringt immer wieder in sein Schaffen ein, nicht nur in *Faust*, sondern auch in *Der Hund*, *Eine seltsame Geschichte*, *Poch, poch, poch*, *Der Traum*, *Erzählung des Vaters Alexej*, *Klara Militsch* (*Nach dem Tode*). In den genannten Erzählungen gibt es eine rätselhafte Achse, um die herum die Handlung angelegt ist. 1873 veröffentlichte sie in Paris der Verleger Hetzel unter dem Sammeltitel *Etranges histoires.* Viele Jahre später erscheinen auch in seinen *Gedichten in Prosa* Träume, und ab und zu schob er sogar in einem Roman eine unerklärliche Nebenepisode ein. Beispielsweise in *Väter und Söhne*: Ein Mann schenkt seiner Geliebten einen Ring, auf dessen Stein eine Sphinx geschnitten ist. Die Liebesbeziehung zwischen den beiden zerbricht, und sie sehen sich nie wieder. Eines Tages bekommt er ein Päckchen: Vor ihrem Tod hatte sie dafür gesorgt, daß man ihm den Ring zurückgäbe; »die Sphinx hatte sie kreuzförmig zerkerbt, und sie ließ ihm ausrichten, das Kreuz sei des Rätsels Lösung«. Und ohne weitere Erklärungen bleibt das Rätsel stehen. Aber die Aufmerksamkeit, die Turgenjew den geheimnisvollen Phänomenen schenkte, gehört zu seiner Wißbegier bezüglich der Tiefen des geistigen Lebens. Für diese Abgründe interessierte er sich, und wie schwierig er ihre Erforschung fand, machte er in einem Satz deutlich, der in zwei verschiedenen Werken erscheint – in *Ein Monat auf dem Lande* und in *Ein Adelsnest* –, »Die fremde Seele ist ein finsterer Wald« (auf russisch *tschuschaja duscha – tjomni ljes*) – nur eine literarische Variante der nicht weniger literarischen russischen Redensart »Die fremde Seele ist Finsternis« (*tschuschaja duscha – patjomki*).

6. Verbannung in der Heimat

Als Turgenjew im Sommer 1850 nach Moskau zurückkehrte, traf er im Familienhaus wieder auf die Tochter, die er mit einer Leibeigenen gezeugt hatte. Die Achtjährige wurde von Warwara Petrowna nicht beachtet. Fern der Mutter, war ihr Los als Dienstmagd vorgezeichnet. Diese Situation behagte Turgenjew nicht, und er fragte Pauline brieflich um Rat. Dabei erzählte er ihr, wie sehr ihn die Ähnlichkeit des Mädchens mit ihm erstaunt habe.

»Ich könnte Ihnen das Gefühl nicht beschreiben, das ihr Anblick in mir ausgelöst hat – stellen Sie sich vor, daß ich *nicht* einmal die Züge ihrer Mutter *kenne* (ich übertreibe nicht, wenn ich das sage), warum also diese Ähnlichkeit, die doch das Siegel einer gegenseitigen Liebe sein sollte? Als ich dieses arme kleine Geschöpf anschaute (ich hatte einen Bediensteten meiner Mutter gebeten, sie auf den Boulevard zu bringen, wo ich ihr wie durch Zufall begegnet bin), habe ich gespürt, daß ich ihr gegenüber Verpflichtungen habe, und ich werde sie erfüllen: Nie wird sie das Elend kennenlernen, ich werde ihr Leben so gut wie immer möglich regeln. Wenn ich – ich sage nicht auch nur die geringste *Anhänglichkeit* an ihre Mutter verspürt –, wenn ich sie wenigstens *gekannt* hätte (sie lebt noch, aber ich habe mich nicht entschließen können, sie zu besuchen), ich glaube, ich hätte etwas anderes empfunden für dieses arme Kind, das da sehr aufgeregt vor mir stand. Wahrscheinlich war sie nicht sicher, was ich für sie bin. Sie werden sich die schmerzlichen Eindrücke vorstellen können, die ich von diesem Treffen mitnahm; alles, was ich dachte, alles, was mir durch den

Kopf ging... Ach mein Gott, jetzt spüre ich, wie sehr ich ein Kind angebetet hätte, das mich an die Züge einer geliebten Mutter erinnert hätte... Diese Ähnlichkeit... Warum nur diese Ähnlichkeit? Welch ein Hohn! Als ich sie ansah, glaubte ich mich in ihrem Alter zu sehen: Es war mein Kindergesicht, das ich in ihren Zügen fand, so, wie man das eigene Gesicht nur erkennen kann – und doch, wie ist das möglich? In alledem ist etwas, was mich zu meinem Bedauern erschreckt. Es ist wirklich wie ein Frevel... und es ist auch einer.«[51]

Pauline schlug ihm vor, das Mädchen nach Frankreich zu schicken, wo es bei ihnen wohnen und eine angemessene Erziehung erhalten könnte. Turgenjew war das Angebot willkommen, und im November schickte er sie nach Paris. Dort fand sie ein Heim, an das sie sich natürlich nur langsam gewöhnte. Aber nichts würde ihr widriges Schicksal korrigieren können. Als sie in der französischen Hauptstadt eintraf, war sie ein völlig ungebildetes Mädchen vom Lande, das nur Russisch sprach, und noch zwei Jahre später geht aus einem Brief an ihren Vater hervor, daß sie sich für eine Leibeigene hielt, wie es ihre Mutter war. Die kleine Pelageja – in Frankreich nannte man sie Pauline – erwarteten Kummer und Unannehmlichkeiten, die von der Fürsorge, welche ihr Vater ihr verspätet angedeihen ließ, nicht aufgewogen wurden.

Die Ähnlichkeit mit ihm war nicht nur eine physische, wie er Jahre später in einem Brief an Pauline selbst sagt: »Schelten Sie Pauline von mir wegen ihres neuen Fehlers. Aber – soll ich's Ihnen sagen? – dieses Schmollen wie auch ihre Gefräßigkeit beweisen mir noch mehr, daß sie meine Tochter ist. Genauso war ich in meiner Kindheit, schmollend wegen einer Lappalie und alles verschlingend. Sie würden nicht glauben, wie ihr Gesicht dem meinen gleicht, als ich in ihrem Alter war. Es gibt ein Bild von mir mit zehn Jahren, es ist frappant.«[52]

Nach dem Tod der Mutter sahen sich die beiden Söhne im Besitz eines beträchtlichen Vermögens. Iwan stand Spasskoje zu, der Besitz, dem er gefühlsmäßig immer sehr verbunden gewesen war. Bibi, die geheime Tochter, erhielt ebenfalls ihren Anteil am Erbe. Die Brüder hatten die Gewißheit, daß Warwara ihr vor ihrem Tod fünfzigtausend Rubel hinterlegt hatte, und sie gaben der ›kleinen Viper‹, wie Iwan sie nannte, eine ähnliche Summe. Über sie entlud sich der ganze Widerwille, den dieses verdorbene Familienmilieu in Turgenjew geweckt hatte, und er brachte nicht das geringste Verständnis für das junge Mädchen auf, das das gleiche durchgemacht hatte wie die beiden Brüder und ebenfalls Opfer einer cholerischen Mutter war, wie man einem Brief an Pauline entnehmen kann, in dem er ihr diese Episode erzählt:

»Gestern hatte ich Ihnen versprochen, zu sagen, warum ich sehr viel länger als erwartet ich Moskau geblieben war. Der Grund ist, in wenigen Worten, der folgende: Man mußte zwei Personen, zwei Frauen, aus dem Hause schaffen, wo sie andauernd Zwietracht stifteten. Bei der einen war das Ganze nicht schwierig (sie war eine etwa vierzigjährige Witwe, die meine Mutter in den letzten Lebensmonaten in ihrer Nähe gehabt hatte), man hat sie reichlich ausgezahlt und gebeten, sich ein anderes Haus zu suchen. Die andere war dieses junge Mädchen, das meine Mutter adoptiert hatte, eine richtige Mme Lafarge, falsch, böse, verschlagen und herzlos. Ich könnte Ihnen unmöglich all das Böse berichten, das diese Viper angestellt hat. Sie hatte meinen Bruder eingewickelt, der sie in seiner naiven Güte für einen Engel hielt: Sie hat sogar auf gemeine Art ihren eigenen Vater verleumdet und hat dann, nachdem es mir durch den allergrößten Zufall gelungen ist, den Faden dieser Intrige zu erwischen, alles gestanden, sie hat uns mit einer Frechheit, einer Selbstsicherheit getrotzt, die mich an Tartuffe denken ließ, wie er mit aufgesetztem Hut Orgon des Hauses verweist. Es war unmöglich, sie weiter hier zu behalten, aber einfach auf die Straße setzen konnten wir sie auch nicht... Ihr eigener Vater weigerte sich, sie bei sich aufzunehmen (er ist verheiratet und hat eine große Familie). Unsere Lage versetzte uns in große Verlegenheit. Schließlich hat sich zum Glück jemand gefunden, ein Arzt, Freund des Vaters der Demoiselle, der sich ihrer anzunehmen eingewilligt und sie im voraus darauf aufmerksam gemacht hat, daß er sie im Auge behalten wird. Mein Bruder und ich haben ihr einen Wechsel über 60.000 Francs gegeben, der in drei Jahren fällig ist, mit 6 p. 100 Zins, dazu die ganzen Kleider meiner Mutter usw. usw. Sie hat uns eine Quittung gegeben, so daß wir ihrer jetzt also ledig sind. Uff! Das war eine mühsame Angelegenheit. Ich weiß nicht, was geschehen wäre, wenn sie bei meinem Bruder geblieben wäre, aber ich weiß, daß wir erst wieder atmen, seit sie gegangen ist. Was für ein schlechter, perverser Charakter, mit sechzehn Jahren! Da ist ja noch einiges zu erwarten. Gewiß, sie hat eine abscheuliche Erziehung bekommen... Kurzum, sprechen wir nicht weiter darüber, sie ist zufrieden, und wir sind es auch. Aber ich muß Ihnen gestehen, daß ich für solche Aktionen nicht tauge. Ich setze zwar viel Kaltblütigkeit und Entschlossenheit ein, aber das zerrüttet mir schrecklich die Nerven. Ich habe mich zu sehr daran gewöhnt, mit guten, ehrlichen Menschen zu leben. Die Schlechtigkeit, vor allem die Tücke, macht mir zwar nicht Angst, aber sie verursacht mir Übelkeit. In diesen beiden letzten Wochen war es mir unmöglich zu arbeiten.«[53]

Bibi, die vielleicht nie erfuhr, wie Iwan von ihr dachte, heiratete sechs Jahre später einen Beamten namens Schitow und lebte bis zu ihrem Tod, 1900, in einem Dorf in der Nähe von Moskau. In den letzten Jahren ihres Lebens erteilte sie Musikunterricht, um ein Auskommen zu haben, und Turgenjew griff ihr wirtschaftlich unter die Arme. 1884 veröffentlichte sie unter dem Namen Schitowa in der Zeitschrift *Westnik Jewropi* (*Der Bote Europas*) Erinnerungen an das Haus ihrer Mutter, die alle Biographen des Romanciers benutzt haben, da es sich um sehr interessantes, wenn auch teilweise voreingenommenes Informationsmaterial handelt.

Nach Warwaras Tod verbrachte Turgenjew noch mehrere Jahre in Rußland, obwohl er sich glühend danach sehnte, nach Frankreich zurückzukehren, doch sein langer Aufenthalt war eine Folge des zaristischen Verbots, das Land zu verlassen.

Er hatte weitere fünf Erzählungen der *Aufzeichnungen eines Jägers* geschrieben, mit denen er fürs erste die Reihe der einundzwanzig Geschichten beendete, die der 1852 erschienene Band enthielt. Er beschrieb nicht als erster in realistischer Manier die Zustände auf dem Land in Rußland. Schon vor ihm hatten einige Autoren auf das traurige Los des *muschik*[54] hingewiesen, Opfer aller Ungerechtigkeiten, dessen Situation sich mit folgenden Worten resümieren läßt: »Sie ertrugen sämtliche Belastungen durch den Staat, hatten das Recht zu verhungern und immer die Pflicht, ohne Mucksen Peitschenschläge einzustecken und ihren Herren die hübschesten Mädchen zu überlassen.«[55]

Die Erzählungen anderer Schriftsteller – Butkow, Dal, Grigorowitsch – stellten die Unterwerfung der Leibeigenen dar; Turgenjew hatte nicht nur solche Vorläufer, sondern wußte aus eigener Anschauung, wie die Hörigen behandelt wurden, ja er war selbst Zeuge von körperlicher Züchtigung gewesen. Daß er mit dem schlimmsten Problem des zaristischen Rußland in direkte Berührung gekommen war, schärfte seine Sensibilität derart, daß er beim Eintritt ins Innenministerium seinen Vorgesetzten ein Exposé mit dem Titel *Einige Bemerkungen über die russische Wirtschaft und den russischen Bauern* vorlegte, das zum Ziel hatte, die Organisation der Landwirtschaft zu verbessern – ein erstes Zeichen seiner unbeirrbaren Haltung gegenüber dem ungerechten System der Leibeigenschaft.

An einer Stelle in Bibis *Erinnerungen* kommen die unterschiedlichen Ansichten über die Hörigkeit, die Sohn und Mutter trennten, ausführlich zur Sprache. Erst mit achtundzwanzig Jahren überwand Turgenjew seine Angst vor Warwara Petrowna und getraute sich, ihr zu sagen, wie er über die Lage der Leibeigenen dachte. In diesem Gespräch, so, wie es – vermutlich ziemlich getreu – festgehalten wurde, finden sich sehr moderne Gedanken über die Arbeiter als Objekte, über die Versachlichung, die durch entfremdete Arbeit entsteht.

Der Meinung des Sohnes hielt Warwara entgegen:

»›Ich verstehe nicht, was du meinst. Meine Leute sollen also unglücklich sein? Sie sind schön satt, sind gut angezogen und bekommen außerdem einen Lohn. Gibt es viele Großgrundbesitzer, die ihren Leibeigenen einen Lohn bezahlen?‹

›Ich sage nicht, deine Leute seien schlecht ernährt oder gekleidet‹, antwortete Turgenjew, ›aber alle zittern vor dir.‹

›Na und?‹

›Denk doch, was es für ein Vergnügen ist, in ständigem Zittern zu leben. Du mußt dir vorstellen, daß ihr ganzes Leben nur aus Angst besteht. Ihre Großeltern, ihre Eltern, sie selbst haben gezittert, und ihre Kinder sind zum selben Schicksal verurteilt.‹

›Von welcher Angst redest du da? Was meinst du?‹

›Ich spreche von der Angst, keinen einzigen sicheren Tag zu haben: heute da, morgen dort, wie es dir gerade gefällt... Das ist doch kein Leben.‹

›Ich verstehe dich nicht.‹

›Hör zu, Mama – kannst du jetzt gleich‹, Turgenjew wurde immer lebhafter, ›irgendeinen von ihnen deportieren lassen?‹

›Natürlich kann ich das.‹

›Ja, nicht wahr?‹

›Wenn einer es verdient...‹

›Und wenn er es nicht verdient? Kannst du ihn aus einer bloßen Laune heraus deportieren lassen?‹

›Sicher.‹

›Also, das ist doch der Beweis für das, was ich sage. Sie sind keine Menschen..., sie sind eine Sache.‹

›Du findest also, man müßte ihnen die Freiheit geben.‹

›Nein, warum? Das sage ich nicht. Dazu ist der Moment noch nicht gekommen.‹

›Er wird auch nicht kommen‹, antwortete Warwara Petrowna mit Bestimmtheit.

›Natürlich wird er kommen, er muß kommen‹, antwortete Turgenjew mit der schrillen Stimme, die er bekam, wenn er aufgeregt war. Und er erhob sich und ging im Zimmer auf und ab.

›Setz dich hin, deine Spaziergänge machen mich nervös... Du sagst, meine Leute seien unglücklich. Wer hat dir das gesagt? Könnte man sie denn lenken, wenn sie keine Angst hätten?‹

›Natürlich könnte man das..., man kann alles. Du mit deinem üblichen Scharfblick, traust du ihnen keine Liebe, keine Anhänglichkeit, kein Gefühl zu?‹

›Du bist verrückt, Iwan. Wer hat dir all das gesagt?‹

›Das hat mir niemand gesagt. Ich tue dir bloß meine Meinung kund. Ich sehe, daß der Leibeigene kein Mensch, sondern ein Gegenstand ist, den man versetzen, zerquetschen, zerstören kann – mit einem Wort, daß seine Lage entsetzlich ist...‹«

Dieses Gespräch kündigt schon Turgenjews entschiedenes Auftreten in den Kommissionen an, die sich später bildeten, um das Dekret zur Befreiung der Leibeigenen vorzubereiten – 1861 – und die Maßnahmen, die er zugunsten seiner eigenen Hörigen ergriff, als sie nach dem Tod der Mutter in seinen Besitz übergingen. Hier haben die *Aufzeichnungen eines Jägers* vermutlich ihren fernen Ursprung.

1847 hatte Iwan Panajew, Mitherausgeber des *Zeitgenossen*, Turgenjew um einen Beitrag gebeten, und dieser gab ihm die Erzählung *Chor und Kalinytsch*. Sie wurde in einer einzigen Nummer der Zeitschrift publiziert, neben einer Geschichte von Dostojewski. Panajew suchte einen anregenden Titel für den Text, *Aus den Aufzeichnungen eines Jägers*, wie Turgenjew in seinen *Literatur- und Lebenserinnerungen* selbst berichtet.

Diese kurze Erzählung entsprach den Regeln der neuen

Schule: Sie enthielt nicht die geringste Komplikation und handelte von Menschen aus dem Volk. Ein *barin* – ein gnädiger Herr – besucht seinen Leibeigenen Chor, der tüchtig und praktisch ist, eine saubere *isba*[56] besitzt und mehrere starke, gesunde Söhne hat. In der Nähe von ihm wohnt Kalinytsch, der dagegen »zu den Idealisten und Romantikern, zu den begeisterungsfähigen und träumerischen Menschen« gehört. Zwei gegensätzliche Charaktere, in denen sich typisch russische Züge finden. »Kalinytsch stand der Natur näher, Chor den Menschen, der Gesellschaft.«

Diese Erzählung fand großen Gefallen und genügte, um ihren Autor berühmt zu machen, und mit diesem Ansporn schickte er der Zeitschrift aus Salzbrunn *Jermolai und die Müllerin*, *Mein Nachbar Radilow*, *Der Freisasse Owsjanikow*, *Lgow*, *Der Gutsvogt* und *Das Kontor*; von einem Jäger bei seinen Streifzügen durch Dorf und Feld aufgeschnappte Szenen aus dem Landleben. Indirekt üben sie Kritik an den Gebräuchen. In *Lgow* wird eine Großgrundbesitzerin erwähnt, die ihren leibeigenen Frauen das Heiraten verbietet, weil sie selbst Junggesellin ist, ein Umstand, der an die Übergriffe Warwaras erinnert, die ihrer Vertrauenszofe Agascha untersagt hatte, ihre Kinder zu stillen, weil das sie von ihrer Arbeit abgehalten hätte. Bibi erzählt, daß Agascha sich auf einer Reise Warwaras und ihrer Dienerschaft nach Moskau nicht von den Kindern trennen wollte und sie heimlich mitnahm. Als Warwara das erfuhr, befahl sie zornig, sie unverzüglich aufs Land zurückzuschicken, aber das ganze Gesinde erbarmte sich Agaschas und versteckte die Kinder; Warwara versicherte man, sie seien schon auf dem Gut.

Die zweite Serie der *Aufzeichnungen eines Jägers*, 1848 veröffentlicht und in Paris und Courtavenel geschrieben, vereinigte die Titel *Das Himbeerwasser*, *Der Kreisarzt*, *Der Birjuk*, *Lebedjan*, *Tatjana Borissowna und ihr Neffe* und *Der Tod* und war mit den Initialen T. L. gezeichnet (das L entsprach dem mütterlichen Namen, Lutowinow).

Im Jahr darauf erschienen weitere Erzählungen, laut ihrem Verfasser die letzten: *Der Hamlet des Kreises Schtschigry*, *Tschertopchanow und Nedopjuskin* und *Wald und Steppe*, die er mit *Epilog* überschrieb, obwohl er bei seiner Rückkehr nach Rußland fünf weitere schrieb, die wirklich letzten und vielleicht auch besten der *Aufzeichnungen*. In *Die Sänger* erzählt er, wie sich in einer Dorfschenke zwei Männer zu einem Singwettstreit herausfordern. »Selten habe ich eine ähnliche Stimme gehört; sie war ein wenig spröde und klang, als hätte sie einen Sprung; anfangs lag sogar etwas Krankhaftes in ihr, aber es war auch eine echte, tiefe Leidenschaft, Jugendlichkeit, Kraft und Süße darin und eine hinreißend unbekümmerte, traurige Wehmut. Eine aufrichtige, glutvolle russische Seele tönte und atmete in ihr, griff uns ans Herz und rührte darin gerade an die russischen Saiten. Der Gesang schwoll an und strömte frei dahin. (...) Aus jedem Ton wehte uns etwas Vertrautes und unübersehbar Weites an, als breite sich die heimatliche Steppe vor uns aus, sich in endloser Ferne verlierend.«

Dann *Das Stelldichein*, dem *Die Beschinwiese* folgte, das meistgelobte Stück seiner *Aufzeichnungen*. Ein Jäger verirrt sich auf dem Land und muß die Nacht auf einer Wiese verbringen, wo eine Gruppe von Bauernjungen Pferde hütet. Ums Feuer sitzend warten sie auf das Morgengrauen, erzählen sich Schauergeschichten und schlafen schließlich alle ein. Eine poetische Beschreibung der nächtlichen Landschaft im Einklang mit Turgenjews Naturbegriff – die Natur nicht als ein vom Menschen unabhängiger Raum, sondern in inniger, schöpferischer Beziehung mit ihm. Sie übte einen Einfluß auf die Seele, vielleicht auf das Schicksal ihrer Personen aus, und vermutlich waren diese wunderbaren Beschreibungen eine Projektion von Turgenjews Temperament, da er in den ersten Jahren seines Lebens die umgebende Natur so intensiv erlebt hatte. Wahrscheinlich aus diesem Grund hat er es vermieden, in seinen Werken Kälte und Schnee des russischen Winters und andere Unannehmlichkeiten dieses Klimas zu erwähnen.

Kasjan aus Krassiwaja Metsch ist die Geschichte eines Leibeigenen, der im Wald lebt, den Gesang sämtlicher Vögel kennt und im Binsengelände Nachtigallen fängt, um sie »an gute Menschen« abzugeben. Aber getötet hat er nie ein Tier. »Etwas Heiliges ist das Blut«, sagt er dem erzählenden Jäger, »das Blut sieht Gottes Sonne nicht.« Und schließlich *Zwei Gutsbesitzer*: eine großartige Schilderung des Provinzadels mit seinen atavistischen Exzessen von Grausamkeit und Absolutismus.

1852 stellte Turgenjew diese einundzwanzig Erzählungen zu einem Band zusammen, der unter dem Titel *Sapiski ochotnika* (*Aufzeichnungen eines Jägers*)[57] erschien. Noch war die Sammlung nicht vollständig, denn in der definitiven Ausgabe, die Jahre später unter Turgenjews Aufsicht herausgebracht wurde, fügte er drei weitere Erzählungen hinzu, *Das Ende Tschertopchanows* (1872), *Es rattert!* und *Die lebende Reliquie* (beide 1874).

Das Buch hatte nachhaltigen Erfolg. Turgenjew hatte zu beschreiben verstanden, was seine Augen sahen, und das am wenigsten Wahrnehmbare gepriesen. Seine Aufmerksamkeit gilt unbedeutendsten Einzelheiten, und wenn er sie in seinem Interesse für Menschen und Natur hervorhebt, erscheinen sie neu und wunderbar. Die Erzählweise, manchmal in der ersten Person, ist von großer sprachlicher Präzision, warm und ausdrucksvoll.

Unter all diesen Szenen aus dem Landleben gibt es drei Erzählungen, in denen die Frauenfiguren eine besondere Bedeutung haben, was Turgenjews Mitgefühl und Verständnis für das – im allgemeinen nachteilige – Schicksal der Frau in jener Zeit belegt. Sowohl *Jermolai und die Müllerin* und *Der Kreisarzt* als auch *Das Stelldichein* sind bewegende Ereignisse in einem Frauenleben – zuneigungsbedürftige Frauen, deren Gefühle nicht erwidert werden und die dennoch gelassene Würde bewahren.

Das Buch erschien zu einem für die Befreiung der Leibeigenen günstigen Zeitpunkt. Es soll auf dem Tisch Zar Alexanders II. gelegen und das Dekret zur Aufhebung der Sklaverei beeinflußt haben. Man hat es hinsichtlich seiner Breitenwirkung mit *Onkel Toms Hütte* in Amerika verglichen, wenn es auch von sehr viel höherem literarischen Wert ist.

Es war Turgenjews erstes Werk, das im Westen – in Frankreich – übersetzt wurde, unter dem geänderten Titel *Erinnerungen eines russischen Herrn* (*Mémoires d'un seigneur russe*). Die französische Kritik nahm es wohlwollend auf, obwohl Prosper Mérimée in seiner Rezension nicht eben viel Scharfsinn bewies: »Es ist ein instruktives, unterhaltsames, anspruchsloses Buch, von dem wir schon gesagt haben, daß es nicht viel wert ist.«[58] Mérimée, später ein guter Freund Turgenjews, begriff die Bedeutung der *Aufzeichnungen* nicht: »Ich hoffe, daß M. Tourguéneff, den zu kennen ich nicht das Vergnügen habe, ein noch junger Mann ist und daß die *Mémoires* nur das Präludium zu einem ernsthafteren, wichtigeren Werk sind.«

Turgenjews Freundschaft mit Alexander Herzen weckte den Argwohn der Behörden; Herzen war ein bekannter Politiker und Schriftsteller, der bereits im Exil in London lebte, wo er später eine russische Zeitschrift namens *Kolokol* (*Die Glocke*) herausgab, eine damals sehr wichtige, einflußreiche liberale Publikation, die heimlich nach Rußland geschmuggelt wurde. Fast gleichzeitig mit dem Erscheinen der gesammelten *Aufzeichnungen eines Jägers* starb in Moskau Nikolai Gogol. In seinen letzten Jahren von einem mystischen Wahn besessen, hatte Gogol von jeder kritischen Intention, die man in seinen Werken erkennen könnte, Abstand genommen, das zaristische Regime verherrlicht, das er zuvor selbst karikiert hatte, und sogar das Manuskript des zweiten Teils von *Die toten Seelen* verbrannt.

So wie Lermontow wegen eines Gedichts auf Puschkins Tod deportiert worden war, so wurde Turgenjew wegen seines Nachrufs auf Gogol festgenommen. Die Petersburger Zensur hatte dessen Veröffentlichung nicht erlaubt, aber Turgenjew schickte ihn nach Moskau, wo der Zensor, Fürst Lwow, nichts dagegen einzuwenden hatte, daß er am 13. März 1852 in den *Moskauer Nachrichten* erschien. Das genügte, um Turgenjew als gefährlich einzustufen, obwohl seine Verhaftung nicht nur eine Folge des Gogol-Nekrologs war. Ebenso spielte, wie der Autor in einer 1876 geschriebenen autobiographischen Skizze selbst erzählt, das Erscheinen der *Aufzeichnungen eines Jägers* eine Rolle.

Er befand sich einen Monat in Haft; für einen politischen Gefangenen freilich unter vorzüglichen Bedingungen. Die beiden Töchter des Polizeikommissars hatten die *Aufzeichnungen* gelesen und empfanden große Bewunderung für ihren Verfasser, so daß sie sich für ihn einsetzten und sogar erreichten, daß er im Raum ihres Vaters wohnen durfte. Es ging die Rede, der Kommissar habe die guten Weine, die man dem Schriftsteller schickte, angenommen und auf Robespierre angestoßen. »Ich werde sehr gut behandelt«, schrieb Turgenjew an Pauline. Er hatte oft Besuch und bekam von seinen Freunden zahlreiche Geschenke. In der unfreiwilligen Untätigkeit setzte er das Studium der polnischen Sprache fort und schrieb die Erzählung *Mumu*. Viele Jahre später, 1879, berichtete er Flaubert:

»Sie gehen nicht gern spazieren; aber Sie müssen sich dazu zwingen. Ich war einmal im Gefängnis (in Einzelhaft), über einen Monat lang: die Zelle war klein – die Hitze erstickend. Zweimal am Tag trug ich 104 Karten (zwei Spiele) – einzeln – von einer Ecke der Zelle in die andere... das machte 208 Runden; 416 am Tag – 8 Schritte pro Runde – das ergab über 3300 – fast 2 Kilometer! Möge diese geniale Berechnung Ihnen Mut geben! An den Tagen, an denen ich keinen Spaziergang gemacht hatte, stieg mir alles Blut in den Kopf!«[59]

Und in einem Brief an die Viardots: »Meine Gesundheit ist gut, aber ich bin lächerlich gealtert, ich könnte Ihnen eine weiße Haarlocke von mir schicken, ohne zu übertreiben.«[60]

Nach dem Verlassen des Gefängnisses wurde er nach Spasskoje verbannt, das zu verlassen ihm nicht erlaubt war, auf ausdrücklichen Befehl des Zaren, dessen Geheimkanzlei damals die Schriftsteller aufs genaueste überwachte. Er kehrte in sein altes Haus zurück, und das schwermütige Gefühl, die dahingegangene Zeit und die verschwundenen Menschen zu spüren, bemächtigte sich seiner genauso wie den Protagonisten der Briefnovelle *Faust*:

»So sitze ich denn wieder in meinem alten Nest, wo ich – schrecklich, es auszusprechen – volle neun Jahre nicht gewesen bin. Wenn man sich's so überlegt – es ist, als wäre ich ein anderer Mensch geworden. Und wirklich, ich bin ein anderer. Du erinnerst Dich vielleicht an den kleinen, ziemlich trüben Spiegel meiner Urgroßmutter im Empfangszimmer, den, der so wunderliche Schnörkel an den Ecken hat – Du stelltest damals oft Betrachtungen darüber an, was er hundert Jahre früher gesehen haben mochte; ich trat sogleich nach meiner Ankunft vor ihn und war einfach verblüfft. Ich sah plötzlich, daß ich in der letzten Zeit älter geworden bin und mich verändert habe.«

Wieder spazierte er durch den großen Park, der das Haus seiner Mutter umgab und der heute das Staatsgut Spasskoje-Lutowinowo bildet. Angelegt hatte ihn Iwan Lutowinow, der Onkel, der Warwara aufgenommen hatte. Er ordnete die Pflanzenbeete so an, daß sie die Zeichen XIX ergaben – für das damals beginnende Jahrhundert. In diesem Park pflanzte Turgenjew eine Eiche, die überlebt hat und heute von den Besuchern ihrer Größe wegen bewundert wird.

Diesen Park beschrieb er in allen Einzelheiten in seiner Erzählung *Punin und Baburin*:

»Der Garten, der zu Großmutters Gut gehörte, war sehr alt und groß und endete auf der einen Seite an einem Teich, der von einem Bach durchflossen wurde; darin gab es nicht nur Karauschen und Gründlinge, nein, sogar Schmerlen kamen dort vor, die vielgepriesenen, jetzt fast überall verschwundenen Schmerlen. Am vorderen Ende des Teiches hatte sich dichtes Weidengestrüpp angesiedelt; weiter oben, zu beiden Seiten eines Hanges, zog sich zusammenhängendes Buschwerk von Haselnußsträuchern, Holunder, Geißblatt und Schlehdorn hin, unter dem Heidekraut und Hahnenfuß wuchsen. Hier und da befanden sich inmitten des Buschwerks winzige Lichtungen mit smaragdgrünem, seidigem, feinem Gras, aus dem in lustig buntem Reigen Täublinge mit ihren rosa, lila oder hellgelben Hüten hervorschauten und einem die goldgelben Kügelchen der Sumpfdotterblumen entgegenleuchteten. Hier sangen im Frühling Nachtigallen, flöteten Drosseln, rief der Kuckuck; hier herrschte auch bei sommerlicher Hitze angenehme Kühle, und mit Vorliebe suchte ich Zuflucht in diesem entlegenen Dickicht, wo ich meine geheimen Lieblingsplätzchen hatte, die – so bildete ich mir zumindest ein – nur mir allein bekannt waren.«[61]

Er kaufte die Bibliothek, die Belinski gehört hatte, und schrieb den Viardots: »Ich werde meine Studien über das russische Volk fortsetzen, über dieses Volk, das seltsamste, erstaunlichste, das es auf der Welt gibt.« Damit dieses Studium nicht nur ein theoretisches sei, leistete ihm in Spasskoje eine sehr schöne Leibeigene Gesellschaft, die er im Vorjahr für siebenhundert Rubel seiner Kusine abgekauft hatte; solche Transaktionen, aus denen auch Turgenjew Nutzen zog, waren in der Feudalherrschaft gang und gäbe. Diese junge Frau lebte etwa drei Jahre bei ihm, begleitete ihn sogar nach St. Petersburg, aber es gelang ihm nicht, ihr das Schreiben beizubringen.

In den Briefen an Pauline erkennt man seinen Gemütszustand, seine Ablehnung des russischen Milieus, seine Sehnsucht nach den Freunden im Westen:

»Stellen Sie sich einen Orkan vor, eine Trombe aus Schnee, der nicht fällt, sondern stürzt, wirbelt, die Luft *verdunkelt*, obwohl er weiß ist, und die Erde schon mannshoch bedeckt. Das ist unser gegenwärtiges Wetter, liebe Madame Viardot. Ihr Europäer könnt Euch ja keine Vorstellung machen, was eine russische *métielle*[62] ist. Zum Glück ist es nicht sehr kalt, wer weiß, wie viele Opfer es sonst gäbe! Vor zwei Jahren kamen allein im Gouvernement Tula neunhundert Menschen in einer ähnlichen *métielle* um. Seit Menschengedenken hat man in dieser Epoche nichts Vergleichbares gesehen! Anscheinend will der Winter, um uns über den eben erlittenen gräßlichen Sommer hinwegzutrösten, eher als sonst kommen. Es ist wie die Geschichte des Mannes, der eine häßliche und arme, *aber* dumme Frau heiratet. Doch ich bin nicht traurig, trotz des garstigen Wetters, trotz dieses Vorgeschmacks von sechs Monaten völliger Isolation, die mich erwarten. Ich fühle mich im Gegenteil freudig erregt: Ich habe nämlich den lieben Brief vor mir liegen, den Sie mir bei Ihrer Rückkehr von England nach Courtavenel geschrieben haben.

Meine liebe, gute Freundin, ich bitte Sie inständig, mir oft zu schreiben; Ihre Briefe haben mich immer glücklich gemacht, aber jetzt sind sie mir vor allem auch nötig geworden; da bin ich also für wer weiß wie lange Zeit ans Landleben gefesselt, ganz auf mich selbst gestellt. Keine Musik, keine Freunde; was sage ich?, nicht einmal Nachbarn, um mich mit ihnen zu langweilen! Die Tjutschews sind vorzügliche Leute, aber wir schwimmen in zu verschiedenen Gewässern. Was bleibt mir also? Ich glaube es Ihnen mehr als einmal gesagt zu haben: die Arbeit und die Erinnerungen. Aber damit mir die eine leicht fällt und die andern weniger bitter werden, brauche ich Ihre Briefe mit diesen Geräuschen von glücklichem, aktivem Leben, mit diesem Duft von Sonne und Dichtung, den sie mir bringen... Ich spüre, daß mir mein Leben Tropfen um Tropfen zerrinnt wie das Wasser aus einem halb zugedrehten Hahn; ich trauere ihm nicht nach; daß es versiegt... Was würde ich damit anfangen? Es ist niemandem vergönnt, auf die Spuren der Vergangenheit zurückzukehren, aber ich beschwöre sie gern herauf, diese bezaubernde, ungreifbare Vergangenheit, an einem solchen Abend, an dem ich das trostlose Heulen des Nordwinds über diesen ganzen Schneemassen höre, habe ich das Gefühl... Pfui! Ich will weder traurig werden noch indirekt Sie traurig machen... Alles, was mir passiert, ist noch sehr erträglich, man muß der Last trotzen, um sie weniger zu spüren... Aber schreiben Sie mir oft.

Und vor vollendeter Trauer
fällt die Welt in Schlaf...

Dieser Satz aus Gounods *Herbst* singt sich mir seit Beginn des Briefes im Kopf herum; sein *Herbst* ist anbetungswürdig. Ich fühle mich ganz durchdrungen vor Rührung, man muß sich davon losreißen, denn was soll's?

Eben habe ich für einen Moment meine Balkontür geöffnet... Brrrrr, welch ein Stoß von dunkler Kälte, eisigem Wind und Schnee... Diana[63], die aufgestanden ist, weicht erschrocken zurück... Ach, du Ärmste, bist nicht an ein solches Klima gewöhnt. Arme Französin, wirklich! Komm, laß uns dicht zusammenrücken und an Courtavenel denken. Bis morgen.«[64]

Den dauernd erkälteten Turgenjew ängstigte die Kälte immer, und interessant erscheint eine hintergründige Interpretation dieses Leidens, die eine – ebenfalls russische – Dichterin unserer Tage vornahm, Marina Zwetajewa, als sie über eine scheinheilige Welt klagte, »in der die Leute das

Weinen als Erkältung bezeichnen«. Immer verschnupft, dick eingemummelt, so ging er durch seine kalte Lebenslandschaft, und darauf wird man zurückführen dürfen, daß in seinen Werken der lange russische Winter nicht vorkommt, sondern daß er sie in den wärmeren Jahreszeiten oder im Sommer ansiedelt. Wärme und Affektivität scheinen Hand in Hand zu gehen, wenigstens in den ersten Phasen eines Lebens.

Diese Zwangsruhe nutzend, schrieb er die Erzählungen *Zwei Freunde* und *Die Herberge.* Aus dieser Zeit stammen auch das Theaterstück *Ein Abend in Sorrent*, die Erzählung *Stilles Leben* und die beiden letzten Fassungen von *Ein Monat auf dem Lande*, einer Komödie, der, wie erwähnt, bis zu ihrer Veröffentlichung 1855 ein wechselvolles Schicksal beschieden war.

Erneut führte er das traditionelle Leben des russischen Gutsbesitzers alter Zeiten, der sich auf dem Land langweilt, auf die Jagd geht und Besuch von den Großgrundbesitzern der Umgebung bekommt, pittoresken Provinzfiguren, von denen Turgenjew einige außerordentliche Porträts verfaßte.

»Er war geboren ›für ein friedlich Leben, für die Stille auf dem Land‹, das heißt für ein träges, unbekümmertes und inhaltloses Dasein, das, nebenbei gesagt, nicht ohne große, unerschöpfliche Reize ist. Er verfügte über ein recht beträchtliches Vermögen: Ohne sich allzusehr um die Wirtschaft zu kümmern, gab er rund zehntausend Rubel im Jahr aus. Er hatte sich einen ausgezeichneten Koch zugelegt (mein Freund liebte gutes Essen) und in Moskau die neuesten französischen Bücher und Zeitschriften abonniert. Auf russisch las er einzig und allein die Berichte seines Verwalters – und das auch nur mit großer Mühe. Von morgens (wenn er nicht gerade auf die Jagd ging) bis mittags und auch nachmittags legte er den Schlafrock nicht ab; er sah irgendwelche wirtschaftlichen Zeichnungen durch oder begab sich zum Pferdestall oder auf den Dreschboden und zwinkerte dort den Weibern zu, die auch in seinem Beisein die Dreschflügel schwangen, ohne sich dabei, wie man so sagt, zu überanstrengen. Nach dem Mittagessen pflegte sich mein Freund vor dem Spiegel sehr sorgfältig anzuziehen, und dann fuhr er zu irgendeinem Nachbarn, der mit zwei oder drei hübschen Töchtern gesegnet war. Unbekümmert und ohne jegliche Absichten machte er einer von ihnen den Hof, spielte mit ihnen Blindekuh, kehrte ziemlich spät nach Hause zurück und sank sofort in tiefen Schlaf.«[65]

Adlige dieser Schicht und mit solchen Merkmalen von Müßiggang und begrenzten Interessen zeichnete er in einer weiteren, 1854 geschriebenen Novelle, wo die Handlung fast verdeckt wird von der minutiösen Ausarbeitung der einzelnen Charaktere. Ihr Titel, russisch *Satischi* (was ›Ruhe‹ oder ›stiller Ort‹ bedeutet, in deutscher Übersetzung *Stilles Leben* oder auch *Ein stiller Winkel*), ist eindeutig paradox, denn in einem kleinen Kreis von Großgrundbesitzern, deren Manieren und Benehmen normal und friedlich sind und wo scheinbar nichts passieren kann, herrschen Leiden, Schäbigkeit, Leichtsinn, Kommunikationslosigkeit, Alkoholismus. Wieder erinnert das Thema an *Faust*: Eine junge Frau, Marja Pawlowna, die sich noch nie für Poesie interessiert hat, erleidet, als ihr das Puschkin-Gedicht *Antschar* vorgetragen wird, eine solche emotionale Erschütterung, daß sie, wie man folgern kann, in den Selbstmord getrieben wird. Der Leser versteht, daß die Schönheit der Worte dieses Gedichts und ihre dunkle Bedeutung die Frau, die keine

Lebensperspektiven, keine Liebe, keine befriedigende Selbstverwirklichung hat, dazu bringen, ihrer tatsächlichen Wirklichkeit ins Auge zu blicken und zu beschließen, daß ihre Zukunft nur der Tod sein kann. Diese Novelle ist ein hartes Bild vom Stumpfsinn der Landadligen, obwohl kein einziges anklagendes Urteil formuliert, sondern die zwischenmenschlichen Beziehungen objektiv dargelegt werden.

Puschkins Gedicht, dessen Titel der Name eines im Malajischen Archipel wachsenden Baumes mit giftigem Saft ist, mochte seinerzeit eine Kritik an der autoritären Regierungsform der Zaren symbolisieren, denn darin wird erzählt, wie ein König einen Emissär ausschickt, um Gift von diesem Baum zurückzubringen, obwohl er weiß, daß selbst sein Schatten tödlich ist. Der Sendbote erfüllt den Befehl, und kaum übergibt er dem König den Saft, fällt er tot zu seinen Füßen; der König wollte das Gift, um seine Nachbarn mit wirksameren Waffen anzugreifen. Ein Beispiel dafür, wie blinder Gehorsam zum Tod führt und andern zum Schaden gereichen kann. Vermutlich war das Puschkins Absicht, aber Turgenjew benutzt die Lesung dieses Gedichts, um Marja Pawlowna klarzumachen, daß Unterwürfigkeit, Passivität, das Hinnehmen fremden Willens – ein Mann ohne Eigenschaften hielt um ihre Hand an – zu einem unwürdigen Leben führen können, dem der Tod vorzuziehen ist.

7. Einzelgänger

Im November 1853 erreichten Turgenjews viele Bekannte in St. Petersburg die Aufhebung seiner Verbannung, so daß er in die Hauptstadt zurückkehren konnte. Zuvor hatte er noch, vielleicht inkognito, eine Blitzreise gemacht, um sich mit Pauline zu treffen, die für einige Konzerte nach Moskau gekommen war. Aus einem unbekannten Grund schrieb sie ihm in den beiden folgenden Jahren nicht mehr, und aus dieser Zeit stammt ein Satz Turgenjews, den der Lyriker Fet in seine *Erinnerungen* aufgenommen hat und in dem sich die seltsame Beziehung zu der Sängerin widerspiegelt: »Ich bin dem Willen dieser Frau unterworfen. Ich kenne nur wirkliches Glück, wenn mir eine Frau die Ferse in den Nacken setzt und mein Gesicht nasevoran in den Schlamm taucht.«[66] Aber er schrieb ihr aus Spasskoje, und seine Worte lassen wenig Zweifel an der Natur seiner Gefühle für sie aufkommen: »Liebe, gute, edelmütige, wunderbare Freundin, Sie, die Sie die Beste auf der Welt sind, geben Sie mir ihre lieben Hände zu küssen.« Und ein anderer Brief beginnt so: »Meine liebe, gute Mme Viardot, gütigste, geliebteste, beste Frau, wie geht es Ihnen? Haben Sie schon debütiert? Denken Sie oft an mich?« Er war damals vierunddreißig und befand sich in der richtigen Verfassung, um seinen ersten Roman, *Rudin*, zu schreiben, wo die Gewißheit, wie schwierig es für manche unentschlossenen Männer ist, das Glück zu finden, literarisches Material wird. Im Sommer 1855 in Spasskoje geschrieben, wurde er zusammen mit weiteren Erzählungen Ende 1856 veröffentlicht. Andere vor seiner Rückkehr nach Frankreich verfaßte

Geschichten thematisieren Enttäuschung und Verzicht, wie etwa *Jakow Passynkow*.

Obwohl wieder frei, durfte Turgenjew nicht ins Ausland reisen, wie er es sich wünschte; der Krimkrieg war ausgebrochen, und die Grenzen sollten für drei Jahre geschlossen sein. In seinem Ehrgeiz legte sich Nikolaus I. mit der Türkei an, aber die europäischen Staaten, besorgt wegen der russischen Macht, erklärten ihm den Krieg, und nach dem unseligen Krimfeldzug und der Einnahme von Sewastopol mußte Alexander II. am 30. März 1856 dem Pariser Frieden zustimmen. Im Juli jenes Jahres konnte Turgenjew Rußland verlassen, um nach Frankreich zu reisen, und von da an lebte er bis ans Ende seiner Tage in Westeuropa, mit Ausnahme von kurzen Besuchen in der Heimat. Daneben unternahm er viele weitere Reisen, und das in einer Zeit, wo das Reisen weder bequem noch einfach war. Daß er absoluter Herrscher über das wundervolle Gut Spasskoje war, wo er bequem leben und seine Freunde empfangen konnte, änderte nichts an seinem Entschluß, ins Exil zu gehen und in seinem Heimatland künftig nur Gast zu sein.

Er hatte sechs Jahre fern von Frankreich und der Freundschaft verbracht, die er sowohl von Pauline als auch von ihrem Mann hätte bekommen können, doch diese lange Unterbrechung in der Beziehung zählte für ihn anscheinend nicht, denn er ging stehenden Fußes nach Courtavenel – anscheinend auf Einladung des Ehepaars, wie Paul Viardot, Paulines Sohn, in seinem Buch *Souvenirs d'un artiste* erzählt: »Er wurde eingeladen, sich bei uns vom russischen Gefängnis (umgewandelt in Verbannung) zu erholen, einer Strafe, die er durch die Veröffentlichung von *Erinnerungen eines russischen Herrn* auf sich gezogen hatte, welche zu einem großen Teil die Bewegung zur Abschaffung der Leibeigenschaft ins Leben riefen.«[67]

Turgenjew traf seine Freunde wieder und bei ihnen seine Tochter Pelageia, die er seit Jahren nicht mehr gesehen hatte und die jetzt ein Backfisch französischer Erziehung war. Sie hatte ihre Muttersprache vergessen, selbst ihr Name hatte sich geändert, und sie hieß nicht mehr Pelageia, sondern Pauline, *Paulinette.* Ihr Leben im Schoß dieser Familie war nicht ganz so glücklich, wie der Vater angenommen hatte, und es war zu Reibereien mit der ältesten Viardot-Tochter, Louise, gekommen. Diese hatte immer einen schwierigen Charakter gehabt, vielleicht weil sie schon kurz nach der Geburt George Sand anvertraut worden war, da sich die Eltern dauernd auf Reisen befanden, und als sie sie wieder zu sich nahmen, erkannte das Mädchen sie nicht mehr. In späteren Jahren sorgte sie für ein stürmisches Klima in der Familie, was noch durch den Umstand verschlimmert wurde, daß sie eine äußerst konfliktreiche Ehe führte. Turgenjews Briefen an Paulinette können wir entnehmen, daß die Meinungsverschiedenheiten allmählich zu offener Abneigung Louises gegenüber ihrer Mutter wurden, bis es Jahre später zum endgültigen Bruch kam.

Turgenjew lebte einige Monate in Courtavenel, offenbar glücklich, nicht nur wegen Paulines Nähe, sondern weil er sich in dem ihm so zusagenden französischen Intellektuellenmilieu befand. Er trat mit Prosper Mérimée, Hector Berlioz, Charles Gounod, George Sand in Beziehung, der er bis zu ihrem Tod ein treuer Freund war.

Aber anscheinend führte im Herbst dieses Jahres ein unbekannter Grund zu einer Abkühlung zwischen ihm und Pauline. Er kehrte nach Paris zurück und mietete eine Wohnung in der Rue de Rivoli 210 (heute erinnert eine Gedenktafel daran), wo er sich mit seiner Tochter und ihrer Gouvernante einrichtete. Er wurde von Krankheiten geplagt, unternahm Reisen auf der Suche nach Ärzten und Heilmitteln und geriet in eine Phase der Schwermut und Depression.

Keiner seiner Biographen hatte diese ›Krise‹ bemerkt, bis Eugène Séménoff bei der Durchsicht der Briefe des Schriftstellers an seine Tochter und seinen Freund Wassili Botkin (1931 in Moskau publiziert) zum Schluß kam, daß es zwischen den beiden einen plötzlichen Bruch gegeben hatte, der rund fünf Jahre dauerte[68]. Séménoff folgerte, daß sich dieser Bruch im November 1856 ereignet haben mußte, denn bis dahin wirkte Turgenjew in den Briefen an seine Freunde zufrieden. Zwischendurch unternahm er im September eine Reise nach London, wo sich übrigens die Viardots befanden. Nach Meinung anderer Biographen war die ›Krise‹ nichts anderes als eine vernünftige Anpassung Turgenjews an die einzig mögliche Beziehung zu einer Frau, die ihn mehrere Jahre nicht gesehen hatte und der Freundschaft mit ihm wahrscheinlich nicht alles zugestand, was er sich bei seiner Ankunft in Frankreich erhofft hatte. Die Situation der beiden war verschieden – für Turgenjew hatte diese Familie eine außerordentliche gefühlsmäßige Bedeutung, während er für Pauline in deren intensivem Berufs- und Liebesleben kaum eine Rolle gespielt haben dürfte.

Am 16. November beschrieb er in einem Brief an Tolstoi sein Leben so: »Was mich hier zurückhält, sind alte, unauflösliche Bande mit einer Familie und meiner Tochter. (...) Sonst wäre ich schon lange nach Rom gefahren, um dort Nekrassow zu treffen.«

Aber am 6. desselben Monats hatte er Botkin mitgeteilt, er ziehe mit seiner Tochter und der Gouvernante in die Rue de Rivoli, wo er für mehrere Jahre zu Hause sein sollte. Zum ersten Mal sagte er, daß er sich nach dem vergnüglichen Leben in Courtavenel sehne; aber Pauline besuchte ihn in seiner neuen Wohnung, was beweist, daß die Beziehung nicht zerbrochen war. Paulinette, die schon genau merkt, was vor sich geht, wundert sich über die Anwesenheit der Sängerin, die sich wie die Hausherrin verhält, und nimmt eine Abwehrhaltung ein, die sich mit jedem Tag verstärkt.

Auch Botkin erzählt er: »Vormittags arbeiten (in meinem Kopf ist schon der Plan eines Romans fix und fertig, und ich habe die ersten Szenen bereits entworfen).« Er meint *Ein Adelsnest*, den mit dieser Periode eng verknüpften Roman, aber die Manuskripte haben Pech, denn laut einem anderen Brief von Anfang März des folgenden Jahres vernichtete er sie in einem Anfall von *chandra*: »Vor drei Tagen habe ich alles, was ich begonnen hatte, Pläne und so weiter, zwar nicht verbrannt (ich fürchtete, in die Imitation Gogols zu verfallen), wohl aber zerrissen und ins WC geworfen.« Diese dumpfe, verzweifelte Schwermut, die russische *chandra*, sollte noch lange seine Begleiterin sein.

Mit dem Jahr 1857 begann für ihn eine ungewisse Zeit, eine Zeit des ziellosen Umherirrens; er lebte, nach seinen eigenen Worten, ein ›Zigeunerleben‹ und reiste durch Europa, fuhr nach London, Italien, in die Schweiz, unter dem Vorwand, mehrere Ärzte zu konsultieren. Ein solches ununterbrochenes Reisen war ungewöhnlich. Émile Haumant, einer seiner französischen Biographen, schreibt: »Tatsächlich haben diese Ortsveränderungen bestimmtere Gründe als die *unstete Natur des russischen Menschen.*«

Seine Übellaunigkeit, seine pessimistischen Briefe, seine Unruhe sind nicht nur auf gesundheitliche Ursachen zurückzuführen. Er bittet Paulinette brieflich um Nachrichten von Mme Viardot, da ihm diese nicht schreibt. Aber als er von der Geburt von Paulines viertem Kind, das Paul heißen wird, am 21. Juli, erfährt, schickt er dem Ehepaar einen mehrsprachig jubelnden Brief: »Hurra! *Ypa! Lebehoch! Vivat! Evviva! ἦθτφ!* Vive le petit Paul! Vive sa mère! Vive son père! Vive toute la famille! Bravo!« Nach Louise, der Erstgeborenen, hatte Pauline zwei weitere Töchter bekommen, Claudie, 1852, und Marianne, 1854; drei Jahre später kam der einzige Sohn. Paulines Schwangerschaftssymptome hatten sich schon im Oktober gezeigt, so daß diese Geburt keine Überraschung war; sie hat ihr Geheimnis gewahrt, wenn man dem Gemunkel der Zeit keine Beachtung schenkt, das die Vaterschaft Turgenjew zuschrieb. Das einzig Gewisse ist die Ungewißheit hinsichtlich der Art Beziehung, die ihn in diesem Sommer 1857 mit der Sängerin verband, aber man muß die Aussage von Pauls Sohn, Jacques-Paul Viardot, berücksichtigen, der sagt, er sei sich nicht sicher, ob Viardot oder der russische Gast sein Großvater gewesen sei. Wieder zieht es Turgenjew für länger nach Courtavenel, in Paulines Abwesenheit, von Ende August bis Mitte Oktober; am 1. März 1857 hat er seinem Freund Annenkow gestanden: »Sie ist die einzige Frau, die ich geliebt habe und die ich ewig lieben werde.«[69] Er reist nach Rom, und am 24. November ruft er in einem Brief an Nekrassow pathetisch aus: »Nein! So zu leben – unmöglich. Schluß damit, am Rande von anderer Leute Nest zu sein. Wenn man kein eigenes hat, braucht man gar keines.« Zum ersten Mal bekundet er so offen, daß es ihm bewußt ist, keine Familie und kein Heim zu haben, aber er schwor seinem Junggesellendasein nicht ab. Er mochte keine Familie gründen, ob er sich dazu geeignet fühlte oder nicht. Er wich diesem Schritt aus, der ihn dem Vater gleichgestellt, aber zweifellos an den häuslichen Herd gefesselt hätte, eine Abhängigkeit, die ihm offenbar noch verhaßter war als die Einsamkeit.

Turgenjew könnte der ewig leidende Sohn sein, der vom Elternhaus weggeht, ohne es jedoch durch ein eigenes Zuhause zu ersetzen. Das ist die Folge der Distanzierung von den Eltern, und das Elternhaus ist nur noch ein Ort, wo man auf Besuch ist, wo man Spuren nachforscht, aber keine Wurzeln schlagen kann, denn dazu wären Bedingungen vonnöten, die schon das Verschwinden der Eltern unvorstellbar macht. Einige Jahre vor seinem Tod läßt er dieses erschütternde Erlebnis – zweifellos eine von mehreren entscheidenden Ursachen, weshalb er ein unglücklicher Mensch wurde – in eines seiner berühmten *Gedichte in Prosa* einfließen: »Wo soll ich hin? Was unternehmen? Ich bin wie ein einsamer Vogel ohne Nest, der aufgeplustert auf einem kahlen, vertrockneten Zweig sitzt. Zu bleiben – widert ihn an, aber wohin soll er fliegen?«[70] Eine Überlegung, die er in anderen Worten am Ende von *Asja* wiederholt, einer mitten in der Zeit der Krise verfaßten Novelle: »Zu der Einsamkeit eines alternden Junggesellen verurteilt, verbringe ich still die letzten, leeren Jahre meines Lebens.« Das ist eine subjektive Sicht seiner selbst, denn zu diesem Zeitpunkt war er bereits ein Schriftsteller mit gefestigtem Ruf, der unablässig veröffentlichte, keine großen wirtschaftlichen Probleme hatte und in Paris über eine Wohnung verfügte, wo er mit seiner Tochter lebte. Aber man muß einsehen, daß psychologische Situationen nicht immer in einer beweisbaren

Wirklichkeit gründen; sie haben nur für den Gültigkeit, der sie in der Logik seiner Intimität so erlebt.

Der Aufenthalt in Rom heitert ihn auf, und er beginnt wieder an *Ein Adelsnest* zu schreiben. Im Mai des folgenden Jahres fährt er nach London, um sich mit Herzen zu treffen, dem er für seine Zeitschrift *Kolokol* viele Informationen über die Zeit vor der Befreiung der Leibeigenen verschafft. In die Reiseaktivität dieser Periode fällt auch die Begegnung mit Tolstoi in Paris, die ihren Niederschlag in dessen *Tagebuch* findet – mit sich widersprechenden Urteilen, die man aber nicht übergehen darf: »Turgenjew ist zweifelsüchtig und schwach bis zur Schwermut. (...) Er ist zu verurteilen wegen seiner Kälte und Nutzlosigkeit, besitzt aber großen künstlerischen Verstand und fügt niemandem Schaden zu. Er redet schon nicht mehr, sondern schwätzt nur; glaubt weder an den Verstand noch an die Menschen oder an sonst irgend etwas.« Beide Schriftsteller hielten sich zwar für Freunde, hatten aber nie Gefallen aneinander gefunden. 1861 hatten sie einen Streit, der beinahe zum Duell geführt hätte, das nur durch Turgenjews Weigerung, sich zu schlagen, vermieden wurde.

Im Sommer 1858 arbeitete Turgenjew in den Gutsbesitzerkomitees, die die Regierung gebildet hatte, um den Entwurf eines Gesetzes zur Befreiung der Leibeigenen zu studieren. Nach langen Beratungen und um die auftretenden Hindernisse zu beseitigen, verkündigte der Zar sie am 19. Februar 1861 per Ukas. Man schrieb es dem Werk des Schriftstellers zu, die öffentliche Meinung zu Gunsten der *muschiks*, der Bauern, gewendet zu haben.

Unterdessen scheint Pauline reserviert. In mehreren Briefen an Paulinette erkundigt sich Turgenjew beharrlich nach ihr und beauftragt sie, ihr Grüße von ihm auszurichten. Aber im April 1858 unternimmt er eine Reise nach Leipzig, wo Pauline in einem Theater auftritt, und man darf an eine gewisse Versöhnung denken, denn er begleitet sie nach London, und später, bei seinem jährlichen Besuch in Rußland, erhält er mehrere Briefe von ihr. Ende Juni schreibt er seiner Tochter: »Ich habe einen Brief von Mme Viardot erhalten, der mir die traurige Nachricht vom Tode M. Scheffers verkündet; das ist ein sehr harter Schlag für sie.«[71] Ary Scheffer, ein holländischer Maler, Schöpfer des bekanntesten Bildes von Pauline, war einer von den vielen Freunden der Viardots und der Sängerin ein treuer Ratgeber. Man hat eine intimere Beziehung zwischen den beiden vermutet, was aber unwahrscheinlich ist, denn Scheffer spielte eine eher väterliche Rolle für sie. Sicher ist, daß Pauline im Laufe ihres Lebens Liebesbeziehungen unterhielt, aber aufschlußreiche Hinweise dazu gibt es nicht. So fühlte sie sich zu dem deutschen Cellisten und Dirigenten Julius Rietz hingezogen, doch diese Leidenschaft wurde trotz ihres Drängens nie konkret, wie aus der Korrespondenz der beiden hervorgeht.

Wieder schreibt sie spärlicher, was ein Jahr später auch ein weiterer Brief an Paulinette zeigt: »Grüße Mme Viardot von mir und sag ihr, daß ich auf fünf oder sechs Briefe, die ich ihr schrieb, keine Antwort bekommen habe.« Es waren Jahre der Ungewißheit voller sehnsüchtiger Gefühle, ganz ähnlich denen, die in *Ein Monat auf dem Lande* Rakitin zeigt, der in die Gattin verliebte Freund des Ehepaars Islajew: »Ich kann ohne sie nicht leben, in ihrer Gegenwart bin ich mehr als glücklich; man kann dieses Gefühl nicht einmal Glück nennen, ich gehöre ganz ihr, und von ihr zu scheiden wäre für mich ohne jede Übertreibung dasselbe wie vom Leben scheiden« (2. Akt).

Unter den Werken aus dieser Zeit ist *Genug* das pathetischste, eine unzusammenhängende Erzählung, eher eine Reihe von Gedanken über eine unglückliche Liebe, die in ihrem rätselhaften Sinn eine Vorstellung davon geben, welches Ausmaß die Gefühlskrise des Schriftstellers angenommen hatte.

Obwohl 1864 veröffentlicht, wurde *Genug* in den zwei vorangehenden Jahren geschrieben – ein beklemmendes Geständnis, das eher den losen Seiten eines Tagebuchs gleicht. Es ist einer Freundin gewidmet: »Und das schreibe ich dir, mein einziger, unvergeßlicher Freund, dir, meine teure Freundin, die ich für immer verlassen habe, die ich aber stets, bis an mein Lebensende lieben werde...« Es wird auf eine Liebesabhängigkeit angespielt: »...in dieser Wildnis, dieser Ferne, dieser Verbannung bin ich ganz von dir durchdrungen, bin immer noch in deiner Gewalt und spüre immer noch die süße Last deiner Hand auf meinem gebeugten Kopf!« Er beschwört verschiedene Momente in der Beziehung mit dieser Frau herauf. Zum ersten Mal sah er sie Ende März in Rußland, und er begann sie zu lieben. Zu Fuß überquerte er einen zugefrorenen Fluß, und unversehens dachte er an sie und fühlte sich durchdrungen vom Glück. Ein andermal befindet er sich mit ihr in einem kleinen, gemütlichen Zimmer, und die beiden lesen glücklich ein Buch: »Außerhalb dieser freundlichen Wände herrschen nur Finsternis, Leere und Tod.«

Aber die flüchtigen angenehmen Erinnerungen werden vom elegischen Ton der Erzählung verwischt: »Ach, wie alt bin ich geworden! (...) Alles umher war stumpf, mein ganzes

Leben glanzlos geworden.« Und er zweifelt sogar an dem Kunstwerk, das er verwirklicht: »Wie vermag man schließlich an die Bedeutung und den Wert jener vergänglichen Gestalten glauben, die wir in der Finsternis, am Rand eines Abgrundes, aus dem Staube nur für einen kurzen Augenblick erschaffen?« Die testamentarische Bedeutung dieser Erzählung, die, außer der erwähnten ›Krise‹, so schwer mit vom Autor erlebten Umständen in Verbindung zu bringen ist, wird durch ihren düsteren Untertitel noch betont: *Ein Abschnitt aus den Aufzeichnungen eines verstorbenen Malers.* Die beiden ersten Kapitel fehlen und werden durch Auslassungspunkte ersetzt; das letzte besteht nur aus Hamlets tragischem Ausruf *The rest is silence.* Die Kritik nahm dieses Werk sehr kühl auf, und Turgenjew selbst tat es hinterher leid, es veröffentlicht und der Leserschaft zu subjektive, »persönliche Eindrücke« vermittelt zu haben.

Er war damals erst sechsundvierzig; schon seit Anfang vierzig hatte er sich als alten Mann gesehen, der so viele Leiden hatte, daß ihn Pauline für den »langweiligsten aller Männer« hielt. Die hypochondrische fixe Idee, dem Angriff der Kälte ausgesetzt zu sein, schwand etwas, als er in Baden-Baden in größtem Komfort lebte. »Er litt weniger als sonst an Erkältungen und Grippeanfällen, an Laryngitis und Bronchitis, die sich so leicht in seinem Löwenkopf und seinem Brustkasten einnisteten. Zweifellos trug er auch den ›Maulkorb‹ nicht mehr, wie er die Atemmaske nannte, die sich überzustülpen er gezwungen war, wann immer er in die Kälte des Jahres 1860 hinaustrat; sein Sputum war frei von dem Blut, das ihn damals so erschreckte, und er nahm keinen Lebertran mehr. Aber er behielt die Gewohnheit bei, sich in Halstücher, wollene Schals, gestrickte Unterjakken, Flanellhemden und so weiter einzuwickeln. Dieser Riese aus dem Land des Schnees war so empfindlich gegen Kälte wie irgendein Südländer. Er muß sich oft nach den holländischen Öfen seines Heims gesehnt haben, nach den hermetisch versiegelten Doppelfenstern, den gepolsterten Türen.«[72]

Doch diese schwierige Zeit, wo er sich mit krankhaftem Selbstgefallen seinem Wanderleben hingibt, ist gleichzeitig fruchtbar, und er veröffentlicht einige seiner wichtigsten Werke: *Faust* (1856), *Asja* (1858), *Ein Adelsnest* (1859), *Vorabend*, *Erste Liebe*, den *Essay Hamlet und Don Quijote* (1860) und *Väter und Söhne* (1862). In mehr als einem dieser Romane und Novellen wird von gescheiterter Liebe und dem Konflikt mit der Frau erzählt.

Die Titelfigur der Novelle *Asja* ist eine junge Russin, die sich eine Zeitlang in einer deutschen Stadt bei ihrem Bruder erholt. Dort lernen die beiden zufällig einen weiteren Landsmann kennen, der sich in Asja verliebt. Sie ist ein seltsam changierender Charakter, reagiert brüsk und gibt unerwarteten Impulsen nach. Sie erscheint rätselhaft und unzugänglich, wie der unendliche Kontinent Asien, dessen Namen sie trägt. Sie gleicht der wetterwendischen Persönlichkeit Sinaidas in *Erste Liebe* – beides sind launische Frauen, mit einer »seltsamen Mischung von Schlauheit und Leichtsinn, Manieriertheit und Natürlichkeit, Ruhe und Ausgelassenheit«, und diese Heldin, in die sich Vater und Sohn verlieben, sagt über sich selbst: »Ich soll eine herzlose Kokette, eine Komödiantin sein – schön!«

Nervös und energisch, geraten diese Frauen von der Lebensfreude in einen apathischen, geistesabwesenden Zustand, der den verletzt, der sie liebt. Sie sind nicht einfach zu verstehen. Auch Tschertopchanow versteht die Zigeunerin Mascha einfach nicht, die bei ihm lebt. Eines Tages packt in der Erzählung *Das Ende Tschertopchanows* aus den *Aufzeichnungen eines Jägers* das junge Mädchen sein Kleiderbündel und geht von zu Hause weg. Tschertopchanow holt sie auf dem Weg ein, bittet sie zurückzukommen und bedroht sie sogar mit einer Pistole, doch sie sagt zu ihm: »Kennst du denn uns Zigeunerinnen nicht? Das ist so unsere Art, unser Brauch. Wenn sich die Sehnsucht einstellt, der alte Störenfried, wenn sie die Seele fortlockt in die Fremde, in die Ferne – wie kann man da noch bleiben?« Und sie verläßt ihn, denn diese Liebe, oder was es gewesen sein mochte, ist zu Ende. »Alle Züge ihres Gesichtes drückten eigensinnige Leidenschaftlichkeit und sorglose Unerschrockenheit aus« (*Tschertopchanow und Nedopjuskin*). Diese Zigeunerin kann sein wie Asja und instinktiv wie Musa, das Waisenmädchen aus *Punin und Baburin*: »Sie ist ein Wildfang. O je, ist das ein Wildfang! Und Mucken hat sie! Und was für welche! Übrigens ist es gerade diese Wildheit, die mir an ihr so gefällt; zeugt sie doch von Selbständigkeit.«

Asja lädt den verliebten Ich-Erzähler zu einem Stelldichein, doch der zaudert genauso wie seinerzeit Rudin und beginnt dem jungen Mädchen Vorwürfe zu machen, da er bei dem Treffen die Verantwortung scheut. Sie ist enttäuscht; statt abzureisen, wäre sie bei ihm geblieben, hätte er ihr »nur ein einziges Wort gesagt«. Andere Frauenfiguren Turgenjews werden sich gegenüber zögernden Männern gleich äußern – es ist das Minimum, das sie von ihnen erwarten, um sie in Würde lieben zu können. Ihre weibliche Wahrnehmung wird am Ende entdecken, was sie nie verzeihen können – einen teilnahmslosen Charakter:

»Da durchzuckte mich der Gedanke an Gagin wie ein Blitz.

›Was tun wir?‹ rief ich aus und prallte wie im Krampf zurück. ›Ihr Bruder... weiß ja alles... Er weiß, daß wir uns treffen...‹

Asja sank auf den Stuhl.

›Ja‹, fuhr ich fort, stand auf und ging in die andere Ecke des Zimmers. ›Ihr Bruder weiß alles. Ich mußte ihm alles sagen...‹

›Sie mußten?‹ fragte sie undeutlich. Sie schien noch so verwirrt, daß sie mich nicht verstand.

›Ja, ja‹, wiederholte ich mit einer gewissen Erbitterung, ›und daran sind allein Sie schuld, Sie allein.‹«

Auch in *Asja* ist die Unentschlossenheit verantwortlich für das Unglück, das der Protagonist viele Jahre mit sich schleppen wird: »Und was ist aus mir geworden? Aus jenen seligen, bewegten Tagen, diesen beflügelten Hoffnungen und Bestrebungen?«

Wir haben schon gesehen, daß Turgenjew bei der Erschaffung seiner Figuren nicht zögerte, sich der Züge ihm bekannter Personen zu bedienen. Unter seinen Papieren fand sich ein Plan für den Roman *Neuland*: Beim Skizzieren der Erscheinung der jungen Marianna vermerkt er: »Sieht aus wie Louise, aber weiblicher« und »spricht laut wie Pauline« – den Ausdruck lieh er bei der ältesten Viardot-Tochter, die Stimme bei der Mutter. In *Asja* vernimmt man Echos aus dem Leben von Paulinette: Asja ist die Tochter einer Zofe und eines Adligen; als sie zu ihrem Vater zog, begriff sie »das Schiefe ihrer Lage; ihr Stolz und ihr Selbstbewußtsein entwickelten sich stark, ebenso das Mißtrauen«. Da hatte ihr geplagter Charakter seinen Ursprung. Im Pensionat »schloß sie sich nur einer einzigen Mitschülerin an, einem häßlichen, verängstigten, armen Mädchen. Die anderen – meist Kinder aus guter Familie – liebten sie nicht«, also mehr oder weniger das, was Paulinette widerfuhr, wie wir in den Briefen an ihren Vater lesen können.

Der Novelle *Erste Liebe* stülpte er das Schema seiner eigenen Familie über, und in ihr trug er vermutlich mehr Erinnerungen als Fiktion zusammen. In ihr ist jede einzelne Figur – die kokette Sinaida oder das junge verliebte Bürschchen, das eines Tages entdeckt, daß sie die Geliebte seines Vaters war – authentisch und zeugt von durchdringender Beobachtung, bei äußerster Schlichtheit der Handlung. *Erste Liebe* war eines von Turgenjews meistübersetzten und meistgelesenen Werken. Für jene Jahre war das Thema gewagt, und wir wissen nicht, ob die Novelle Alexander II. aus diesem Grund so gut gefiel, daß er sie der Kaiserin vorlas, wie Turgenjew von der Gräfin Lambert erfuhr, die durch ihren Mann, Flügeladjutant des Kaisers, bestens informiert war. Auch Flaubert entzückte die Figur der Sinaida, und in seinem Kommentar zu dem Buch schrieb er an Turgenjew: »Frauen zu erfinden ist eine Ihrer Stärken; sie sind real & ideal zugleich. Sie haben die Anziehungskraft & den Heiligenschein.«[73] Nicht dieser Meinung war Louis Viardot, als ihm Turgenjew die soeben erschienene Novelle schickte. Seine harsche Kritik hatte aber einen mehr persönlichen als literarischen Hintergrund.

8. Privates Dokument

Iwan Turgenjews Stoffe sind zum großen Teil Chroniken eines Scheiterns im Leben, dessen Folgen jahrelang wie eine große Schuld mitgeschleppt werden. So wirkt *Ein Adelsnest*[74], einer der dichtesten Romane seines Schaffens, mit verhüllten autobiographischen Anspielungen, als hätte er sich vorgenommen, auf verschlüsselte Art eine irreparable Enttäuschung zu protokollieren.

Die Hauptaussage von *Ein Adelsnest* ist, daß den, der in der Kindheit nicht die adäquate Erziehung fürs Zusammenleben erhalten hat, ein trauriges, mühseliges Leben erwartet. Mit einer für seine Zeit außergewöhnlichen Intuition verlegt Turgenjew die zersetzenden Impulse einer konfliktreichen Kindheit in die Erwachsenenjahre des Protagonisten. Die Konsequenzen dieser mangelhaften Erziehung werden in den Handlungen der Reifezeit so offenkundig, daß im Leser geradezu die Vorstellung eines gewissen Determinismus hervorgerufen wird, wie er sich auch aus dem Kern vieler Ansichten Turgenjews über die zweifelhafte Freiheit menschlichen Verhaltens herauslesen läßt.

Bei diesem wunderschönen Roman, der Passagen von überraschender Sensibilität enthält, scheint ein gelassenes Nachdenken über die Flüchtigkeit großer Erwartungen durch. Gewisse Leser kann seine Lektüre ergreifen, und zwar nicht negativ; so erging es dem englischen Schriftsteller Ford Madox Ford, der in seinen *Portraits from Life* gesteht: »... seit meiner Kindheit wußte ich, daß dies das schönste je geschriebene Buch war, und tatsächlich war ich durchdrungen von einer Art verzückter Bewunderung für diesen

Meister, die mich nie verlassen hat. So daß er heute, nach fünfzig Jahren, nach wie vor eine Lichtgestalt für mich ist.«

Auch der Verfasser der vorliegenden Biographie verspürte beim Lesen von *Ein Adelsnest* eine unerklärliche Ergriffenheit, die schwierig zu belegen war, denn in dem Werk gab es nichts, womit sich ein Junge von dreizehn Jahren hätte identifizieren können, und in diesem Alter war ich, als ich zum ersten Mal Turgenjew las.

Das Buch gelangte auf seltsame Art zu mir, völlig unvorhergesehen. Ich wohnte in einem Viertel am Stadtrand, in einem Häuschen inmitten eines schmalen Gartens. Eines Morgens sah ich, daß jemand eine auf grobem Papier schlecht gedruckte Broschüre unter dem Gittertor hindurchgeschoben hatte, eine Verlagswerbung, wie sich herausstellte. Neugierig begann ich darin zu lesen. Es war ein Roman, dessen Titel, *Ein Adelsnest*, und Autor, Iwan Turgenjew, mir nichts sagten. Doch diese Seiten – es war das erste Buch für Erwachsene, das ich las – packten mich, und ich konnte die Situationen und Personen, von denen die Rede war, gefühlsmäßig verstehen. Mich entzückten die lyrische Beschreibung der Landschaften und die Sanftheit einiger Charaktere, die subtile Beziehung der Protagonisten zueinander, vielleicht auch das Geheimnis der familiären Ursprünge, das resignierte Hinnehmen der Unannehmlichkeiten, denen ein Kind nicht entgeht. Auch weckte das Heft, das ich da las, in mir eine leichte Traurigkeit wegen der unverwirklichten Leben und der Enttäuschung über die Labilität der Gefühle.

Es ist ein Werk, in dem eine ganz besondere Erregbarkeit vorherrscht, die der Turgenjew-Zeitgenosse Michail Jewgrafowitsch Saltikow-Schtschedrin als ›leuchtende Poesie‹

mit ›durchscheinenden Bildern‹ bezeichnete, da es in einer Verfassung von Zurückdenken und Sehnsucht geschaffen worden war.

Der Roman wurde 1856 entworfen, bevor Turgenjew Rußland verließ, aber wie bereits erwähnt, vernichtete er das erste Manuskript, und erst in der Ruhe Roms, Anfang 1858, begann er erneut daran zu schreiben, während er gleichzeitig *Asja* fertigstellte. Den ganzen Sommer arbeitet er in Spasskoje an *Ein Adelsnest*, das er im Oktober beendet. Es erschien im nächsten Januar in der Nr. 1 des *Zeitgenossen* und hatte mehr Erfolg als all seine vorangegangenen Werke. Der Roman wurde ins Französische übersetzt, in der *Revue Contemporaine* und der weitverbreiteten Sammlung Hetzel veröffentlicht und fand großen Beifall. In dieser Ausgabe, wie später auch in ziemlich vielen spanischen Übersetzungen, fehlte das Kapitel 25, das man – nicht ganz zu Unrecht – als wenig interessant für nichtrussische Leser erachtete, da es einen Dialog über die Perspektiven der 1840er Generation beinhaltet, der der Handlung nichts Wesentliches beifügt. Diese Übersetzungen, ja selbst die russischen Ausgaben, verzichteten auch, vielleicht wegen seiner rätselhaften Bedeutung, auf das Motto, das Turgenjew der Publikation des Romans im *Zeitgenossen* voranstellte: »Wofür die Seele geboren wurde, das hat Gott auch gegeben (Krischa Danilow, *Gesang des Fürsten Rjepnin*)«. Der aus einer alten russischen Chronik stammende Satz erfüllt den Roman mit der Vorstellung der Schicksalhaftigkeit; dunkel kündigt er an, daß das, was sich darin ereignen wird, nicht aus Zufall oder allein durch den Willen der Menschen, sondern auf Grund eines unabänderlichen, vorherbestimmten Schicksals stattfindet. Der Fatalismus, einer der charakteristischsten psychologischen Züge Turgenjews und seines ganzen Schaffens, könnte gemäß der offenkundigen Wahrheit, daß »immer geschieht, was geschehen muß«, untersucht werden – ein Satz, der ohne weitere Erläuterung seines Sinns in der Komödie *Wo es dünn ist, da reißt es* wiederholt wird.

Ein Adelsnest, entworfen nach den Regeln des für das 19. Jahrhundert typischen Realismus, ist ein Roman ohne Erfindung: Seine Figuren sind alltägliche, menschliche Wesen, und das gesellschaftliche Umfeld, in dem sie sich bewegen, ist die exakte Beschreibung der russischen Gesellschaft Mitte jenes Jahrhunderts. Das Buch spiegelt die Probleme und Gedanken der Schicht, der auch sein Autor angehörte, in einer sorgfältigen Technik, die die langsame Arbeit der meisterlichen Hand verrät. Sowenig wie in seinen anderen Werken finden wir hier Komplikationen im Handlungsablauf, und auch die Grundzüge weisen keine Neuerungen auf.

Lawrezki, ein unerfahrener Jüngling, Waise und Herr über ein gewisses Vermögen, kommt nach Moskau, um an der Universität zu studieren. Im Theater erblickt er ein junges Mädchen, Tochter eines Generalmajors a.D., und verliebt sich in sie. Warwara ist eine entzückende Person, »die die ganze Zeit über, da der junge Mann sie umwarb, und sogar während seiner Liebeserklärung ihre gewohnte Seelenruhe und ihren klaren Blick bewahrt hatte, auch Warwara wußte sehr wohl, daß ihr Freier reich war«. Als Verheiratete lassen sie sich in Paris nieder, wo die Ehefrau in kurzer Zeit die Hautevolee der Stadt in ihre Salons zu lokken versteht, während ihr Mann seine kulturelle Bildung vervollständigt. Eines Tages entdeckt er in ihrem Zimmer ein Billetdoux, aus dem er ersieht, daß sie ihm untreu ist. Er trennt sich von ihr, geht nach Italien und kehrt dann nach Rußland ins Haus seiner Ahnen auf dem Land zurück. In einer Entfernung von fünfundzwanzig Werst lebt eine Kusine von ihm. Deren Tochter Lisa ist scheinbar bereit, einen ihr von der Mutter bestimmten Beamten zu heiraten. Lawrezki verliebt sich in sie, die ihn wegen seines desillusionierten Lebens bemitleidet. Im ersten Moment weist sie ihn ab; sie fürchtet sich vor ihm oder vor dem Bild der abwesenden Frau. Unerwartet findet Lawrezki in einer zufällig aufgeschlagenen Zeitung die Nachricht von Warwaras Tod. Er bringt Lisa die Zeitung und sagt: »Lesen Sie, was in diesem Feuilleton mit Bleistift angestrichen ist.« Das Hindernis ist verschwunden. Eines Abends gesteht ihr Lawrezki im Garten seine Liebe, und in beiden keimt die Ahnung von etwas Glücklichem, das keiner von ihnen richtig kennt. Aber als er eines Tages nach Hause kommt, trifft er dort auf seine Frau, die überraschend aufgetaucht ist – mit einem Mädchen, das seine Tochter zu sein scheint. Die Nachricht, die ihn dazu brachte, sich für frei zu halten, war falsch, und all seine Pläne scheitern. Lisa geht in ein Kloster, und Lawrezki altert in der sanften Erinnerung an eine kaum erahnte Liebe und in der Kontemplation der Jungen, die bei der dauernden Erneuerung des Lebens die Alten ablösen.

Die Liebe, um die sich der Roman dreht, ist eine enttäuschte, unmöglich zu erlangende Liebe, und zu ihrer melancholischen Aura gesellt sich ein vages Schuldgefühl, einen Fehler begangen zu haben, vielleicht vertrauensselig jemanden zu lieben, der es nicht verdient. Was Lawrezki in Kapitel 24 (»Warum ich geheiratet habe? Ich war damals jung und unerfahren; ich habe mich getäuscht; ich habe mich durch das schöne Äußere hinreißen lassen. Ich kannte die Frauen nicht, ich kannte überhaupt nichts.«) oder in Kapitel 29 sagt (»Sie können ja gar nicht verstehen, was ein unerfahrener, grundverkehrt erzogener junger Mensch alles für Liebe halten kann!«), ist nicht nur Unsicherheit nach einer enttäuschten Liebe, sondern das schmerzliche Eingeständnis, einem Betrug aufgesessen zu sein. Nach der Wut der ersten Augenblicke, als er von Warwaras Ehebruch erfährt, stellt sich bei Lawrezki Reue ein; da ist keine Eifersucht oder verletzte Ehre, sondern bittere Gelassenheit: Turgenjews gehörnte Ehemänner werden immer in blindem Vertrauen und in der Redlichkeit ihrer Gefühle überrumpelt.

In diesem Roman stellt sich erneut eine Frau zwischen zwei Verliebte, ein immer wiederkehrendes Motiv in Turgenjews Werk, hier verkörpert in Warwara. Diese Frauenfigur ist nicht nur untreu, sondern steht auch dem Leiden, das sie verursacht, vollkommen gleichgültig gegenüber, ein so gearteten, entschlossenen Frauen eigener Charakterzug, den Turgenjew meisterhaft zu beschreiben verstand. Und im Romangeschehen erahnt man das Innenleben des Romanciers in jenen Jahren, seine ganz besondere Verfassung – als er vielleicht unter derselben Enttäuschung litt, die auch das Leitmotiv des Romans ist.

In *Ein Adelsnest* ist der Anteil selbst erlebter Erfahrung offenkundig; sie durchdringt die literarische Schöpfung und bereichert sie. Aber im allgemeinen ist den Biographen die enge Verbindung zum Leben des Autors fast ganz entgangen. Auch wenn die Turgenjew-Forscher den literarischen Wert dieses Werks richtig eingeschätzt haben, ist es doch nicht als signifikanter dokumentarischer Text betrachtet worden, nicht einmal von Avrahm Yarmolinsky, einem seiner scharfsinnigsten Biographen.

Die ersten französischen Übersetzer von *Ein Adelsnest* gaben im Vorwort zu ihrer – übrigens von Turgenjew autorisierten – Übertragung eine oberflächliche Interpretation mit, in der sie behaupten: »Es handelt sich um eine stets bezaubernde, aber gleichzeitig boshafte Beschreibung der Sitten und Gebräuche in der russischen Provinz.«

Da die Jahre 1857 bis 1863 eine überaus unruhige Periode waren, ist es nur logisch, daß Turgenjew in den Werken dieser Zeit beide Seiten der Gefühle widerspiegelte und durchblicken ließ, wie bitter die Klarheit der Erkenntnis sein kann, die die langen Überlegungen begleitet. Wenn ein französischer Kritiker, Denis Roche, von Turgenjews Bühnenwerken – dem weniger gewichtigen, in gefaßteren Momenten geschriebenen Teil seines Œuvres – sagt: »Man muß kurz darauf hinweisen, wie zahlreich die psychologischen und anderen Hinweise auf das Leben des Autors sind, die seine Theaterstücke bieten. (...) Es ist Iwan Sergejewitsch selbst in seinen dauernden Liebes- oder Gefühlserfahrungen«[75], so können wir mit noch mehr Grund annehmen, daß die persönlichen Komponenten in *Ein Adelsnest*, einem monatelang in mutmaßlicher Gewissensprüfung gereiften Werk, höchst authentisch sind. Auch wenn man nichts weiter will als die Struktur zweier Leben vergleichen, lassen sich in diesem Roman doch biographische Bezüge aufspüren, die es erlauben, eine Ähnlichkeit zwischen Lawrezki und Turgenjew festzustellen.

Im Roman wird gesagt, Lawrezki stamme aus der Gegend von O..., was nur Orjol sein kann – Turgenjews Heimat –, wo er zwei Güter besitzt, Lawriki und Wassiljewskoje, Replik von Turgenjewo und Spasskoje. Lawrezkis Vorfahren sind gewalttätige, pittoreske Adlige, und der Vater, der im Ausland gelebt hat und Gedanken der französischen Aufklärung vertritt, verfaßt für seinen Sohn Vorschriften in französischer Sprache, so wie auch Turgenjews Vater dem Heranwachsenden Ratschläge bezüglich seines Studiums aufgeschrieben hatte.

Die Mutter ist eine Leibeigene, die stirbt, als er neun ist, und er bleibt unter der Bevormundung seiner Tante Glafira zurück, einer hartherzigen alten Jungfer; sie stößt gegen ihren Neffen bei dessen Heirat einen unheilvollen Fluch aus, der sich an alle zu richten scheint, denen es nicht gelungen ist, ein eigenes Heim zu gründen: »Auch du sollst dir nirgendwo ein Nest bauen können. Umherirren sollst du dein Leben lang« (Kapitel 15).

Lawrezki wuchs ohne Zuneigung und Spontaneität auf. In Kapitel 25 führt er den bereits erwähnten Dialog mit einem Freund, und als dieser ihn daran erinnert, daß sie sich als Kinder nicht frei ausdrücken konnten, antwortet er: »Es beweist, daß man mich von Kindheit an verrenkt hat«, eine treffende Definition seines Kindheitstraumas.

Er war ein schüchterner, bleicher, dicker, linkischer Junge, »ein echter Muschik«. Als Mann wird er kräftig und groß, mit einem vollen, roten, bärtigen, ernsten Gesicht – eine Beschreibung, die auch auf Turgenjew zutreffen könnte, wenn man sich seine Physiognomie auf einigen der erhaltenen Porträts vergegenwärtigt.

Lawrezki ist auf dem ländlichen Familienstammsitz geboren worden und lebt bis zum Tod des Vaters dort; dann, als er frei ist, geht er nach Moskau, um zu studieren. Zum ersten Mal ist er unabhängig. Aber er ist sich nicht gewohnt, Entscheidungen zu treffen: »Zwar war der Zauberkreis nun gesprengt, doch er blieb immer noch auf derselben Stelle stehen, verschlossen und in sich gekehrt.« Wie die, die sich erst spät die Freiheit aneignen, weiß Lawrezki, endlich des lähmenden Gewichts der Familie ledig, sein Leben nicht zu lenken und gerät unter eine andere Herrschaft, die ihm später als bedauerlich vertane Zeit erscheint. Er macht sich Vorwürfe, daß er sein Leben Warwara geweiht hat, und sogar wenn er sagt: »Für Frauenliebe habe ich meine besten Jahre hingegeben« (Kapitel 20), scheint er auf eine sehr viel längere Zeit als seine drei oder vier Jahre dauernde Ehe anzuspielen.

Lawrezki sieht Warwara erstmals im Theater, als er eben fünfundzwanzig ist, im selben Alter also wie Turgenjew, als dieser mit Pauline bekannt gemacht wird. Und Lawrezki erblickt sie ausgerechnet in einer Vorstellung von Pawel Motschalow, dem berühmten Schauspieler, dem auch Turgenjew in der Saison 1841/42, ein Jahr vor Paulines Auftreten in Rußland, in St. Petersburg applaudiert hatte.

Ohne daß im Handlungsverlauf eine Erklärung vorangeht, plant Lawrezki, von Paris nach Baden-Baden zu fahren, aber diese Überlegung wird nicht weiterverfolgt, als er entdeckt, daß sie ihn hintergeht. Wieder wird der Grund nicht näher erläutert, warum es ihn dorthin zieht, aber nach dem Auseinanderbrechen der Ehe wird diese Stadt ein zweites Mal erwähnt, denn Warwara war »aus Paris, wie sie beabsichtigt hatte, nach Baden-Baden gereist«. Diese flüchtige Anspielung auf die Absicht einer solchen Reise überrascht den Leser, der sie nur auf den Umstand zurückführen kann, daß Baden-Baden damals wegen seiner frivolen Atmosphäre und seiner Lustbarkeiten Anziehungskraft besaß.

Für den Kritiker dagegen besteht die einzige außerliterarische Erklärung darin, daß Turgenjew beim Schreiben von *Ein Adelsnest* an diese deutsche Stadt dachte, zu der die Viardots eine so starke Beziehung hatten, daß sie sich 1863 schließlich ganz dort ansiedelten. Turgenjew besuchte sie erstmals 1857, und die Kurstadt gefiel ihm überhaupt nicht, da es in ihr von reichen Ausländern wimmelte, die kamen, um hier eine Badekur zu machen und den Sommer zu verbringen.

Warwara läßt sich in Baden-Baden nieder und bringt ein Mädchen zur Welt, was Lawrezki in Italien aus den Zeitungen erfährt, denn wie Turgenjew nach dem vermeintlichen Bruch mit Pauline grübelt er in italienischen Landen über seine Einsamkeit. »Er wußte selbst nicht, warum er gerade Italien gewählt hatte. Im Grunde war es ihm gleichgültig, wohin die Reise ging – nur nach Hause wollte er nicht« (Kapitel 16). Und in Italien, verborgen in einem kleinen Städtchen, versucht er monatelang die Frau zu vergessen, die er so sehr geliebt hatte. Vier Jahre harrt er da aus, was eine lange Zeit ist, wenn man bedenkt, daß er als aktiver, lebensvoller Mann beschrieben worden ist. In Italien kommt er zum Schluß, daß man »einen nahestehenden Menschen erst dann völlig versteht, wenn man von ihm getrennt ist« (Kapitel 16).

Der Zufall, daß Warwara den gleichen Namen trägt wie die Mutter des Autors, ist ohne Belang, denn zwischen den beiden Frauen scheint es keine Ähnlichkeit zu geben. Die junge Warwara ist eine weitere Figur in seiner Galerie verzehrender Frauen. Sie ist weder intelligent noch besonders schön, verfügt aber über eine mächtigere Waffe, die Koketterie. Ihr Charakter ist autoritär; irgendwo im Roman wird geschildert, wie sie einen Gelegenheitsgeliebten dominiert: »Sie hatte ihn zu ihrem Sklaven gemacht, ja, zu ihrem Sklaven – anders läßt sich ihre schrankenlose, unwiderstehliche Macht über ihn nicht ausdrücken.«

Was der Freund, der Lawrezki die junge Frau vorstellt, an ihr lobt, paßt nicht eben zu einer Tochter aus gutem Haus: »Dieses Mädchen, mein lieber Freund, ist ein erstaunliches, geniales Wesen, eine Künstlerin im wahren Sinn des Wortes, und dabei seelengut.« Man erfährt, daß das Künstlerische an ihr im Singen und in musikalischer Begabung ganz allgemein besteht; sie interpretiert Chopin, damals der Modekomponist, und als sie schon in Paris leben, spielt Liszt bei ihnen. Sie »besucht fleißig« die Theater, organisiert musikalische Soireen, und ihr Name erscheint in den Gesellschaftsnachrichten. In dem Briefchen, durch das Lawrezki vom Ehebruch erfährt, verabredet sich der Liebhaber mit ihr in seiner Junggesellenwohnung und schlägt ihr vor, die Romanze zu singen, die sie ihm beigebracht hat, »Alter Mann, böser Mann!«, ein Puschkin-Gedicht, das Turgenjew offenbar besonders interessierte, denn er erwähnte es in seiner Novelle *Punin und Baburin* noch einmal. Es handelt sich um einen Abschnitt des Gedichts *Zigeuner*, ein für die damalige Zeit sehr kühnes Loblied auf die freie Liebe, das die Zigeunerin Semfira singt, als sie ihres Ehemannes überdrüssig ist. Die ersten Strophen lauten: »Alter Mann, böser Mann, brenne mich, folter mich: Ich bin hart, mich erschreckt weder Feuer noch Stich. Ich verachte dich ja, und ich hasse dich ja; einen anderen lieb, für den sterbe ich da.«

Wie eigenartig, daß sich Turgenjew mit seiner reichen Erfindungsgabe keinen anderen Zeitvertreib für die untreue Warwara ausgedacht hat als gerade das Singen... Die aufmerksame Lektüre von *Ein Adelsnest* vermittelt eine ganze Reihe von Anregungen, um die sanktionierten Allgemeinplätze über Turgenjews große Leidenschaft teilweise zu revidieren, die zweifellos von dem Wohlwollen und der Bewunderung rühren, welche eine Liebe *ad perpetuam* immer weckt, vielleicht weil sie derart schwer zu verwirklichen ist.

Wie konnte Pauline eine so absolute Macht über ihn ausüben? Ihre Intelligenz und Kunst, ihre klaren, praktischen Urteile, ihre Sensibilität – das ist die gängige Erklärung.

Von den vielen Qualifikationen, die Paulines Charakter ihr eintrug – kurz entschlossen, ein wenig männlich, auf Nutzen bedacht –, sei diejenige zitiert, die eine ihrer Gesangsschülerinnen schriftlich festhielt: »Apropos von Madame Viardot. Diese ist nun eine eigentümliche Frau, welche mir übrigens sehr gefällt. Sie hat ein wenig etwas von einem Husaren, trotz ihrer Grazie, so etwas Entschiedenes, Schneidiges möchte ich sagen, *tête forte, caractère franc et un bon cœur*, wie ich glaube, aber fern von aller Sentimentalität hat sie ein etwas rauhes Anfassen.«[76]

Einige Zeitgenossen vertraten die Meinung, die Beziehung zwischen Turgenjew und Pauline Viardot sei rein freundschaftlich gewesen und sie habe für ihn die intellektuelle Leidenschaft verkörpert wie die Frauen in seinen Romanen. Diese These hat entschiedene Befürworter gefunden, und auch Paulines älteste Tochter, Louise, vertritt sie in einem Erinnerungsbuch[77] und führt zur Verteidigung des guten Namens ihrer Mutter an, das Paar habe nur eine *amitié amoureuse* gepflegt, ja sie behauptet, Pauline habe die meisten von Turgenjews Briefen gar nicht beantwortet. Aber im allgemeinen glaubte man das damals nicht, da eine Reihe

Beobachtungen bei genauem Hinsehen zeigen, daß dieses Zusammenleben Phasen einer nur schwer zu verheimlichenden Leidenschaft gekannt haben muß.

Eine andere, ausschließlich psychologische Theorie bestünde, nähme man Louise Viardots Zeugnis ernst, darin, Turgenjew eine Liebesblockade zu unterstellen, dergestalt, daß sie seine Anhänglichkeit an eine verheiratete Frau erklärt, die eine nur geringe – oder gar keine – Hoffnung auf Verwirklichung des Verlangens verspricht. So wird dieses Verlangen zu einer vagen Sehnsucht, was die Unfähigkeit zu tatsächlicher Eroberung rechtfertigt. Gepeinigtes Verlangen ist die Ursache schon mancher platonischen Liebe gewesen, Triebfeder für nicht wenige poetische Schöpfungen – mit dieser ausgekosteten Frustration der ›reinen, uneigennützigen‹ Liebe.

Es gibt nicht genügend Zeugnisse, um mit Sicherheit sagen zu können, Turgenjew und Pauline hätten eine intime Beziehung gehabt, aber auch nicht dafür, ihre Gefühle seien ausschließlich freundschaftlicher Natur gewesen. Was Turgenjew über Pauline schrieb, bekundet glühende Hingabe, aber wieweit Erotik mithineinspielte, wird nicht deutlich. Da sich in dieser langen Freundschaft ein mehrere Jahre dauernder Bruch einstellte, darf man vermuten, diese Trennung habe ihm dazu gedient, die genaue Gefühlsdistanz zu der Person, die er so umworben hatte, zu objektivieren. Eine verächtliche Haltung Paulines im Umgang mit anderen – keineswegs befremdlich, da sie in ihrem Beruf so aufging – dürfte bei ihm den Wunsch noch verschärft haben, zu gefallen, gefällig zu sein, sich ein Zeichen der Zuneigung zu verdienen. Und im Verlauf dieser langen, nicht immer so guten Beziehung mochte die Sängerin eine so unverdrossene Bewunderung als zu aufdringlich empfinden, um so mehr, als sie daran ohnehin gewöhnt war. Von 1857 an konnte Turgenjew sie realistischer beurteilen, indem er akzeptierte, daß in ihrer Brust zwei Seelen wohnten, die in ihm gegensätzliche Gefühle weckten.

In der gebotenen Analyse dessen, was Pauline für ihn bedeutete, und im Versuch, sie als möglichen literarischen Typus zu definieren, überrascht es, in diesem Riesenœuvre keine ihr ähnlich gestaltete Frauenfigur zu finden. Man hätte annehmen müssen, Turgenjew würde Pauline irgendwo porträtieren, besonders wenn man seine Arbeitsmethode berücksichtigt, die bekannt ist, seit der französische Slawist André Mazon unter Turgenjews postumen Papieren die Schemata zu den Romanen *Vorabend*, *Rauch* und *Neuland* fand. Seine Figuren sind ein Amalgam aus Zügen befreundeter Personen, deren Namen sogar auf einer Art von biographischen Karteikarten erscheinen, die er von allen anlegte. Er nahm von ihm bekannten Leuten eine Unzahl von Eigenheiten – des Aussehens, des Charakters, ihrer Grillen oder Berufe –, die er dann in seiner Fantasie miteinander verschmolz. So wäre zu erwarten gewesen, daß Pauline in irgendeinem Werk als Gesamtpersönlichkeit oder auch nur als Künstlerin erscheinen würde – mit den strahlenden Zügen, die jeder Verliebte an der geliebten Person gern verherrlicht. Aber dem ist nicht so, und Turgenjews typische Heldinnen haben nichts mit der Persönlichkeit gemein, die wir von Pauline kennen; sie sind Töchter aus gutem Haus, jung, diskret, naiv und leidenschaftlich. Es würde nicht weiter erstaunen, wäre er einer Forderung Paulines nachgekommen, mit Rücksicht auf die Konventionen der Zeit nicht literarisiert zu werden.

Bei der Auflistung von Turgenjews Frauengestalten ist eine Andeutung Denis Roches in seiner Studie über Turgenjews Theater von Interesse: »[Er] kam fast nicht darum herum, in seinen dramatischen Alben ein Profil von Mme Viardot zu skizzieren, und offenbar kann man etwas vom Bild der berühmten Sängerin in einer der reizendsten Spötterinnen seiner Bühnenwerke erkennen.«[78] Die Figur, die Roche meint, ist Natalja in *Ein Monat auf dem Lande*, einem Stück, in dem zum ersten Mal dieser später mit leichten Variationen wiederholte Frauencharakter sichtbar wird. Natalja ist eine neunundzwanzigjährige attraktive, leichtsinnige Frau, der man wegen ihres großen Charmes alles nachsieht. Verheiratet, ohne sich jedoch um ihren Mann zu kümmern, mischt sie sich in die Liebe zweier junger Menschen ein und zögert nicht, dadurch deren künftiges Glück zu zerstören. Mit ihrem Zynismus macht sie den Freund, der sie liebt, traurig: »Ich finde daran nichts Erstaunliches. Als könnte man nicht zwei Menschen auf einmal lieben!«, um dann hinzuzufügen: »Ich bin nicht ganz sicher... Vielleicht beweist das nur, daß man weder den einen noch den andern liebt.« Dieselbe gleichgültige Behandlung eines ergebenen Freundes, der eines Tages auf Erwiderung seiner Zuneigung hofft, finden wir in einem andern Theaterstück, *Ein Abend in Sorrent*: Frau Jelezki, eine dreißigjährige Witwe, möchte ebenfalls ihre Nichte von dem geliebten jungen Mann trennen. Abgesehen von einigen Unterschieden in der Problemstellung ist es das Vorgehen Marjas in der Novelle *Frühlingsfluten* oder das Irinas in *Rauch*, beides besitzergreifende Frauen, die Tschechow als »glühende, gierige, unersättliche Löwinnen auf der Suche nach irgend etwas...« charakterisierte.

Sie sind Personen ohne große Eigenschaften außer ihrer unangenehmen Anmut, ihrer Begabung, leichtfertig die Gefühle anderer zu manipulieren oder, wenn sie auf der Bühne stehen, die jugendliche Liebhaberin zu vertreiben. Selbstsicher, kalt, resolut, können sie als der am genauesten nach der Wirklichkeit strukturierte Frauentypus der gesamten Turgenjewschen Besetzungsliste betrachtet werden.

In seinen Werken scheinen widersprüchliche Gefühle durch, wie sie zu jedem menschlichen Bewußtsein gehören, und man bemerkt, sacht verschleiert und mehr als einmal, diese dualistische Einschätzung von Pauline, am ausgeprägtesten vielleicht in den psychologischen Entwürfen seiner Theaterstücke. Unter den *Gedichten in Prosa* gibt es eines mit dem Titel ›Die Schädel‹, dessen Lektüre überrascht, wenn man weiß, daß es im April 1878 geschrieben wurde, als er bei den Viardots lebte und Pauline, längst nicht mehr auf der Bühne und nicht mehr bei Stimme wie einst, schon siebenundfünfzig war. In diesem Gedicht, einer düsteren Fantasie einer musikalischen Gesellschaft, unterhalten sich zahllose Kavaliere und Damen in einem verschwenderisch beleuchteten Saal »schnatternd über eine bekannte Sängerin. Man tituliert sie göttlich, unsterblich«. Aber auf einmal verwandeln sich alle in grinsende Schädel, die darüber »plappern, wie erstaunlich, wie unnachahmlich die unsterbliche – jawohl, unsterbliche! – Sängerin ihren letzten Triller hingekriegt hatte«. Eine so finstere Karikatur steht im Widerspruch zu den Zuneigungsbekundungen für seine »einzige Freundin« in einem anderen *Gedicht in Prosa* mit dem Titel ›Wenn es mich nicht mehr geben wird‹.

Solche widersprüchlichen Gefühle mußten seit seiner Jugend in Turgenjews Seele geschwebt haben, denn das Motto, das er als Fünfundzwanzigjähriger dem Poem *Parascha* voranstellte, ist ein Vers aus Lermontows Gedicht *Duma* (*Betrachtung*): »Der Zufall läßt uns hassen, läßt uns lieben.« Und noch einmal hält er, mit vierundvierzig Jahren, in *Väter und Söhne* die verwirrende, aber tiefe Überzeugung von Dualität fest, wenn er in Kapitel 18 Basarows aufkeimende Liebe zu Anna Odinzowa charakterisiert: »In ihm raste die Leidenschaft, mächtig und schwer, eine Leidenschaft, die der Wut gleicht und ihr vielleicht auch verwandt ist.« Fünf Jahre später kommt er in *Rauch* wieder darauf zurück, indem er der Person des Potugin den vielsagenden Gedanken der »vom Haß nicht zu trennenden Liebe« in den Mund legt (Kapitel 5), mit der Erklärung, er stamme vom römischen Dichter Catull und sei also zweitausend Jahre alt[79].

Wahrscheinlich war Pauline Viardot für den Schriftsteller ein Mutterersatz, eine zugleich geliebte und feindliche Persönlichkeit, und auf diese Ambivalenz wird der Geist der Mutter projiziert. Die Charaktere der einander in Gepflogenheiten und Lebensumständen so fernen Frauen überlagern sich und erlauben ihm, eine in seinen Romanen wiederholt auftauchende literarische Figur zu zeichnen. Ihre uns am vollkommensten scheinende Verkörperung ist Warwara in *Ein Adelsnest*, deren implizite biographische Bedeutung nicht leicht zu begreifen ist, wenn man diesen Zwiespalt der Gefühle Turgenjews gegenüber Pauline nicht erkennt.

Ein Adelsnest schließt mit Worten, die sich wie ein verkappter Rat ausnehmen, nicht den geheimen Anspielungen nachzuforschen, die der Autor auf diese Episoden und Personen übertrug: »Es gibt im Leben Augenblicke, Gefühle… Man kann nur auf sie hinweisen – und vorübergehen.«

In *Ein Adelsnest* scheinen konservative Thesen auf, die dem Einfluß Jelisaweta Jegorowna Lamberts, mehrere Jahre eine Freundin des Schriftstellers, zugeschrieben worden sind. Diese Aristokratin unterhielt mit Turgenjew eine sehr herzliche Korrespondenz, in der sie gegen seine religiöse Gleichgültigkeit anzukämpfen versuchte. Sie war eine intelligente Frau mit moralistischen Vorstellungen und konnte sich mit der Situation ihres Freundes im Schoße der Familie Viardot nicht einverstanden erklären. Und tatsächlich hörte der Briefwechsel gegen 1867 auf, als er in Baden-Baden wieder mit Pauline zusammenlebte. Aber eine Zeitlang, in den Jahren seiner mutmaßlichen Distanzierung von der Sängerin, vor allem zwischen 1856 und 1862, war sie »die eigentliche Vertraute des Schriftstellers, eine im Herzen und in der Seele nähere Vertraute, als es in dieser Zeit Mme Viardot sein konnte«[80]. In einem Brief von Anfang 1858 spricht Turgenjew gegenüber der Gräfin von einem Fehler, den er begangen habe und aus dem er jetzt eine Lehre ziehen müsse. Er hält die Angelegenheit für so vertraulich, daß er sie ihr nicht schriftlich preisgeben mag und ihr ankündigt, er werde sich mit ihr »irgendwann in diesem Winter gründlich unterhalten« und sich »vieles von der Seele reden«.

Wahrscheinlich benutzte Turgenjew für die Romanstellen, in denen das Thema Glauben zur Sprache kommt, Gedanken aus diesen Briefen, denn er selbst war nie gläubig. In einem Brief an Pauline hatte er ein Bekenntnis zu seinem agnostischen Glauben abgelegt, den er bis zum Lebensende beibehielt:

»Um auf meine Sterne zurückzukommen, so wissen Sie, daß es nichts Alltäglicheres gibt, als zu sehen, wie sie religiöse Gefühle einflößen; so wenigstens findet man es in allen Erziehungsbüchern. Nun gut! Ich versichere Ihnen, daß das nicht die Wirkung ist, die sie auf jemanden ausüben, der sie einfach und ohne Vorurteile anschaut. Die Tausende von verschwenderisch bis in die entferntesten Tiefen des Raums ausgebreiteten Welten sind nichts anderes als die unendliche Expansion des Lebens, dieses Lebens, das alles einnimmt, überall eindringt, ohne Zweck und Notwendigkeit in einem Wassertropfen eine ganze Pflanzen- und Insektenwelt entstehen läßt. Es ist das Produkt einer unwiderstehlichen, unfreiwilligen, instinktiven Bewegung, die nicht anders kann; es ist kein bedachtes Werk. Aber was ist denn dieses Leben? Oh! Ich weiß nichts darüber, aber ich weiß, daß es im Moment alles ist, daß es in voller Blüte steht, in Kraft ist; ist weiß nicht, ob das lange dauern wird, aber schließlich ist es das im Augenblick, läßt das Blut in meinen Adern fließen, ohne daß ich zu irgend etwas da bin, und das läßt die Sterne wie Bläschen auf der Haut erscheinen, ohne daß es ihm deswegen schwerer fällt oder es deswegen ein größeres Verdienst hätte. Dieses gleichgültige, gebieterische, gefräßige, egoistische, überwältigende Etwas ist das Leben, die Natur, ist Gott; nennen Sie es, wie Sie wollen, aber beten Sie es nicht an...«[81]

Man darf nicht vergessen, daß Turgenjews Stimmung in den Jahren der Entfernung von Pauline ihn dazu brachte, die Sätze von Resignation, Verzicht, ja offenem Masochismus weiterzugeben, die er in den Briefen der Gräfin las, für welche das wahre Glück auf Erden in der Selbstaufopferung bestand. In Kapitel 29 von *Ein Adelsnest* ist es Lisa, die Lawrezki sagt, als er ihr rät, nicht aus Gehorsam gegenüber der Mutter zu heiraten: »Mir scheint (...), das Glück auf Erden hängt nicht von uns ab...« In der Übernahme negativistischer Ideen sieht man Turgenjews Anlage zum Pessimismus.

Den Einfluß von Gräfin Lamberts Briefen hat man auch in der Protagonistin von *Ein Adelsnest* erkennen wollen, in Lisa, dem mystischen, unterdrückten jungen Mädchen, das so anders ist als Turgenjews sonstige Heldinnen. Er mußte bemerkt haben, daß die Motivation für diese eigenartige Persönlichkeit nicht hieb- und stichfest war, und fügte dem ersten Entwurf des Romans ein ganzes Kapitel hinzu, das 35., um zu erklären, daß Lisas frommes Gebaren eine Folge ihrer Erziehung war. Aber ihre seltsame Entscheidung am Ende des Romans, sich in ein Kloster zurückzuziehen, ist nicht ausreichend begründet. Da Lawrezki, als er Lisa seine Liebe erklärte, nicht wußte, daß seine Frau noch am Leben war, konnte das junge Mädchen die Freundschaft zwischen ihnen nicht als ehebrecherisch ansehen, und für ihren radikalen Entschluß, als sie erfährt, daß Warwara nicht gestorben war, findet sich keine Erklärung, außer aus der Schuld einer intimen Beziehung heraus, und die hatte es zweifellos nicht gegeben[82].

Andererseits wächst in Lisa das Bewußtsein, eine Verfehlung zu sühnen, die nach ihren Worten in der Sünde der Eltern besteht (Kapitel 45): »Ich weiß alles, ich kenne meine eigenen Sünden und die Sünden anderer, ich weiß auch, wie Papa unseren Reichtum erworben hat; ich weiß alles.« Dieses Element wird völlig unerwartet in die Handlung eingebracht. »Das alles muß durch Beten, durch Beten gebüßt werden«, fügt sie hinzu, ein bei einem jungen Mädchen ebenfalls überraschender Satz. Man darf annehmen, daß Turgenjew aufgrund der eigenen intimen Spannungen die Logik der Romancharaktere sprengte, um seinen Sorgen

Raum zu geben. Im folgenden Roman, *Vorabend*, wird man auf eine weitere junge Frau stoßen, die sich ebenfalls für die Handlungsweise ihrer Eltern verantwortlich fühlt.

Durch ihre Frömmigkeit hebt sich Lisa von Turgenjews anderen jungen Mädchen ab, geradlinigen, resoluten, sehr heftigen, fast kühnen Personen mit starkem Willen und integrem Charakter, die jedoch nie mystisch veranlagt sind. In ebendiesen Jahren dachte er sich die Heldin von *Vorabend* aus, mit der er die Rebellion eines bürgerlichen jungen Mädchens verherrlichte und kommende revolutionäre Frauen ankündigte. Über Lisa sagte Turgenjew in einem Brief an Jelisaweta Lambert, sie sei »ein religiöses Wesen; auf diese Gestalt bin ich durch die Beobachtung des Lebens in Rußland gekommen«, und man hat das konkrete Vorbild für sie in der Schwester des Romanciers Sergej Aksakow, Wera, vermutet, mit der er in den fünfziger Jahren freundschaftlich verkehrte.

Lisa ist als Frauenfigur umstritten, da man sie als zu raffiniert empfand. Anton Tschechow sagte: »Wenn man an Anna Karenina denkt, kann man alle Heldinnen von Turgenjew zum Teufel schicken.« Lisa könnte durchaus für das mit mütterlichen oder jungfräulichen Zügen entwickelte weibliche Ideal in der Jugend stehen – deshalb ist sie rein, deshalb kann sich Lawrezki nicht mit ihr verbinden. »Turgenjew ist der Dichter der ewigen Jungfräulichkeit« (Dmitri Mereschkowski). Vielleicht war dieser Typus der idealisierten Frau eine Konvention der Epoche, vielmehr der westlichen Gesellschaft, und er nahm sie als literarische Vorlage, konnte sie aber nicht wirklich lieben, da er eine Frau ganz anderen Zuschnitts bevorzugte. Eine Bewertung Lisas nahm Fjodor Dostojewski in seiner Rede zur Einweihung des

Puschkin-Denkmals in Moskau vor. Als er die Person der Tatjana pries, Heldin in Puschkins Verspoem *Eugen Onegin*, von dem in Kapitel 3 die Rede war, sagte er nichts weniger als: »Man kann sogar behaupten, daß dieser Archetyp der russischen Frau, eine Heldin von solcher Schönheit, in unserer ganzen Literatur nicht wieder vorgekommen ist – außer höchstens in Turgenjews Lisa.«

Tatjana ist ein Muster an jugendlicher Arglosigkeit, an Güte und später an ehelicher Treue; sie gehörte, was nicht vergessen werden darf, zur gesellschaftlichen Mittelklasse. Aber eine solche literarische Figur stimmte überhaupt nicht mit der Realität im damaligen Rußland überein; die Frauen waren mehrheitlich Bäuerinnen und Dorfbewohnerinnen, und so kann man sich der Meinung Dostojewskis nur schwer anschließen, Tatjana oder Lisa könnten ein Archetyp der ›russischen Frau‹ sein.

9. Politische Zeugnisse

In Turgenjews ausgedehntem, über lange Jahre hinweg entstandenem Œuvre fehlt es nicht an Beschreibungen der russischen Bräuche, der Entwicklung der Gesellschaft, der Ereignisse seiner Zeit. Dostojewski hielt Turgenjew für einen ›Geschichtsautor‹, und tatsächlich ist in zweien seiner Romane die Absicht zentral, das Geschehen in seiner Heimat zu beurteilen. Aber selbst in diesen Werken dringt Turgenjews auf die elterliche Autorität zurückgehender Konflikt durch. So, wie er sich von der Mutter distanziert hatte, so taten diesen entscheidenden Schritt auch andere Russen jener Zeit, indem sie die elterliche Gewalt nicht mehr akzeptierten und zugleich gegen die zaristische Macht opponierten.

Seine Arbeit sorgfältig planend, hatte Turgenjew schon Jahre zuvor an einen Plot mit diesem Thema gedacht und Material aus dem Milieu gesammelt – und dabei genutzt, was einem Nachbarn von ihm widerfahren war.

Der 1860 erschienene Roman *Vorabend* ist eine Verteidigung des aufkeimenden revolutionären Geistes bei jungen Frauen. Ein Student aus wohlhabenden Verhältnissen lädt einen bulgarischen Studienkollegen in sein Landhaus ein. Da er bereits lobend von ihm gesprochen hat, wird Insarow von seinen Freunden sehr gut aufgenommen, und natürlich interessiert sich die junge Jelena für ihn. In ihren Gesprächen mit dem Bulgaren fühlt sie sich dem ernsthaften, verantwortungsbewußten Mann verwandt, der sein Leben ganz der Befreiung seines damals von der Türkei beherrschten Landes geweiht hat. Er steckt die junge Frau mit seiner patriotischen Begeisterung an und weckt ihre Bewunderung, denn er verfügt, wie ihn ein Freund gegenüber Jelena charakterisiert, »über einen eisernen Willen. Zugleich aber – das werden Sie merken – hat er bei all seiner Insichgekehrtheit, ja Verschlossenheit etwas Kindliches, Offenherziges.«

Von den vielen männlichen Figuren Turgenjews ist dieser Bulgare der erste, der Charakterfestigkeit bekundet und nicht zaudert; er hat ein ganz konkretes Ziel, dem er sogar die Liebe zu Jelena unterordnet. Er bittet sie nicht darum, ihm zu folgen, aber akzeptiert es, als sie sich dazu bereit erklärt – er ist kein Mann der Sentimentalität. Nicht nur darin, daß er Ausländer ist, auch durch seine soziale Herkunft zeigt Insarow, daß er der Zukunft gehört: Er ist ein Sohn des Volkes, ein armer Intellektueller, ein *Rasnotschinze*, bereit für gesellschaftliche Veränderungen, die der Adel nicht wird vornehmen können. Er ist Realist, im Gegensatz zu den jungen Leuten, die ihn eingeladen haben – Träumern, welche sich in der Freiheit, die ihnen die Wohlhabenheit ermöglicht, der Spekulation hingeben. Auch ihre Studien halten sie in einer Art innerer Einsamkeit gefangen, beim einen die Bildhauerei, beim andern Philosophie und Geschichte. Insarow dagegen engagiert sich in der Politik, der Organisation, der Konfrontation mit seinen Feinden, die Feinde seines Vaterlandes sind, und aus diesem Grund ist er gefestigt und findet in der Identifikation mit der großen Kraft eines nationalistischen Kampfes Rückhalt.

Diesen jungen Bulgaren, eine neue Figur in der russischen Literatur, gab es tatsächlich. Ein Nachbar und Freund Turgenjews namens Karatejew hatte seine Erinnerungen an eine Liebesenttäuschung niedergeschrieben, war aber mit dem Ergebnis nicht zufrieden und gab die Notizen Turgenjew für den Fall, daß dieser mit der Idee etwas anfangen könnte. Die Geschichte war schlicht die, daß er sich in ein junges Mädchen aus Moskau verliebt hatte, das aber einen Bulgaren vorzog und mit diesem floh. Dank der Forschungsarbeit eines Professors der Universität Sofia wurde in unserem Jahrhundert dieser Mann identifiziert. Er hieß Nikolai Dmitri Katranow, und man weiß ziemlich viel über sein Leben; er schrieb Gedichte und starb in Venedig jung an einer Lungenentzündung, genau wie Insarow. Im Roman setzt sich Jelena über sämtliche Schwierigkeiten hinweg, heiratet Insarow und verzichtet auf alle Annehmlichkeiten ihrer gesellschaftlichen Stellung, um mit ihrem Mann nach Bulgarien zu gehen, wo der Krieg ausgebrochen ist. Aber Insarows Lungenentzündung war nicht ausgeheilt, und er stirbt in Venedig. Jelena schreibt ihren Eltern einen Abschiedsbrief, in dem sie ihnen sagt, ihre Mission bestehe darin, den mit Insarow eingeschlagenen Weg weiterzugehen und für die Freiheit des bulgarischen Volkes zu kämpfen. Jelena ist abermals eine feurige junge Frau mit einer starken Persönlichkeit, deren Psychologie meisterhaft gezeichnet ist:

»Sie war unlängst zwanzig Jahre alt geworden. (...) In ihrem ganzen Wesen, in dem aufmerksamen und ein wenig scheuen Gesichtsausdruck, in dem klaren, aber unbeständigen Blick, in ihrem gleichsam gezwungenen Lächeln sowie in ihrer leisen, ungleichmäßigen Stimme lag etwas Nervöses, Elektrisiertes, etwas Hektisches und Hastiges, kurzum etwas, das nicht allen gefallen mochte, ja das manche sogar abstieß. Sie hatte schmale rosige Hände mit langen Fingern, und auch ihre Füße waren schmal. Stets ging sie schnell, ja beinahe hastend, und leicht vornübergebeugt. Ihre Entwicklung war recht merkwürdig verlaufen: Zuerst hatte sie ihren Vater vergöttert, dann hatte sie sich leidenschaftlich zu ihrer Mutter hingezogen gefühlt, und schließlich waren ihr beide gleichgültig geworden, besonders der Vater. (...) Schon als Kind hatte es sie nach Betätigung verlangt, nach tätiger Barmherzigkeit. Bettler, Hungernde und Kranke beschäftigten, beunruhigten und quälten sie. (...) Mit ihrem sechzehnten Lebensjahr aber wurde sie fast völlig unabhängig; sie lebte fortan ihr eigenes, allerdings einsames Leben. Einsam entflammte ihre Seele, und einsam erlosch sie wieder. (...) Alles um sie herum erschien ihr entweder sinnlos oder unbegreiflich. Wie kann man ohne Liebe leben? Aber es ist niemand da, den man lieben könnte! dachte sie bisweilen...«[83]

Mit Jelena kündigte Turgenjew einen neuen Frauentypus an, der schon bald erscheinen sollte: die nihilistische junge Frau der siebziger Jahre, die sich ungeachtet aller Opfer einer politischen Sache widmet, die Protagonistin des ›Gangs ins Volk‹, als viele junge Menschen aus wohlhabenden Schichten mit ihren Familien brachen und in die Dörfer gingen, um die Bauern zu unterrichten und in ihnen das Bewußtsein für ihre Lage zu wecken. Von Kind an hat Jelena den Wunsch verspürt, das Elternhaus zu verlassen, wo ihre humanitären Antriebe auf kein Echo stoßen. Schon bei den ersten Gesprächen mit Insarow wird ihr klar, daß das die Art radikalen Lebens sein könnte, nach der sie sich sehnt, und sie schreckt nicht vor diesem harten Los zurück. Sie bietet ihrer Familie die Stirn und stellt sie vor vollendete Tatsachen, indem sie heimlich den Bulgaren heiratet, und mit dieser Leidenschaft bekommt sie doppelte Kraft, um ihrem Wunsch nachzuleben. Es ist ein Beispiel von Mut in Kreisen mit für die Frau so engstirnigen, restriktiven Bräuchen, wie sie im niedrigen Adel herrschten.

Jelena schickt sich auch an, etwas ganz anderes zu bewerkstelligen, als was sie von zu Hause kennt. Ihre Eltern sind mehr oder weniger wie alle Eltern, die Turgenjew beschreibt: gewöhnlich, beschränkt, und in diesem Fall ist der Vater auch noch ein Mann von geringer Moral, zu dem die Tochter eine konfliktgeladene Beziehung hat. Im Romantitel wird die Hoffnung umschrieben, die Turgenjew am Vorabend wichtiger Ereignisse, etwa der Befreiung der Frau, in die Zukunft setzte. Mit den Jahren und der sich verschärfenden gesellschaftlichen Unruhe emanzipierte Turgenjew seine Heldinnen, obwohl seine eigene Ideologie mit diesem Prozeß nicht Schritt hielt. Nicht nur wegen der stets drohenden Zensur dürfte er es vermieden haben, in aller Deutlichkeit kompromittierende Ansichten zu formulieren, sondern auch weil er sich nur langsam mit den russischen Reformbestrebungen identifizierte. So symbolisierte er das Rußland, das allmählich die Tatenlosigkeit, Ineffizienz und Unterdrückung der vierziger und fünfziger Jahre hinter sich ließ – im fernen Bulgarien. Die Gesellschaft verändert sich, und damit entwickeln die Menschen ein ausgeprägteres Bewußtsein und verlieren ihre Trägheit. Bulgarien war in jenen Jahren ein aktuelles Thema. Seit Jahrhunderten war das slawische Land von der Türkei besetzt, doch die Bulgaren hatten die Freiheit noch nicht abgeschrieben. Man rechnete damals mit einer russischen Intervention, die das Land von der ottomanischen Herrschaft befreien sollte, und die bulgarischen Patrioten schickten Stipendiaten wie Katranow nach Rußland und waren dort aktiv, um ihre Situation bekannt zu machen.

Das Erscheinen des Romans löste den bekannten Zwischenfall mit den Kritikern des *Zeitgenossen* aus, der Turgenjew großen Kummer bereitete. *Vorabend* erschien im *Russischen Boten*, einer sehr konservativen Zeitschrift, und der Kritiker des *Zeitgenossen*, Nikolai Alexandrowitsch Dobroljubow, veröffentlichte sogleich seinen in der russischen Literatur berühmt gewordenen Artikel *Wann endlich kommt der Tag?*. Dobroljubow war der Nachfolder Nikolai Tschernischewskis, Autor von Ästhetikbüchern, der nach dem Tode Belinskis in der Zeitschrift die Stelle des Kritikers eingenommen hatte. Mit Dobroljubow als Literaturkritiker zeichnete sich gegen 1858 bei den Mitarbeitern der Zeitschrift die Trennung zwischen Liberalen und Demokraten ab. Den rechten Flügel bildeten Turgenjew, Grigorowitsch, Ostrowski und Tolstoi, die den damaligen Redaktionsleiter Nekrassow unter Druck setzten, den beiden wegen ihres Extremismus unbequemen Kritikern weniger Aufträge zukommen zu lassen. Als *Asja* erschien, hatte Tschernischewski eine abfällige Rezension verfaßt, in der er die Ideen des Autors als fortschrittsfeindlich bezeichnete. Jetzt war es Dobroljubow, der den Kommentar zu *Vorabend* schrieb. Er hob den ganzen gesellschaftskritischen Gehalt des Romans hervor, so daß sein Autor fortschrittlicher erschien, als er tatsächlich war. Turgenjew war beunruhigt und stellte Nekrassow seine Bedingungen: sich zwischen den Kritikern oder ihm zu entscheiden. Der Leiter der Zeitschrift entschied sich dafür, jene zu behalten und die von Turgenjew so gefürchtete Kritik abzudrucken. Sogleich schlossen sich die genannten Schriftsteller plus Druschinin und Gontscharow Turgenjew an und kündigten ihre Mitarbeit auf. Von da an rutschte *Der Zeitgenosse* nach links; sechs Jahre später mußte er auf Grund einer behördlichen Verfügung sein Erscheinen einstellen.

1862 erscheint der zweite Roman, der eine Gesellschaftschronik sein will. Der Handlungsablauf wird großenteils von den politischen Meinungen des Augenblicks bestimmt. Wie der Titel ankündigt, exemplifiziert *Väter und Söhne* den Bruch zwischen den Generationen, die Konfrontation zwischen den Eltern aus der Zeit vor der Befreiung der Leibeigenen und den in einem neuen kritischen Geist groß gewordenen Söhnen.

Die Väter verkörpern die zaristische Gesellschaft Nikolais I., den feudalistischen Absolutismus vor der Thronbesteigung Zar Alexanders II., der zu gewissen Reformen bereit war. Diese Väter sind ein wenig unnütze, in romantischen Konventionen erzogene, fast lächerliche Konformisten – wie man sieht, eine Reihe untergeordneter Fehler, denn Turgenjew hütete sich, die tyrannischen Aspekte dieser russischen Landadligen an den Tag zu bringen. Aber die Söhne, von westlichen Ideen beeinflußt, erschreckten die Väter mit einer entschlossenen Haltung, die die althergebrachten Bräuche verwarf. Basarow, der Protagonist, Sohn eines kleinen Gutsbesitzers und Landarztes, ist mürrisch, aggressiv, gleichgültig gegenüber ästhetischen Werten und am Studium der Naturwissenschaften interessiert. Er glaubt an nichts – ein *Nihilist* –, aber diese seine Behauptung, die zahllose Leser schaudern machen sollte, muß in dem Sinn verstanden werden, daß er nicht mehr an die Mythen und Konventionen der Epoche glaubt, die mit dem Verschwinden der Leibeigenschaft untergeht.

So wie ihn Turgenjew schildert, hat Basarow nicht sehr

feste Überzeugungen und riskiert, sich im Netz einer platonischen Leidenschaft zu verstricken, da in der Gedankenwelt des Autors, wie wir schon oft gesehen haben, die Liebe der grundlegende Motor für das Verhalten ist und alle Ideologien einstürzen läßt. Für Basarow haben gewisse Begriffe wie Aristokratie, Liberalismus, Prinzipien keine Bedeutung. Er lehnt die Kunst, die Liebe, die guten Manieren, den Komfort ab und offenbart einen Hang zum auf Nützlichkeit bedachten Empirismus. In seinen Zusammenstößen mit Kirsanow, einem Vertreter der russischen Oberschicht und Anhänger der – von Turgenjew so geliebten – europäischen Sitten, macht sich Basarow über ihn lustig und zeigt dabei sehr deutlich, daß seine Abstraktionen nichts mit dem russischen Leben zu tun haben. Am Anfang des Romans erscheint er als entschlossener Revolutionär, dann weicht die schöne, gebildete Frau Odinzowa diesen abweisenden Charakter auf, und von diesem Moment an behandelt der Autor seine Figur liebevoller, zeichnet Basarow menschlicher, als er sich gibt, hilfloser, als er zunächst schien. Und jetzt war er bereit für die Liebe, um kurz danach den nahen Tod zu spüren. Überraschend nimmt sich Turgenjews Geständnis aus, sein erstes Bild von dieser Figur sei das im Augenblick ihres Todes gewesen – eine vorzeitige Verurteilung, die Basarow einen besonderen Wert verleiht. Er sträubt sich und zieht gegen die alte Welt zu Felde, nicht um in heldenhaftem Kampf zu sterben, sondern um einer Wundinfektion zum Opfer zu fallen, in seinem Bett, umgeben von seinen Eltern, besucht von der flüchtigen Dame seiner Gedanken.

Väter und Söhne erschien jeweils im Feuilleton der Februarnummern 1862 des *Russischen Boten* mit einer Widmung an den Kritiker Belinski, aber angesichts der konservativen Ideologie dieser Zeitschrift waren die negativen Urteile schon vorher absehbar, besonders bei den jungen Leuten, die sich in Basarow porträtiert sahen. Man bezichtigte den Verfasser sogar, die aufkommende feministische Bewegung durch eine seiner Personen lächerlich zu machen, eine selbständige Frau, die die Protagonisten besuchen, um sich mit ihr über Bücher zu unterhalten, und von der gesagt wird: »Ihr Geist war wißbegierig und gleichgültig zugleich: Ihre Zweifel verstummten nie bis zum Vergessen und wuchsen nie bis zur Erschütterung an«, dabei ist sie doch, wie man schließen kann, nur eine pedantische Provinzlerin.

Turgenjew mußte sich gegen schwere Anschuldigungen verteidigen, er sei ein Reaktionär, ja er habe von der Polizei Angaben über die Nihilisten bekommen, die im gegen diese geführten ›Prozeß der 103‹ zusammengetragen worden waren. Natürlich traf das nicht zu, aber Ideen für Basarow hatte er dem Gespräch mit einem russischen Arzt entnommen, den er im Zug getroffen hatte. Indem Turgenjew sich verteidigte, verteidigte er auch Basarow, mit dem Argument, er habe ihn als anständigen, demokratischen, aufrichtigen Mann gezeichnet. Aber er war erschreckt über die Folgen, die sein Roman zeitigte. Die Konservativen klatschten Beifall, weil sie darin eine Verspottung der Nihilisten sahen, deren Schwäche und Mangel an positiven, konkreten Vorschlägen er aufzeige. Der Begriff *Nihilist*, obwohl schon vorher bekannt und jetzt durch diesen Roman popularisiert, wurde zu einem in den ideologischen Kontroversen des Jahrhundertendes vielgebrauchten Bezeichnung.

In diesen Jahren erschienen weitere Romane von Autoren, die ähnliche rebellische Figuren vorführten, und zweifellos ist der heute berühmte Raskolnikow aus Dostojewskis vier Jahre später erschienenem Buch *Schuld und Sühne*[84] Basarows Charakter nicht fern. Basarow war der Prototyp, dem Dostojewski eher den Rang eines Verbrechers als eines politischen Kämpfers zuordnete. In einem Heft mit Notizen zu *Schuld und Sühne* weist er Raskolnikow »unendlichen Stolz, Hochmut und Verachtung der Gesellschaft« zu[85].

Obwohl umstritten und abgelehnt, drückte die literarische Gestalt des Nihilisten das Fühlen eines großen Teils der russischen Jugend aus. Dank der schöpferischen Intensität, die ihr Turgenjew hatte angedeihen lassen, und der vielen richtigen Beobachtungen setzte sie sich schließlich durch und wurde zu einem Archetyp des radikalen jungen Menschen. Die dadurch aufgekommene ideologische Polemik rief in Turgenjew eine tiefe Mutlosigkeit hervor, die seinen Skeptizismus und die negative Einschätzung seiner Möglichkeiten noch verschärfte. Diese Verfassung hielt einige Jahre an, in denen er nur kleinere Werke schrieb.

1863 ließ sich die Familie Viardot in Baden-Baden nieder, der schönen, behaglichen Stadt, die die Potentaten ganz Europas zur Kur und zum Glücksspiel im Kasino aufsuchten. Besonders die Russen gaben sich da ein Stelldichein, protzten mit ihrem Reichtum und hielten sich über die aus Frankreich kommenden Modeströmungen auf dem laufenden. Die Viardots gingen auf der Suche nach neuen wirtschaftlichen Horizonten dahin, denn Paulines Stimme garantierte kein ewiges Verbleiben auf der Bühne mehr, und Louis Viardot war schon ziemlich alt und nur ein angesehener Gelehrter. An diesem Ort der Muße und des großen

Geldes jedoch gab es Möglichkeiten für künstlerische Auftritte und Gesangsschüler, alles bei guter Bezahlung.

Offenbar näherten sich Pauline und Turgenjew einander in Baden-Baden wieder an, vielleicht wegen einer Krankheit des kleinen Paul, während deren er nach seinem russischen Freund verlangte – oder auch nur weil die Sängerin ein Liebesdefizit hatte. Einige Jahre zuvor hatte sie den deutschen Komponisten, Dirigenten und Cellisten Julius Rietz kennengelernt und bei ihm Liebe oder einen väterlichen Ratgeber gesucht, doch Rietz war Leidenschaften abgeneigt, so daß dieser Versuch nicht ans gewünschte Ziel geführt zu haben scheint. Von Baden-Baden aus schrieb Pauline an Turgenjew, der sich zu dieser Zeit in Spasskoje befand, und schlug ihm vor, in die deutsche Stadt zu kommen. Das ist das Ende der sogenannten ›Krise‹, eine Versöhnung oder eine Vereinbarung gemeinsamen Lebens, bei ihr und den Kindern, wo er so etwas wie den Rang eines Familienoberhaupts einnahm. Es war der Anfang der wahrscheinlich glücklichsten Zeit in seinem Leben.

Das Haus der Viardots wurde zu einem Treffpunkt von Musikern und Kunstfreunden; zu ihren Soirees kamen Fürsten und Könige aus den benachbarten deutschen Staaten. Noch immer erfreute sich die Sängerin – sie war zweiundvierzig – ihrer wundervollen Stimme und der Gaben, die sie berühmt gemacht hatten, und bald unterrichtete sie zahlreiche Schüler.

Turgenjew wohnte in den ersten Monaten in einem Haus in der Nähe, aber da die Situation beständig zu sein schien, ließ er sich Ende 1864 eine Villa neben den Viardots errichten. Der Bau, der drei Jahre dauerte, überschritt jedoch seine wirtschaftlichen Möglichkeiten, obwohl er über ein ansehnliches Kapital verfügte. Seine Ländereien verwaltete ein Onkel von ihm, den er wegen Unfähigkeit entlassen mußte, doch der Onkel führte Klage, und der Vorfall verhieß weitere Konkurse für die kommenden Jahre. 1867 schrieb er seiner Tochter: »Dieses unglückliche Haus hat mir schon viel Kummer bereitet.«

Paulinette lebte in einer Pariser Pension, in Gesellschaft ihrer Hauslehrerin, Miss Innis. Zwischen der jungen Frau und der Familie Viardot war es zu Spannungen gekommen, die ein weiteres Zusammenleben unmöglich machten. Sie hatte eine Mitgift von hunderttausend Francs, Turgenjew gab ihr jährlich dreitausend, womit sie bestens leben konnte, und außerdem besuchte der Vater sie oft. Als sie zwanzig wurde, unternahm er, wie damals üblich, Schritte, um sie zu verheiraten, und 1865 ehelichte sie schließlich einen französischen Industriellen, Gaston Bruère, der bei seinen Geschäften Pech hatte und sich ruinierte. Bald kam es zu Uneinigkeiten zwischen den beiden, und nach der Geburt der beiden Kinder, Georges und Jeanne, ging die Ehe in die Brüche. Paulinette waren die kulturellen Interessen ihres Vaters immer sehr fremd, wie dieser der Gräfin Lambert erzählte[86].

Bis zum Jahr 1870 lebte Turgenjew behaglich in Baden-Baden, in der ungezwungenen Atmosphäre von Künstlern und Musikern. Er schrieb vier kurze Theaterstücke, zu denen Pauline die Musik komponierte und die sonntags im kleinen Privattheater ihres Hauses vor einem aristokratischen Publikum aufgeführt wurden, mit Paulines Schülern als Schauspielern. »Für diese Schüler komponierte meine Mutter, unermüdlich tätig, mehrere Operetten auf eigens von Turgenjew geschriebene Texte. Zuerst *La nuit de la*

Saint-Sylvestre, dann *Le dernier sorcier* (aufgeführt in Weimar und Karlsruhe), dann *Trop de femmes* und schließlich *L'Ogre*, der die Reihe beendete. Diese Aufführungen fanden lange Zeit in Turgenjews Villa statt, da sie bequemer war als unsere. Die beiden Häuser waren nur durch die Gärten voneinander getrennt.«[87]

Oft spielte Turgenjew nicht sehr würdevolle Rollen, und seine Landsleute hielten ihm vor, er mache sich lächerlich. Paul Viardot erzählt in seinem Buch: »Tatsächlich gab es nur zwei männliche Schauspieler: Turgenjew und mich.« Offenbar war für den Schriftsteller das Leben in Baden-Baden äußerst anregend, denn er besuchte Rußland drei Jahre lang nicht, und als er endlich zurückkehrte, fühlte er sich unzufrieden und dem Land fremd: »Seit ich hier bin, kann ich mich nicht gegen einen seltsamen Eindruck wehren: Ich habe das Gefühl, im Gefängnis zu sitzen; und tatsächlich werde ich vom schlechten Wetter, vom schmutzigen, häßlichen Schnee, der die Straßen unbegehbar macht, gefangengehalten, und dann mein Bein, das es mir kaum erlaubt, mich durch die großen Räume des Hauses zu schleppen, das ich bewohne...«[88]

Diese Heimkehr ins Geburtshaus war immer trist, da er sich wieder der Vergangenheit, den Überresten einer Zeit gegenübersah, die ihn noch belastete. In *Ein Adelsnest* hatte er diese seelische Verfassung auf den Protagonisten Lawrezki übertragen. Auch bei dessen Rückkehr ins Elternhaus war »an alten Papieren und interessanten Dokumenten, auf die Lawrezki gerechnet hatte, nichts vorhanden«, fast dieselben Worte, die Turgenjew nach dem Tod seiner Mutter an Pauline geschrieben hatte, enttäuscht darüber, daß er keine postume Botschaft mütterlicher Liebe zu ihm gefunden hatte. Das ist ein immer wiederkehrendes Thema in seinen Werken: der Mann, der nach langer Abwesenheit nach Hause zurückkommt und überrascht die eingetretenen Veränderungen sieht, Veränderungen, die in Wirklichkeit in seinem Innern vorgegangen sind und sich in einer hinfälligen Umgebung widerspiegeln.

In einem Brief vom Juni 1868 schreibt er: »Der Eindruck, den mir Rußland jetzt macht, ist katastrophal; ich weiß nicht, ob das von der Hungersnot kommt, die man eben durchlitten hat, aber mir scheint, ich habe noch nie so elende, ruinierte Wohnungen gesehen, so abgezehrte, traurige Gesichter... Überall Kneipen und ein nicht wiedergutzumachenden Elend! Spasskoje ist das einzige Dorf, das ich bisher gesehen habe, wo die Strohdächer nicht klaffende Löcher aufweisen, und Gott weiß, wie weit es von Spasskoje bis zum kleinsten Dorf im Schwarzwald ist!«

Am nächsten Tag setzt er den Brief fort, aber etwas gestärkt, nachdem er durch den Park seiner Kindheit gegangen ist: »Ich habe eben einen langen Spaziergang im Park gemacht, der mir riesig vorgekommen ist; ich glaube, das ganze Thiergarten-Tal hätte da Platz. Kindheitserinnerungen haben mich überfallen; das bleibt nie aus. Ich habe mich als ganz kleinen Jungen gesehen, viel jünger als Paul, wie ich durch die Alleen gerannt bin und mich in die Rabatten gelegt habe, um Erdbeeren zu stehlen. (...) Alle Bäume sind in diesen drei Jahren außerordentlich gewachsen; man glaubt seinen Augen nicht zu trauen! Die Linden sind wunderschön, der Rasen ist voller Blumen...«

In Baden-Baden genoß Turgenjew ebenso die Zuneigung der Familie Viardot wie die stimulierende Atmosphäre, und die Frucht dieser angenehmen Zeit war eine Reihe sehr unterschiedlicher Werke: Jugenderinnerungen mit dem Titel *Meine Begegnung mit Belinski*, die Novelle *Die Geschichte des Leutnants Jergunow*, die Erzählungen *Der Brigadier*, *Eine Unglückliche*, *Der Hund* und, hauptsächlich, der Roman *Rauch*, vollgepackt mit harter Kritik an der russischen Gesellschaft, auch wenn sein Schauplatz das kosmopolitische Leben in Baden-Baden ist und er die unterschiedlichsten Menschen spiegelt. Turgenjew beendete ihn im Januar 1867, und im März wurde er im *Russischen Boten* abgedruckt.

Rauch handelt von einer enttäuschten Liebe, Turgenjews bevorzugtes Thema. Litwinow, ein ernsthafter, anständiger junger Ingenieur, kommt nach Baden-Baden, wo er auf seine Braut warten soll und Kontakt zu den liberalen Exilkreisen und einer Gruppe von urlaubenden Aristokraten hat. Er beobachtet und hört zu; um ihn herum brodelt eine widersprüchliche, heuchlerische, geschwätzige Gesellschaft, und er, eine Verkörperung des ›konfliktiven Helden‹, erlernt das Mißtrauen. Nicht jedoch auf dem Gebiet der Gefühle, denn es erscheint Irina, eine alte Liebe, verheiratet mit einem reichen General, und verführt ihn erneut, bis sie ihn soweit hat, daß er mit seiner Verlobten bricht. Am Ende siegt Litwinows gesunder Menschenverstand, und er befreit sich von der Herrschaft der blutsaugerischen Frau.

Rauch spiegelte nicht nur die Enttäuschung über die unzureichenden Ergebnisse der Leibeigenenbefreiung wider, sondern zeigte auch die Verwirrung, die die allgemeine Repression nach dem Polenaufstand vom Januar 1863 hervorrief. Die Literaturzeitschriften wurden vorübergehend verboten, Sonntagsschulen, Lesesäle und sogar Schachklubs geschlossen. Mit Karakosows Attentat auf Alexander II., 1866, wurden die Maßregeln noch härter. Aber paradoxerweise entfalteten die Literaten in diesen sechziger Jahren eine große Aktivität. Es erschien nicht nur *Rauch*, sondern auch *Krieg und Frieden* von Tolstoi, *Aufzeichnungen aus einem Totenhause*, *Die Erniedrigten und Beleidigten* und *Schuld und Sühne* von Dostojewski, die berühmten Poeme Nekrassows *Wer lebt glücklich in Rußland?* und *Frost, rote Nase.* Überdies traten in diesem Jahrzehnt realistische Autoren wie Pomjalowski und Reschetnikow an die Öffentlichkeit, die später die fortschrittliche Linie der russischen Literatur bestimmen sollten.

Als sich in diesen Jahren die Reibungen zwischen den gegensätzlichen Strömungen inner- und außerhalb Rußlands verschärften, wurde Turgenjew beschuldigt, Kontakt zu den linksgerichteten Emigrantenkreisen in London zu haben, was ihn zur Verzweiflung brachte, da er sich für einen apolitischen, ja der Regierung gegenüber respektvollen Autor hielt. Der Grund für die Anklage war dem Zufall zuzuschreiben: Sein Name war in den Papieren zweier an der Grenze verhafteter revolutionärer Agenten gefunden worden. Nachdem er einige ergebnislose Schritte unternommen hatte, sah er sich gezwungen, vor dem Untersuchungsausschuß in St. Petersburg zu erscheinen, ohne daß das Ganze zu weiteren Komplikationen führte. Wohl aber in moralischer Hinsicht – nicht umsonst mußte er sich für politisch neutral erklären, dem Zaren einen Brief schreiben und sich von vielen Freunden und Bekannten distanzieren.

Das waren die Umstände, die die Niederschrift von *Rauch* vorbereiteten, dem Höhepunkt seines ausgeprägten Skeptizismus und seiner Weigerung, in der russischen Gesellschaft irgend etwas von Wert zu erkennen. Trotz seiner Unschlüssigkeit und seiner konservativen Ansichten wollte Turgenjew in diesem Werk eine ausgewogene Haltung einnehmen und verlieh den aktuellen Themen eine besondere Bedeutung.

Immer schon hatte er eine Figur benutzt, um seine Urteile über Rußland abzugeben. In diesem Fall ist es ein gewisser Potugin, der über Politik spricht und sich in seiner doppelten, gegensätzlichen Neigung definiert:

»›Jawohl, ich bin ein Westler, bin Europa zugetan; das heißt, exakter ausgedrückt, ich bejahe seine Bildung, ebenjene Bildung, über die man sich jetzt mit Vorliebe bei uns so mokiert, die Zivilisation – jawohl, dieses Wort ist noch besser –, ich liebe sie von ganzem Herzen, ich glaube an sie, und einen anderen Glauben habe ich nicht und werde ich auch nie haben. (...)‹

›Nun, aber Rußland, Sosont Iwanytsch, Ihr Vaterland, das lieben Sie doch wohl?‹

Wieder fuhr sich Potugin mit der Hand über das Gesicht.

›Ich liebe es leidenschaftlich und hasse es leidenschaftlich.‹«

In diesen schlichten Worten wird wieder das Thema der Gefühlsdualität aufgeworfen, hier auf die Beurteilung Rußlands übertragen, aber auch die menschlichen Beziehungen einschließend.

In *Rauch* bringt Turgenjew sehr negative Gedanken über die Aristokratie zum Ausdruck, und zwar indem er Militärs und Adligen vollkommen reaktionäre Ansichten in den Mund legt. Die Liberalen ihrerseits diskutieren ohne Ordnung und Einklang in größter ideologischer Konfusion, ohne irgendein praktisches Ergebnis. Außerhalb Rußlands und in einer zensurfreien Umgebung scheinen die einen wie die andern zum ersten Mal die freie Meinungsäußerung zu praktizieren. Nicht einmal die literaturbeflissene Matrjona

Suchantschikowa kommt gut weg – sie ist nach dem Vorbild der Feministin Jewdoxia Kukschina in *Väter und Söhne* konstruiert. Angeekelt und melancholisch wendet sich Litwinow von ihnen allen ab.

Indem er seine Landsleute nach Baden-Baden versetzt, scheint Turgenjew seinen Widerwillen sowohl auf den frivolen Westen wie auf die Russen auszudehnen, die die kosmopolitischen Städte und den französischen Lebensstil bewunderten. Man kann eine weitere Ernüchterung in Turgenjews Leben konstatieren: In Baden-Baden, später in London, fühlt er sich verletzt durch die westliche Überlegenheit, durch das Zurschaustellen eines behaglich-mühelosen Lebens, durch die Leichtlebigkeit, für die das Paris Napoleons III. ein Symbol sein sollte. Gleichzeitig ist er in seinen Sympathien für Europa gespalten und, wie auch in der Liebe, zwischen zwei gegensätzlichen Neigungen hin- und hergerissen – zwischen Rußland und dem Westen.

Unter den vielen Personen, die in *Rauch* ihre Meinung zum besten geben, fehlen die jungen, ausgerechnet die, die in Rußland sehr aktiv waren und Zentren bildeten, welche großen Einfluß auf das Land ausüben sollten. Aber auf Grund seiner Erfahrung mit jungen Leuten nach dem Erscheinen von *Väter und Söhne* vermied er diese Verpflichtung in einer so brennenden Materie. Schon früher hatte er in einem Brief erkannt, was die zwangsläufige Folge davon war, die Jugend zu erwähnen: »Von den Jungen sprechen heißt politische Arbeit leisten.« Trotzdem blieb er an ihren Ansichten interessiert und zögerte nicht, mit ihnen in Kontakt zu kommen. Er machte ihnen Mut, und ein Beweis dieses Verständnisses für die Jugend ist ein Brief an den Dichter Alexej Apuchtin vom 29. September 1858:

»Sie haben keinen Grund, traurig zu sein. Vor ihnen liegt eine große Aufgabe: sich zu bilden, einen Mann aus sich zu machen und dann was auch immer, wohin das Leben Sie auch führen mag, überlassen Sie das Ihrem Temperament – Sie werden vor sich selbst gerechtfertigt sein. Denken Sie weniger an Ihre Person, an deren Leiden und Freuden, nehmen Sie sie einstweilen nur als Gefäß, das sich mit einem guten, nützlichen Inhalt zu füllen hat. Arbeiten Sie, studieren Sie, säen Sie, die Samen werden zu ihrer Zeit am gegebenen Ort aufgehen. Denken Sie daran, daß viele junge Menschen – Ihresgleichen – arbeiten, sich auf dem ganzen Boden Rußlands durchs Leben schlagen. Sie sind nicht allein. Was wollen Sie noch mehr? Warum verzweifeln und die Hände in den Schoß legen? Und wenn die anderen dasselbe täten, was geschähe wohl? Sie haben vor Ihren (Ihnen oft unbekannten) Kameraden die moralische Pflicht, nicht die Hände in den Schoß zu legen.«

Der Titel *Rauch* steht für die Banalität von allen Dingen. Der Protagonist, der, von einer Femme fatale verführt, seine Braut verlassen und mit Freunden entmutigende Gespräche geführt hat, sieht am Schluß des Romans alles wie den Rauch, den der Zug zurückläßt: »Plötzlich dünkte ihn alles Rauch, alles, das eigene Leben, das Leben Rußlands – alles Menschliche, insbesondere aber alles Russische. Alles ist Rauch und Dampf, dachte er; alles scheint sich unaufhörlich zu verändern, überall neue Formen, eine Erscheinung jagt die andere, doch im Grunde genommen bleibt es immer ein und dasselbe. Alles hastet und eilt irgendwohin – und alles verschwindet spurlos, ohne je etwas zu erreichen.«

Die russischen Leser beschuldigten den Autor, die Realität ihres Landes, die nichts mit flüchtigen Rauchschwaden zu tun habe, zu verkennen, und unterstellten ihm, er verachte die Gegenüberstellung der Meinungen als Mittel, Lösungen zu finden. In einem Brief schrieb er an Herzen: »Rote oder Weiße, alle bedrücken mich mit ihren Beschimpfungen.«

Durch den Versuch, die Kritik zu verallgemeinern, wird Turgenjews politisches Konzept in bezug auf das, was es in Rußland zu reformieren galt, im Roman nicht recht deutlich. Die Figur des Potugin greift sowohl die Anhänger Europas als auch diejenigen an, die den russischen Rückstand als Tugend dieses Volks verherrlichen; er macht sich über die Nachäffer westlicher Sitten lustig und gleichzeitig darüber, daß die Russen »nicht einmal den Samowar, die Bastschuhe, das Krummholz und die Knute, diese unsere berühmtesten Erzeugnisse«, erfunden haben. Vielleicht wäre die sich aufdrängende rettende Lösung – so meinte Lawrezki in *Ein Adelsnest* – ein resignierter Reformismus, rechtschaffenes Studium und Arbeiten und eine Konzentration auf die Landwirtschaft.

Turgenjew schrieb weiterhin kleinere Werke, Erzählungen und seine interessanten *Literatur- und Lebenserinnerungen*, aber er machte sich an keinen längeren Roman. Er wußte genau, daß das Publikum das Interesse an seiner Arbeit verloren hatte, und beklagte, alt geworden zu sein. »Es ist Zeit, daß ich mich zurückziehe«, sagt er 1870 seinem guten Freund Jakow Polonski.

Mehrere Jahre später veröffentlichte er eine weitere Novelle mit subtilem, geschickt angedeutetem politischem Gehalt: *Punin und Baburin*. Es war sein erstes Werk, bei dem er nicht zuerst die Freunde zu Rate zog, denn die Veröffentlichung drängte. Er schloß die Novelle im März 1874 ab.

Als der Kritiker Pawel Annenkow sie las, kommentierte er sie abschätzig; er betrachtete Baburin als verschwommene Figur, die als Republikaner vom Publikum nicht gut aufgenommen werden würde.

Baburin, in Wirklichkeit ein Turgenjew bekannter Mann, vertritt demokratische Ideen, zeigt Respekt vor den Leibeigenen, ist gegen Körperstrafen, alles Gedanken, die in den Handlungsjahren – 1830, 1837, 1849 – nichts galten, ja sogar unzulässig waren. In seiner Armut leistet ihm ein einfacher Mann Gesellschaft: Punin, ein Träumer und Poet, den er beschützt, aber die Überzeugungen, die Baburin seine Würde verleihen, machen beiden das Leben sehr schwer. Sie nehmen ein willensstarkes Waisenmädchen zu sich, und diese drei ans Herz greifenden Gestalten sind in ihrem Bestreben, in einer hartherzigen Gesellschaft zu überleben, eine meisterliche Schöpfung Turgenjews, in die er persönliche Erinnerungen und seine eigenen Prinzipien von Toleranz, Redlichkeit und gesellschaftlicher Erneuerung einfließen ließ. Natürlich trug ihm die Novelle scharfe Kritik ein, obwohl er ähnliche Figuren bereits früher geschaffen hatte, naive, wehrlos der Wirklichkeit und allem Unrecht ausgesetzte Menschen.

Nach mehreren Jahren ging der friedliche Aufenthalt in Baden-Baden durch den Ausbruch des Deutsch-Französischen Kriegs 1870 jäh zu Ende, und für die Ausländer entstand eine gespannte Atmosphäre, besonders wenn sie Franzosen waren. Die Viardots schifften sich nach London ein, wo sie einige Monate blieben und von Literaten und Musikern besucht wurden. Trotz der freundlichen Aufnahme sympathisierte Turgenjew nicht vorbehaltlos mit England.

Als er sich noch in Baden-Baden befand, hatte ihn Fjodor Dostojewski, damals schon ein bekannter Schriftsteller, aber infolge seiner unbezähmbaren Spielleidenschaft schuldenbeladen, besucht und um ein Darlehen von fünfzig Talern gebeten. Wegen unterschiedlicher Auffassungen über die Situation in Rußland hatten sie eine heftige Auseinandersetzung und warfen sich erbitterte Worte an den Kopf. Diese Feindschaft spiegelte Dostojewski in seinem vom ›Netschajew-Prozeß‹, der im Jahr 71 einer Gruppe von Revolutionären gemacht wurde, inspirierten Roman *Dämonen* wider. In der lächerlichen Figur des »großen Schriftstellers« Karmasinow karikierte er Züge und Vorlieben seines Kollegen Turgenjew, so daß alle Leser wußten, von wem da die Rede war. Er benutzte den Umstand, daß Turgenjew Kontakt zu den Nihilisten gesucht hatte, da er ihre Gedanken kennenlernen wollte, um sich über ihn lustig zu machen: »Der große Schriftsteller zitterte geradezu vor der neuen revolutionären Jugend, und da er sich in seiner Unkenntnis der Verhältnisse einbildete, in ihren Händen befänden sich die Schlüssel zu Rußlands Zukunft, so suchte er sich in unwürdiger Weise bei ihr einzuschmeicheln, vor allem deshalb, weil sie ihn überhaupt nicht beachtete.«[89] Auch erwähnte er Turgenjews zwanghafte Angst vor der Cholera, seine hohe Stimme (»eine sehr kreischende, nahezu weiblich hohe Stimme«, wobei er »jeden Satz liebevoll skandierend sprach, mit selbstgefällig vornehmem Lispeln«), seinen Respekt vor dem Adel, seine Deutschlandfreundlichkeit (»Ich bin Deutscher geworden und rechne mir das zur Ehre an«) und seine Geringschätzung der Heimat (»Das heilige Rußland ist ein hölzernes Land, ein bettelarmes«, läßt er ihn sagen), und um auch den letzten Zweifel auszuräumen, um wen es sich handelt, wird Karmasinow als »großer russischer und europäischer Schriftsteller« bezeichnet. Es trifft zu, daß Turgenjew gern mit der Aristokratie Umgang pflegte, und es stimmt auch, daß es die Welt war, die ihm von seinem gesellschaftlichen Stand her entsprach und die die künstlerischen Aktivitäten unterstützte. Vielleicht zeigte sich darin – und das ist eine gewagte psychologische Interpretation – seine Suche nach der Macht, nach der Stabilität, die ihn in seiner Schwäche und Grundunsicherheit stützen sollte.

Genau aus diesen von Dostojewski bespöttelten Kontakten zu jungen Extremisten erwuchs Turgenjew die erste Idee zu *Neuland*, einem Roman, dessen Gerüst er zwei Jahre später skizzierte und den er von Februar bis Juli 1876 niederschrieb. Dazu benutzte er auch einige Manuskripte und Tagebücher, die ihm 1874 Anna Pawlowna Filosofowa verschafft hatte, eine junge Nihilistin, der die kulturelle Propaganda in den Arbeitermilieus von St. Petersburg oblag. Nebenbei geben uns diese Details Aufschluß über den äußerst langsamen Schaffensprozeß dieses Autors.

Er schien einen weiteren Mißerfolg zu ahnen, denn während er die ersten Fahnenabzüge korrigiert, schreibt er: »Ich bin in einer garstigen Verfassung; ich fühle mich alt, grau, trübe, nutzlos – und dumm. Ich hatte einen Gichtanfall; aber auch der ist fehlgeschlagen. – Ich korrigiere die Druckfahnen meines Romans, die man mir aus Petersburg schickt – und finde ihn flach, unbedeutend.«[90]

Der Roman wurde im Januar und Februar 1877 im *Boten Europas* abgedruckt, und noch vor seinem vollständigen Erscheinen wurden negative Stimmen laut. »Der erste Teil meines Romans, der in Rußland erschienen ist, scheint meinen Freunden sehr viel Vergnügen zu bereiten und dem Publikum sehr wenig.«[91] Aber Turgenjew maß diesem Werk große Bedeutung bei, als könnte er damit irgendwie auf die tragischen Geschehnisse in Rußland Einfluß nehmen.

Neuland ist eine sich in den siebziger Jahren abspielende Geschichte von Nihilisten. Der Student Neschdanow kommt als Privatlehrer ins Haus eines Gutsbesitzers und trifft dort die junge Marianna, die sich, kaum hat sie ihn kennengelernt, in ihn verliebt und sich der revolutionären Aufgabe zu widmen beschließt. Er ist ein typischer Bürgersohn, idealistisch, keusch, scheu; anscheinend mochte Turgenjew auch diesmal nicht auf eine charakterschwache Figur verzichten, und in diesem seinem letzten Roman, den beenden zu können er angesichts seines schlechten Gesundheitszustands bezweifelte, führt er ihn ins rauhe Milieu der politischen Agitatoren.

Die beiden jungen Leute fliehen von zu Hause und gehen in die Fabrik, wo Solomin, ein weiterer Nihilist, als leitender Mechaniker arbeitet. Solomin ist jedoch von ganz anderer Mentalität, ein Mann aus dem Volk und deshalb der Wirklichkeit enger verbunden. Er erinnert an Litwinow in *Rauch*. Er hat im Ausland studiert und verfügt über technische Kenntnisse, ist ausgeglichen, kerngesund, selbstsicher, autoritär, hofft auf die Revolution von unten und ist entschlossen, sich an ihr zu beteiligen. Er ist der Sohn eines armen Diakons, und dank seiner Herkunft erfaßt er intuitiv, daß die Revolution ihre Basis im Volk hat, ohne das sie nicht zu bewerkstelligen ist.

Neschdanow scheitert schließlich in seiner politischen Agitation und erschießt sich, womit er seinen Widersprüchen ein Ende setzt. Ein anderer Nihilist, der die Bauern aufwiegeln wollte, wird von diesen der Polizei übergeben. Solomin heiratet Marianna, und zusammen ziehen sie weg, um andernorts eine Industrie als Plattform für eine systematischere revolutionäre Arbeit aufzubauen, die die Erziehung der Massen zum Ziel hat. Dieser Schluß erklärt den Titel *Neuland*: »Neuland muß man nicht vorsichtig mit der Schaufel bearbeiten, sondern mit dem Pflug, der die Erde tief aufreißt«, wobei die Schaufel die Revolution und der Pflug die Kultur symbolisiert. Turgenjew war der Meinung, die revolutionären Ideen drängen nicht tief genug in den russischen Boden ein.

In den sechziger Jahren sprachen die jungen Leute von Politik, aber im folgenden Jahrzehnt wurden sie aktiv und gingen ›ins Volk‹. Zwischen 1872 und 1876 verließen mehrere tausend junge Bürgerliche ihr Zuhause, um auf dem Land eine Agitationsarbeit aufzunehmen. Die Bauern verstanden sie nicht – sie waren zu rückständig, um eine Möglichkeit zu erkennen, ihre Lage zu verbessern, und abgestumpft vom Schnaps, der in Tausenden von Kneipen (an deren Tür wegen des Alkoholmonopols das kaiserliche Wappen prangte) offiziell verkauft wurde. Die Jungen arbeiteten in den Dörfern als Ärzte, Hebammen oder Beamte, um die gesellschaftliche Erziehung und Information zu verschleiern, der sie sich verschrieben hatten, aber sie wurden mühelos entlarvt, da sie sich weigerten, Bestechungsgelder oder Belohnungen anzunehmen. Nach dem enttäuschenden Scheitern dieses eindeutig idealistischen Projekts nahm der Terrorismus zu und gipfelte im Tod Zar Alexanders II., der 1881 einer Bombe zum Opfer fiel.

Für Turgenjew bestand das Motiv der Nihilisten nach Tschernischewskis Worten hauptsächlich in »Charaktertendenzen und persönlichen Faktoren« und nicht in einer objektiven Entscheidung angesichts der unausweichlichen Notwendigkeit von gesellschaftlichen Veränderungen im Zarenreich. In diesem Sinn konnte er zwar erkennen, daß auf politischem Gebiet zusammen mit Söhnen und Töchtern aus bürgerlichem Milieu auch junge Leute aus dem Volk auftauchten. Dagegen nahm er sehr wichtige Aspekte des revolutionären Kampfs nicht wahr. Für einen unparteiischen Leser ist jedoch die Schlußfolgerung, die aus dem Roman zu ziehen ist, nicht völlig gegen die Nihilisten gerichtet, und eine Meinung, die der des breiten Publikums entsprechen mochte, ist diejenige von Emilia Pardo Bazán, die sich für die russische Literatur interessierte: »Und ich bilde mir ein, daß dieses Buch, das die Nihilisten so verärgerte, lebhafteste Sympathien für sie zeigt. Alle revolutionären Figuren sind bedeutend, interessant, aufrichtig, poetisch; dagegen besteht die offizielle Welt aus Egoisten, Heuchlern, Gaunern und Gecken. Im Grunde verrät *Neuland* wie alle Werke Turgenjews ein friedliches, gelassenes und von politischer Leidenschaft unabhängiges Denken...«[92]

In *Neuland* sind die Adligen hartherzig und fackeln nicht lange, im Gegensatz zu den höflichen Gutsbesitzern in *Väter und Söhne.* Auch die Bauern wirken durch Elend und Rückständigkeit erniedrigt, völlig anders als in *Aufzeichnungen eines Jägers*, aber ganz im Einklang mit der Wirklichkeit, die weitere demokratische Schriftsteller allmählich enthüllten.

Kurzum, das russische Publikum merkte, daß Turgenjew kein Vertrauen in die revolutionäre Bewegung hatte, sondern auf einen langsamen Reformismus baute. Er wollte nicht für einen politischen Schriftsteller gehalten werden, und in einem Brief an die mit ihm befreundete Gräfin Lambert deklariert er seine Position deutlich: »Sie verurteilen mich als Menschen (im Sinn des politischen Menschen, des Bürgers) und als Schriftsteller. Was das erste betrifft, so haben Sie recht, beim zweiten finde ich, nicht. Sie haben recht, wenn Sie sagen, ich sei kein politischer Mensch und die Regierung habe von mir nichts zu befürchten. Meine Überzeugungen haben sich seit meiner Jugend nicht geändert, aber ich habe mich nie der Politik gewidmet und werde es nie tun. Dieses Thema ist mir fremd und nicht von Interesse. Ich beachte es immer, wenn der ernsthafte Schriftsteller aktuelle Alltagsszenen beschreiben muß. Aber Sie haben unrecht, wenn Sie von meiner literarischen Leistung eine Frucht fordern, die ich nicht geben kann, die an meinem Baum nicht wächst. Ich habe nicht für das Volk geschrieben, ich habe für diejenige Publikumsschicht geschrieben, der auch ich angehöre: von den *Aufzeichnungen eines Jägers* bis zu *Väter und Söhne.* Ich weiß nicht, wie sehr ich von Nutzen sein werde, aber ich weiß sehr wohl, daß ich mich für solche Zwecke nicht werde zurechtbiegen lassen, und in diesem Sinn verdiene ich keine Vorwürfe.«[93]

Gegenüber der Kritik verteidigte er sich nicht, wie er es bei *Väter und Söhne* und *Rauch* getan hatte. In traurige Gedanken versunken, wartete er darauf, daß die linken Kritiker allmählich einsehen würden, daß die Nihilisten des ›Gangs ins Volk‹ fast genauso waren, wie er sie beschrieben hatte.

Zwei Jahre später ging er nach Rußland, wo er mit lautem Beifall empfangen wurde; man gab ihm Bankette mit Reden und Huldigungen, bis ihm die Regierung, um diese eindeutig politischen Demonstrationen zu vermeiden, nahelegte, das Land zu verlassen.

10. Gast in Paris

Nach dem Deutsch-Französischen Krieg verließen die Familie Viardot und Turgenjew London. Turgenjew hatten die schlimmen Vorfälle der Kommune in der ›blutigen Woche‹ des Jahres 1871 entsetzt, und er konnte ihre politische Tragweite nicht begreifen: »Die Ereignisse in Paris haben mich bestürzt. Ich habe geschwiegen, so wie man in der Eisenbahn schweigt, wenn man in einen Tunnel fährt: das höllische Getöse erfüllt einen und betäubt einem den Kopf.«[94]

Da sich die Lage in Deutschland durch die mit dem Krieg entstandene Welle des Nationalismus und das wirtschaftliche Ungleichgewicht völlig verändert hatte, beschlossen die Viardots, Baden-Baden zu verlassen und wieder nach Paris zu ziehen. Ein weiteres Mal folgte ihnen Turgenjew und begnügte sich erneut mit dem Dasein eines Gastes, nur um der Wärme dieser Familie nahe bleiben zu können.

Im November 1871 leben sie bereits in der Rue de Douai 48, in der Nähe der äußeren Boulevards und von Montmartre. Turgenjew bewohnt im Obergeschoß, im dritten Stock, vier Zimmer, die er mit Bildern und Souvenirs füllt. In seinem Arbeitsraum sah man, neben dem Bild seines Jugendfreundes Wissarion Belinski, ein Basrelief mit Paulines Profil und die Reproduktion ihrer Hand. Da er sich in jenen Jahren für Malerei interessierte, trug er eine Sammlung von achtundvierzig Bildern bedeutender Künstler zusammen, die er aber 1878 eines finanziellen Engpasses wegen verkaufen mußte. Er hatte nie die Gabe besessen, seinem Vermögen Sorge zu tragen, aber sein langsamer, unaufhaltsamer

Ruin war den schlechten Verwaltern zuzuschreiben, die er immer selbst und mit sehr wenig Fingerspitzengefühl einsetzte. 1868 schrieb er seiner Tochter von dem schwerwiegenden wirtschaftlichen Problem, dem er sich gegenübersah, als er eine unerwartete Zahlung von 75 000 Francs leisten mußte. Schuld an dieser Situation war sein Verwalter, dem er einige Wechsel über diese Summe gegeben hatte, mit der ausdrücklichen Bedingung, sie erst nach seinem Tod einzulösen. Rechnet man zu diesem Verlust noch die Mitgift von Claudie Viardot und seiner eigenen Tochter Paulinette sowie die Unterstützung, die er seinem Schwiegersohn zukommen läßt, so kann man zusehen, wie das Vermögen aus dem mütterlichen Erbe dahinschmilzt. Turgenjew muß Wälder und Ackerland verkaufen, um in Frankreich seinen Lebensunterhalt zu bestreiten.

So begann die letzte Phase seiner Biographie. Er führte ein geregeltes Leben, stand früh auf und arbeitete den ganzen Vormittag; nachmittags ging er aus, und bald kannte man vielerorts den großen weißen Bart und die riesige Gestalt, zu der seine Diskantstimme nicht passen wollte.

Zweimal in der Woche fanden im Hause Viardot musikalische Soireen statt, und Pauline begeisterte trotz ihres Alters die Gäste mit ihrer wundervollen Stimme. 1871 wurde sie als Lehrerin ans Pariser Konservatorium berufen, eine Stelle, die sie vier Jahre innehatte. Auch Marianne und Claudie sangen, Paul spielte Violine, und die Abendgesellschaften wurden mit Spielen und Zerstreuungen aufgelokkert. Zu dieser Zeit lebte Henry James in Paris und wurde Turgenjew vorgestellt. In seiner Korrespondenz erwähnt er diese Soireen, und am 11. April 1876 schreibt er seinem Vater über Pauline: »Sie selbst ist eine überaus faszinierende, interessante Frau, so häßlich, wie sie Augen auf der Seite des Kopfs und eine unendliche Oberlippe sie nur machen können, und doch auch sehr hübsch oder wenigstens, im französischen Sinn, *très belle.*« Bezüglich Turgenjews Situation in diesem Haus teilt er die Ansicht anderer Besucher: »Es war ebenso merkwürdig wie lieblich, den armen alten Turgenjew mit den ausgefallensten Beschreibungen Scharaden spielen zu sehen, herausstaffiert mit alten Schals und Masken, auf allen vieren gehend und so weiter. Scharaden sind ihre übliche Samstagabendbeschäftigung, und die Aufrichtigkeit, mit der Turgenjew sich ihnen trotz seines Alters und Prestiges hingibt, ist ein eindrucksvolles und, wie ich denke, erfreuliches Beispiel für die Spontaneität, die die Europäer haben und wir nicht.«

Die Besucher solcher Soireen stellten auch fest, daß Turgenjew die Stellung eines unaufdringlichen Gastes, eines in die Jahre gekommenen Angehörigen einnahm, was er mit seiner Tendenz, gefällig zu sein und sich anzupassen, vielleicht selbst noch betonte.

Weitere ähnliche Zeugnisse bestätigen, daß er sich der spießbürgerlichen Atmosphäre der Viardots unterworfen hatte. Ganz offensichtlich übte Pauline eine unbestrittene Autorität aus, und Turgenjew ließ es sich sehr angelegen sein, ihr zu willfahren, sogar mit untergeordneten Dienstleistungen, wie man in einem Brief an Flaubert feststellen kann: »Die Damen der Familie Viardot müssen vierzehn Tage am Meer verbringen, entweder in Luc oder in St. Aubin – und man hat mich vorgeschickt, um etwas zu finden.«

Seine Leidenschaft für Pauline hielt an, wenn auch mit der Zeit etwas gemildert. Zwischen seinem Studio und dem Raum in der unteren Etage, wo sie zu üben pflegte, hatte er ein Schallrohr anbringen lassen, damit er ihr beim Singen zuhören konnte. Dieses dringende Bedürfnis, mit ihr in Beziehung zu stehen, ihre Stimme zu hören, ihre Ansichten zu berücksichtigen, ihren Wünsche nachzukommen, läßt uns an eine problematische, eher kompensatorische denn durch Liebe bestimmte Abhängigkeit denken. In seiner Sehnsucht, diese Intimität zu beherrschen, die ihn, da er nicht der wirkliche Gatte und Vater war, ausschloß, dürfte er eine Frustration kultiviert haben wie die Männer, die unerreichbaren Frauen nachlaufen, aber paradoxerweise die Zurückweisung und die Untauglichkeit ihrer Absichten auskosten. Im Licht dieser masochistischen Ausgrenzung sah er sich nach Yarmolinskys Meinung selbst als ein Opfer des Schicksals: »Man kann sich vorstellen, daß ihm diese unvollständige, zweideutige Liaison die Befriedigung des Selbstmitleids bot«[95] – und eine Grundlage für seine melancholischen Gedanken.

Turgenjew hatte versucht, die angstvolle Spannung zu objektivieren, die er verspürte, wenn er sich von Pauline entfernte, welche mittlerweile eher ein Rückhalt denn eine gelassene Freundin ist: »Ihre Abwesenheit verursacht mir eine körperliche Angst – als fehlte es mir an Luft, es ist wie eine geheime und dumpfe Sorge, von der ich mich nicht befreien kann und die durch nichts zerstreut wird. Wenn Sie da sind – ist meine Freude still – aber ich fühle mich behaglich – at home – und ich wünsche nichts anderes.« (Brief vom 5. Dezember 1870)

Daß er sich so mit seiner Abhängigkeit brüstet, könnte, im Sinn einer kritischen Hypothese, nahelegen, solche Zeugnisse überspannter Identifizierung seien nur die Spekulation eines kalten Temperaments, das sich seiner großen

Distanz zu den anderen bewußt ist und mit Worten schafft, was sich nicht spontan aus den Gefühlen ergibt. Eine keineswegs befremdliche Verhaltensweise bei vielen schöpferischen Geistern, bei denen das Denken über die Herzensimpulse die Oberhand hat, sozusagen als berufsmäßige Gewohnheit, mit der in diesem Fall die Fähigkeit einhergegangen sein dürfte, das eigene Leben als verwertbares Material zu betrachten. Aus seiner Jugendzeit sind Erinnerungen an seine Vorliebe für Täuschungen, Scherze, Selbstdarstellung, Erinnerungen an einen ätzenden, unterhaltsamen Causeur überliefert. Wie andere Schriftsteller war vermutlich auch er immer ein Narzißt und schuf aus dem täglichen Verhalten sein eigenes literarisches Werk, um darin seine Persönlichkeit zu spiegeln. Ein Verhalten, das sich mit den Worten definieren läßt, die 1881 Motiv eines *Gedichts in Prosa* waren: »So rollt unser kompliziertes Leben zwischen diesen beiden Fremdwörtern ab, der Prätention und der Phrase, und schwankt hin und her.«

Den Brüdern Goncourt erzählte Turgenjew, bei seiner Einweihung in die Liebe habe eine Frau die Initiative ergriffen, und diese wahre oder zur Ergötzung des Stammtischs seiner französischen Freunde erfundene Episode scheint kennzeichnend für sein späteres Schicksal in der Beziehung zum anderen Geschlecht. Er erzählte, als er noch blutjung gewesen sei und die Wünsche gehabt habe, die man mit fünfzehn eben habe, sei an einem feuchtwarmen Tag eine Zofe seiner Mutter, hübsch, aber mit dummem Gesichtsausdruck, zu ihm getreten, habe ihn am Nackenhaar genommen und gesagt: »Komm!«[96] Diese Geschichte verheißt Passivität. Seine Strategie, nach anfänglichem diskretem Werben seinerseits die Initiative der Frau zu überlassen, war am Ende darauf angelegt, Frauenliebe ganz zu meiden.

Ein weiteres charakteristisches Beispiel für dieses psychologische Labyrinth zeigt die Korrespondenz, die Turgenjew mit der Baronin Julia Petrowna Wrewskaja führte, die er als reifer, um zwanzig Jahre älterer Mann kennenlernte. Zwischen den beiden entstand zunächst eine Freundschaft und dann eine Art Flirt, in dem sich dieses ausweichende Verhalten beobachten läßt. Diese Baronin hatte mit sechzehn einen verwitweten Militär von vierundvierzig Jahren geheiratet, was für die damalige Zeit bekanntlich nicht ungewöhnlich war. Wenige Monate nach der Heirat starb ihr Mann, und sie übernahm die Fürsorge der Kinder aus seiner ersten Ehe und weigerte sich, noch einmal zu heiraten.

Als sie schon befreundet waren, lud Turgenjew sie nach Spasskoje ein. Sie kam in Begleitung ihres Bruders, und sie verbrachten fünf Tage zusammen, in denen der Schriftsteller allerdings gerade an einem Gichtanfall litt. Aber bei dieser Begegnung mußte sich die sympathische Julia in ihm festgesetzt haben, denn in einem Brief schreibt er ihr: »... ich spüre, daß es seit heute in meinem Leben einen weiteren Menschen gibt, dem ich mich aufrichtig angeschlossen habe.« In einem neuerlichen Brief fügt er hinzu, daß zwischen ihnen beiden eine gegenseitige Anziehung bestehe, aber zwei Zeilen weiter, als sie ein Treffen in einem Badeort ins Auge fassen, erinnert er an ein Hindernis: »Wenn Sie dreiunddreißig sind und ich schon älter als fünfundfünfzig, dann ist das etwas, was man nicht einfach ignorieren darf.«

Aber in mehreren Briefen hintereinander scheint er den Vorschlag einer intimeren Beziehung zu entwickeln, auch wenn er sein Älterwerden beklagt. Später bekundet er etwas Unerwartetes: »Obwohl es zwischen uns leider einen Graben gibt (es gibt ihn nicht zwischen unseren Seelen, wenigstens wiege ich mich in dieser Hoffnung, aber... in anderer Hinsicht) (...), spüre ich dennoch, daß es gut ist, zusammenzusein und einander verbunden zu sein.« In einem späteren Brief benutzt sie ebenfalls das Wort Graben, als sie auf einen gemeinsamen Aufenthalt der beiden in Karlsbad Bezug nimmt, eine günstige, aber nicht wahrgenommene Gelegenheit: »Danach ist zwischen uns derselbe Graben geblieben, auf dessen Grund ruhig die Wasser von Karlsbad fließen. Aber was spielt das für eine Rolle? Ich habe Sie trotzdem sehr, sehr lieb, und es gibt für uns nicht die geringste Notwendigkeit, über den Graben zu springen.« In einem späteren Brief Turgenjews steht eine merkwürdige Anspielung auf eine bekannte Bibelstelle: »Ich kann Ihnen versichern, daß es zwischen mir und dem schönen Josef so wenig einen Zusammenhang gibt wie zwischen Ihnen und der Frau des Potiphar; ich habe Angst vor der Cholera, aber doch nicht vor entzückenden Damen, vor allem nicht vor so netten wie Ihnen. Leider kann ich nicht mehr kompromittiert werden, und ich bin auch nicht mehr kompromittierend, falls ich es überhaupt einmal gewesen bin.«

Turgenjew gab ihr zu verstehen, daß er sie als Freundin liebe und sie gleichzeitig besitzen möchte, aber der Wunsch war doch nicht so stark, daß er um ihre Hand bat, »und außerdem hat es noch andere Hinderungsgründe gegeben. (...) Das ist die Erklärung für mein Verhalten.« Zweifellos eine weitere Enttäuschung im Liebesleben des Schriftstellers.

Ende 1877 meldete sich diese schöne Baronin als freiwillige Krankenschwester für den Russisch-Türkischen Krieg, und als sie in Bulgarien verwundete Soldaten pflegte, steckte sie sich mit Typhus an und starb im Februar 1878. Turgenjew widmete ihr eines seiner *Gedichte in Prosa*, in dem er, wenn auch im Plural, gesteht: »Die Damen beneideten sie, die Männer stellten ihr nach. Und es gab auch zwei oder drei, die sie heimlich und aus tiefstem Herzen liebten.«

Die Anwesenheit von Paulines Kindern in der Rue de Douai, denen Turgenjew in väterlicher Liebe zugetan war, hüllte das Haus in eine lärmige, jugendliche Atmosphäre. In diesen Pariser Jahren fehlte nur Louise, die bereits verheiratet und Mutter eines 1864 geborenen Mädchens war.

Eine Sammlung von Briefen des Schriftstellers an Claudie, die der Slawist Alexandre Zviguilsky in den Archiven der Nachkommen von Pauline und Louis Viardot entdeckte, hat Turgenjews enge Vertrautheit mit der Familie in helles Licht getaucht. In diesen Briefen bestätigt sich auch seine Zuneigung zu dieser Tochter von Pauline, der er liebevolle Worte und zärtliche Sätze schreibt, innerhalb der Art Beziehung, wie er sie zur ganzen Familie unterhielt. Die Briefe sind unterzeichnet mit »Dein alter treuer J. Tourg.«, »Dein alter, der Dich anbetet, J.T.«, *»Dein altes Eigenthum* J.T.« oder »Dein alter Pate, der Dich anbetet, Iv. Tourguéneff« und mit einigen anderen, noch herzlicheren Worten, die bei Zviguilsky den Verdacht geweckt haben, es könnte sich um eine leidenschaftliche Liebe gehandelt haben, die, nachdem sie sich jahrelang auf die Mutter konzentriert hatte, nun auf die Tochter überging, ein sehr schönes, talentiertes junges Mädchen. Aber nur einmal scheint der väterliche Ton dieser Zuneigungsbekundungen die Grenze des Vorhersehbaren zu überschreiten. Ein einziges von den vielen Malen, wo er ihr zum Briefschluß die Hände küßt – einmal mit den deutschen Worten: »*gieb deine beiden Pfötchen dass ich sie tausendmal küsse*«; eine typische Höflichkeitsformel, die er bei Pauline immer verwendete –, wagt er ihr zu schreiben, ebenfalls auf deutsch: »*Ich segne Deine Ganze holde gestalt. und küsse tausendmal alles was Du mir bewilligst*«, eine kühnere Wendung, die er auch zwei oder drei Mal in der Korrespondenz mit der Schauspielerin Marja Gawrilowna Sawina brauchte, in die er sich in den letzten Jahren seines Lebens verliebte[97].

Zu dieser Korrespondenz, sei es nun die eines Verliebten oder die eines zärtlichen Paten, bemerkt Zviguilsky etwas sehr Bedeutungsvolles: »Die Briefe an Claudie weisen bis ins kleinste Detail Analogien zu denen auf, die er Pauline Viardot schrieb: Verwendung von Seriennummern, deutsche Sätze und die immer gleiche Formel: ›*ton vieux fidèle*‹.«[98]

Da stehen die Liebesbeteuerungen, die bis an die Grenze des Literarischen in Worte gefaßten Gefühle: »...und ich versichere Dir, daß wir alle den lebhaftesten Wunsch verspüren, Dich wiederzusehen: Deine Abwesenheit lastet auf dem ganzen Haus, und zehnmal am Tag beklagt sich Deine Mutter, daß sie Dich nicht sieht. Was Deinen alten Freund betrifft, so weißt Du, daß Du die Sonne seiner Tage bist und daß es ohne Dich sehr grau am Himmel ist. Wenn ich Dich am Morgen sehe, lassen mir Deine Augen einen Strahl zurück, der den ganzen Tag andauert. Komm, bring mir bald mein Licht zurück.«[99] In einigen Briefen vermischt er, wie wir gesehen haben, das Französische mit Deutsch, der Sprache des Vertrauens sowohl für die Mutter wie für die

Tochter, etwa in einem von 1873: »Chère Didie de mon cœur – *mein liebstes Mädchen!* Ein Brief von vier Seiten – *da küsse Ich Dir vier und vierzig mal jede Hand.* Wie lieb Du bist!« Und er schließt: *Mein süsses, liebes Mädchen. Du weisst wie Du von Deinem alten Freund vergöttert wirst. Grüsse alle, küsse Deine liebe Mutter und Mariand'l – und lasse Dich herzlich küssen von Deinem Dir auf ewig treuen* J.T.«[100]

Noch Monate nach *Didies* Heirat gratuliert ihr Turgenjew mit folgenden Worten zum Geburtstag: »Meine liebe gute kleine Didie, heute ist ein glücklicher Tag für uns beide: für Dich, weil Du vor 22 Jahren geboren worden bist – und für mich – aus demselben Grund. Ich bin sehr traurig, daß ich ihn fern von Dir verbringen muß, mein Denken verläßt weder Paris noch die Nr. 70 der rue de l'Université, noch Dich, noch Deinen guten kleinen Mann, den ich fast so sehr liebe wie Dich. Der Gedanke, Dich glücklich und zufrieden zu wissen, erfüllt mein altes Herz. Nein, mein Herz, das in einem, sagen wir: schon reifen Körper jung geblieben ist; und ich umarme Dich, ich umarme Euch beide mit der ganzen Kraft meiner Liebe.«[101]

Alexandre Zviguilsky hat auch festgestellt, daß Guy de Maupassants 1889 veröffentlichter Roman *Stark wie der Tod* wahrscheinlich durch diese Liebe Turgenjews zu Claudie angeregt wurde, eine Liebe, die wegen Maupassants tiefer Freundschaft mit dem Russen auch auf ihn selbst abgefärbt haben dürfte[102]. Die beiden Schriftsteller waren enge Vertraute, und Turgenjew unternahm Schritte, damit in Moskau *Ein Leben* und andere Romane Maupassants übersetzt würden. Der französische Romancier war einer der letzten, die Turgenjew noch lebend sahen; er besuchte ihn fünf Tage vor seinem Tod in Bougival und erzählte danach, sein

Freund habe ihn um eine Pistole gebeten, um seinen unerträglichen Schmerzen ein Ende zu setzen.

Im Mittelpunkt von *Stark wie der Tod* steht ein berühmter Maler, der ein Verhältnis mit einer verheirateten Frau hat. Als deren Tochter den Kinderschuhen entwachsen ist, verliebt er sich mit der gleichen Leidenschaft in sie, wie er die Mutter geliebt hat. Tatsächlich sehen wir die Liebe eines reifen Mannes zu zwei Frauen, obwohl das Drum und Dran vollkommen fehlt, das sich auch nur entfernt mit der Familie Viardot in Verbindung bringen ließe. Am Ende des Romans bittet der sterbende Maler seine Geliebte, die Briefe zu verbrennen, die sie ihm in jungen Jahren geschrieben hatte, und erst in dieser Erwähnung einer intimen Korrespondenz gibt es eine mögliche Beziehung zu den berühmten Briefen des Schriftstellers an die Sängerin. Man könnte sich fragen, warum Maupassant – mit den selbstverständlichen Veränderungen, die die literarische Technik gebietet – nicht auch andere Elemente von alledem benutzte, was ihm Turgenjew jahrelang mitgeteilt und was er selbst beobachtet hatte.

Iwan Turgenjew wurde von der Pariser literarischen Welt freundlich aufgenommen und fand dort bald sehr gute Freunde. Die Verleger Flammarion, Hetzel und Hachette veröffentlichten seine Romane; in der *Revue des Deux Mondes* und im *Journal des Débats* erschienen Erzählungen und Skizzen von ihm. Auch in England hatte er einen begeisterten Übersetzer, der zugleich an eine Romanfigur erinnerte wie viele Leute, mit denen er in Beziehung stand. William Ralston war der Sohn reicher englischer Kaufleute in Kalkutta, die ins Mutterland zurückgekommen waren, um ihm ein Studium in Cambridge zu ermöglichen. Wieder in England, betrachtete sich der Vater als legitimen Erben des Grundbesitzes von gewissen Adligen und strengte einen sehr langen, fruchtlosen Prozeß an, der ihn schließlich ruinierte. Zum Beweis für die Hartnäckigkeit, mit der die Angelegenheit betrieben wurde, erzählt man, nach dem Tod des Vaters habe eine Tochter während dreißig aufeinanderfolgender Tage seine vermeintlichen Rechte vor Gericht vertreten. Aber der kränkliche William kümmerte sich nicht um diesen Prozeß, und als er mittellos dastand, sah er sich gezwungen, in der Bibliothek des British Museum eine Beschäftigung zu suchen. Dort wurden große russische Bestände aufbewahrt, aber in jenen Jahren waren Russischkenntnisse keineswegs alltäglich. Ralston beschloß, sich zu spezialisieren, und kniete sich so beharrlich in sein Studium, daß er ganze Seiten des Wörterbuchs auswendig lernte. Schließlich wurde er zu einem Russischspezialisten, machte Übersetzungen und publizierte Bücher, während er gleichzeitig für viele Zeitschriften Beiträge verfaßte. Er bereiste Rußland und besuchte in Spasskoje Turgenjew. Der zurückgezogen lebende Ralston kreierte eine neue Form der Unterhaltung, die darin bestand, daß er vor einem Publikum Erzählungen vortrug, so, wie andere eine Rede halten. Anscheinend war er als Erzähler sogar in den Häusern der Aristokrate gefragt, und zu seinem Kinderpublikum zählten die englischen Prinzen. Er war Junggeselle geblieben, und als er mit achtundvierzig Jahren in den Ruhestand trat, befiel ihn eine schwere Depression. Von Büchern und Halluzinationen umzingelt, weigerte er sich, sein Zimmer zu verlassen, und wurde eines Tages tot dort aufgefunden.

Turgenjew seinerseits verbreitete in Frankreich die russischen Autoren, wobei ihm die Neugier der französischen

Intellektuellen entgegenkam, die sich sehr für Rußland interessierten, und einigermaßen wichtige Bücher wurden relativ rasch übersetzt.

In Paris besuchten ihn viele dort ansässige Russen; einige von ihnen wollten bloß Geld und Empfehlungen. Nie versagte er seinen Landsleuten die Hilfe, obwohl sie ihm mehr als einmal Probleme verursachten. Sein empfindliches Naturell trug ihm die Feindschaft einiger französischer Kritiker oder Autoren ein, aber nie erreichte sie den Grad an Haß oder Abneigung wie bei Dostojewski und Gontscharow.

Zu dieser Zeit erscheint *Frühlingsfluten* (der russische Titel lautet *Frühlingswasser*), eine Jugenderinnerung. Ihr Erfolg, ihre große Verbreitung in unzähligen Ausgaben ist dem Moralismus ihrer These und der bis zu einem gewissen Grad konventionellen Handlungsführung zu verdanken. Ein junger Russe hält sich auf der Rückreise von Italien in seine Heimat in Frankfurt am Main auf und beginnt eine Romanze mit der Tochter einer Konditoreiinhaberin, einem aus Italien stammenden jungen Mädchen. Aber das Idyll wird zerstört durch das Dazwischentreten einer verheirateten Frau, Marja Nikolajewna, die die Leidenschaft des Beherrschens verkörpert, indem sie den Mann ihrem Willen unterwirft. Ihre unmittelbare Vorläuferin mit ziemlich vielen Ähnlichkeiten ist die ebenfalls verführerische, impulsive Irina in *Rauch*. In der Beschreibung dieser Femme fatale, die den Protagonisten mit sich reißt, ist die Rede von »ihrem üppigen, halb russischen, halb zigeunerhaften blühenden Frauenkörper«. Und zudem erscheint eine Beschreibung, die nichts mit den Archetypen reizender Frauen zu tun hat, sondern mit einer Turgenjew bekannten

Person, die einen Sinn fürs Praktische hatte und ungezwungen war: »Sie legte derartige kommerzielle und administrative Fähigkeiten an den Tag, daß man nur staunen konnte. In sämtlichen Wirtschaftsfragen kannte sie sich hervorragend aus; über alles stellte sie präzise Fragen, auf alles ging sie ein…« Es drängt sich die Frage auf, welche Frau als lebendes Vorbild er im Auge gehabt haben könnte, und auch, welches seine eigene Erfahrung gewesen sein mochte, daß er mehrmals dieses Thema behandelte, dessen Ergebnisse seine männlichen Figuren einige Jahre später als unausweichliches Scheitern ihres Lebens betrachten.

Am Schluß von *Frühlingsfluten* erscheint wieder das Ohnmachtsgefühl angesichts von Umständen, die nicht in den Griff zu bekommen waren: »Und dann das Leben in Paris, all die Erniedrigungen, all die abscheulichen Qualen eines Sklaven, der weder eifersüchtig sein noch sich beklagen darf und den man am Ende wegwirft wie ein abgetragenes Kleidungsstück.« Ein melancholisches Ende, wie es zu einem Mann paßt, der darüber jammert, in schmähliche Abhängigkeit geraten zu sein. Nach dem Fehltritt, nach der Reue schließt die Novelle moralistisch, wie auch einige andere Fabeln dieses Autors, der sich derart innerhalb der sogenannten guten Sitten der Zeit bewegte, daß er geradezu als Verteidiger der herrschenden Moral erschien. Aber unter dieser friedlichen, ehrbaren Oberfläche brodeln Ideen von Rebellion, Kritik und freiem Denken.

Nach einer Rußlandreise von Ende Winter bis Frühlingsanfang 1872 kehrte Turgenjew nach Paris zurück. Ein Gichtanfall, der ihn im Juni in Moskau quälte, hielt ihn länger als vorgesehen dort fest und zwang ihn, an Krücken zu gehen. Verdrießlich über die Hilfe, die er zum Aussteigen aus der

Droschke oder zum Treppensteigen benötigte, schrieb er an Flaubert: »Das Alter ist eine große fahle Wolke, die sich über die Zukunft, die Gegenwart und sogar über die Vergangenheit breitet, welche sie trübt, indem sie ihre Erinnerungen rissig macht.«[103]

Im November 1874 erwarb Turgenjew einen Besitz in Bougival in der Nähe von Paris, wo die Familie manchmal den Sommer verbracht hatte. Er kostete ihn 158 000 Francs und war ein letztes, prächtiges Geschenk für Pauline. Im Vertrag figurieren sie als Haupteigentümerin und Turgenjew als Nutznießer auf Lebenszeit. Das Besitztum Les Frênes bestand aus einem kleinen Palast aus dem 18. Jahrhundert inmitten eines großen Parks, wo sich Turgenjew ein Chalet bauen ließ, in dem er auch sterben sollte.

In diesen Jahren reduzierte er seine Arbeit stark. Er schrieb *Ein König Lear aus der Steppe*, *Poch, poch, poch*, die Kurzgeschichte *Pegasus* (über einen Jagdhund) und *Das Ende Tschertopchanows*, eine interessante Erzählung, die auf der psychologischen Analyse eines ruinierten kleinen Adligen aufbaut, bei dem das Zigeunermädchen wohnt, das ihn eines Tages verläßt. Monate später wird sein Pferd gestohlen, und er geht wochenlang von Markt zu Markt, bis er es wiederhat. Aber es kommen ihm Zweifel, ob es sich tatsächlich um sein Pferd handelt; sein Mißtrauen wächst, bis er sich des Tiers schämt und es in seiner Verzweiflung mit derselben Pistole erschießt, mit der er einen letzten Versuch unternommen hatte, die Zigeunerin am Weggehen zu hindern – wodurch er subtil die treulose Frau und das Pferd miteinander verschmelzen läßt.

Zusammen mit *Die lebende Reliquie* und *Es rattert!* bildete diese Erzählung den Abschluß der *Aufzeichnungen eines Jä-*

gers, obwohl Turgenjew 1875 als fünfundzwanzigste noch eine weitere mit dem Titel *Wald und Steppe* hinzufügte.

Die lebende Reliquie, geschrieben 1850, beruhte auf einer wahren Begebenheit, weshalb er die Erzählung damals noch nicht veröffentlichen mochte. Die Handlung ist einfach: Ein schönes junges Bauernmädchen ist nach einem Sturz gelähmt und lebt, mit der Zeit von allen vergessen, fast völlig verlassen in einem Schuppen. Geblieben sind ihr nur die Stimme zum Singen und das Erinnerungsvermögen. Als Turgenjew die Skizze schrieb, dachte er daran, sie George Sand zu widmen: »Ich hatte die Absicht gehabt, Ihnen diese kleine Erzählung zu widmen; aber Viardot, den ich um Rat gefragt habe, hat mir geraten zu warten, bis ich etwas weniger Unbedeutendes geschrieben habe, das des großen Namens weniger unwürdig ist, mit dem ich sie schmücken wollte.«[104] Er wollte sich bei der Schriftstellerin revanchieren, die ihm *Pierre Bounin* gewidmet hatte, ihm ständig ihre Bewunderung bewies und die auch er freundschaftlich bewunderte. Seit jungen Jahren hatte ihn ihr Stil begeistert, und das schrieb er auch seinem Freund Flaubert: »Das russische Publikum gehört zu denen, auf die Madame Sand den größten Einfluß gehabt hat – und das hätte gesagt werden müssen, bei Gott.«[105]

Die seltene Schönheit des Themas von *Die lebende Reliquie* zeigt, wie sehr Turgenjew Stilist war, ein Meister der Kunst, die rhythmischen Möglichkeiten eines Satzes entsprechend den Erfordernissen des behandelten Gegenstands auszuloten. Die formalen Werte, auf die er so achtgab, verrieten sein Bekenntnis zur naturalistischen Technik nicht. Er erhob nicht den Anspruch, ein raffiniertes Werk zu verfassen, aber die Sensibilität, mit der er das treffende Wort setzte, schuf eine überaus kunstvolle Prosa, derjenigen der besten russischen Autoren vergleichbar.

Er kannte die Stärken seiner Muttersprache gerade deshalb, weil er täglich andere Sprachen als Russisch sprach, und wenn er seine Gedanken als Schriftsteller ausdrücken wollte, gebrauchte er die Worte seiner Kindheit, die immer als wesentlicher Bestandteil ins Bewußtsein integriert bleiben. Als sich sein Leben dem Ende zuneigte und er schon die natürliche Abnahme seiner Ausdruckskraft spürte, widmete er ein *Gedicht in Prosa* der russischen Sprache. Da es eine leidenschaftliche Anrufung dieses wertvollen Mediums ist, das ihm seine schöpferische Arbeit ermöglichte, verdient es hier wiedergegeben zu werden:

»In den Tagen des Zweifels, des bedrückenden Nachdenkens über das Schicksal meiner Heimat bist du allein mein Rückhalt und meine Stütze, o große, kraftvolle, wahrhaftige und biegsame russische Sprache! Gäbe es nicht dich – wie sollte man nicht in Verzweiflung geraten beim Anblick all dessen, was daheim geschieht? Aber unmöglich zu glauben, daß eine solche Sprache nicht einem großen Volk gegeben ist!«[106]

Turgenjew benutzte das Material, das ihm sein eigenes Leben gab, und so wurde er zum Vertreter einer realistischen Strömung, die auch dem abendländischen Roman unserer Tage noch seine Gestalt gibt und die Literatur als Teilsichten der menschlichen Existenz durch die Imagination des Autors begreift. Für ihn müsse der Roman, so Turgenjew zu Maupassant, auf außergewöhnliche Verwicklungen oder Abenteuer verzichten und sich darauf konzentrieren, »Bruchstücke des Lebens« wiederzugeben.

Iwan Turgenjew stand mit vielen französischen Schriftstellern aus der zweiten Hälfte des 19. Jahrhunderts in Kontakt; in deren Werken findet man immer wieder Erinnerungen an den russischen Autor, stets mit einem Lob für sein Talent zum liebenswürdigen Causeur. Besonders eng fühlte er sich Gustave Flaubert verbunden, mit dem er eine herzliche Freundschaft pflegte. In der Anlage ihrer literarischen Werke waren sich die beiden Autoren sehr ähnlich. Der Russe war ein spontanerer Stilist als der Franzose, und obwohl er *Madame Bovary* für den besten Roman des Jahrhunderts hielt, lag ihm das anspruchsvolle Vorgehen seines Freundes fern, der bekanntlich stundenlang um ein Wort rang, bis ihm ein vollkommener Abschnitt gelungen war. Bei ihren Treffen spielte Turgenjew den Kritiker und hörte sich etwa die Lesung des Entwurfs zu *La Tentation de Saint-Antoine* an. Aber er half Flaubert nicht nur mit seiner Kritik, sondern machte ihn auch in Rußland bekannt, indem er *Hérodias* und *La Légende de Saint-Julien l'Hospitalier* ins Russische übersetzte. Sie schrieben sich sehr herzliche Briefe, die Turgenjew mit kurzen Nachrichten von seinen Freunden und aus seinem eigenen Leben schmückte, beispielsweise in dem vom 27. November 1878:

»Mein lieber Alter, als Antwort auf Ihr kleines Billet, dessen Traurigkeit mich betrübt hatte, wollte ich unangemeldet in Croisset einfallen – und wenn ich es nicht getan habe – so war es höhere Gewalt. Wir mußten einen alten Freund von vierzig Jahren (vierzig Jahre Freundschaft) beerdigen. Chanikow[107], der sich in Rambouillet sterben ließ, in dem trübseligsten Haus, das ich je gesehen habe. Es war sehr garstiges Wetter auf dem Père-Lachaise – unten Schlamm, von oben eine Art Hagel oder Schnee, ringsum ein häßlicher schmutziger Nebel. – Sie hatten unendliche

Mühe, den riesigen schweren Sarg in das offene Loch zu senken. – Ich habe ein paar Abschiedsworte am Rande dieses Lochs gesprochen, auf einem Haufen lehmiger und glitschiger Erde. Ich sprach barhaupt – und ich habe mir einen ziemlich starken Schnupfen geholt, der mich daran hindert, das Zimmer zu verlassen – und nach Croisset zu fahren. Doch es geht mir besser, und *ganz bestimmt* wird die nächste Woche nicht vergehen, ohne daß Sie mich in Ihrem *Haus in Croisset* gesehen haben. Ich sehe von hier aus das skeptische Lächeln auf Ihren Lippen; und ich muß gestehen, daß Sie recht haben zu lächeln, in Anbetracht meiner vielen Wortbrüche; – und dennoch – Sie werden sehen! Sie werden sehen!

Zola ist noch nicht nach Paris zurückgekehrt; ich habe Daudet nicht gesehen. – Goncourt kam gestern zu mir, um sich ein bißchen Lokalkolorit geben zu lassen – Südrußland, Namen von Zigeunern usw. Ich fand ihn bei guter Gesundheit – ein bißchen abgemagert – und noch immer dieselben leuchtenden dunklen – und gar nicht guten Augen. Er sprach mit großer Sympathie von Ihnen.

Ich bin vor kurzem 60 Jahre alt geworden, mein lieber Alter... Es ist der Anfang vom Ende des Lebens. Ein spanisches Sprichwort sagt, am schwierigsten zu häuten sei: der Schwanz; – gleichzeitig bringt er das geringste Vergnügen und Ergebnis. – Das Leben wird vollkommen persönlich – und ein Kampf gegen den Tod; und diese Übertreibung der Persönlichkeit bewirkt, daß es aufhört, interessant zu sein – selbst für die fragliche Person. Aber Sie selbst sind schon nicht so fröhlich – damit ich noch diese düstere Bemerkung hinzufüge; ich will nichts gesagt haben.

Wenn wir uns sehen, muß ich Ihnen *viele* Dinge über

meine beiden Reisen nach Rußland und England erzählen; also bringen Sie mich zum Plaudern.

Hier sind alle wohlauf und lassen Sie grüßen. Und ich umarme Sie. *Auf bald.* Sie werden am Tag vorher benachrichtigt.«

Schon 1863 hatten sie angefangen, sich mit Émile Zola, Alphonse Daudet und den Brüdern Goncourt im Café Magny zu treffen. Im *Journal* berichten letztere, wie Turgenjew zu der Gruppe stieß:

»Abendessen im Magny. Charles Edmond bringt uns Turgenjew mit, diesen Russen mit dem zartsinnigen Talent, den Autor der *Erinnerungen eines russischen Herrn*, von *Antéor*[108], des *Russischen Hamlet*[109]. Er ist ein charmanter Koloß, ein sanfter Riese mit weißen Haaren; er sieht aus wie ein altes, sanftes Genie aus einem Wald oder von einem Berg; er sieht aus wie ein Druide und ein guter alter Mönch in *Romeo und Julia*. Er ist schön, aber von welch ehrwürdiger Schönheit, außerordentlich schön. (...) In Turgenjews Augen ist Himmel. Zum freundlichen Blick kommen das Liebkosende und Singende des russischen Akzents, etwas von der Kantilene eines Kindes und eines Schwarzen. Bescheiden, gerührt von der Ovation der Tafelrunde, spricht er uns von der russischen Literatur, die sich mitten in realistischen Studien befindet, vom Theater bis zum Roman.«[110]

Diese Treffen wurden 1874 auf Flauberts Initiative wiederaufgenommen und fanden schließlich allmonatlich im Magny oder im Riche statt: »Wenn die Suppe aufgetragen wurde, sprach man über Literatur, und beim Nachtisch über die Liebe.« Manchmal gesellte sich auch George Sand zu ihnen. Aber diese Treffen pflegten jetzt traurig zu sein, alle wurden älter und spürten die Jahre rasch verfliegen: »›Um mich herum‹, sagte Turgenjew anläßlich eines Abendessens bei Flaubert, ›gibt es immer einen Geruch nach Tod, nach nichts, nach Auflösung. Ich glaube, die Erklärung dafür finde ich in einem Faktum, im Unvermögen – aus einer ganzen Menge Gründen, wegen meiner weißen Haare usw. –, im absoluten Unvermögen, jetzt, zu lieben. Ich bin dazu nicht mehr fähig. Nun, Sie verstehen, das ist der Tod.‹«[111]

Verschiedene Zeugnisse aus dieser Zeit bestätigen, daß Turgenjew damals nicht glücklich war, wie es einer auch nicht sein kann, der im reifen Alter und durch dauernde Selbstbeobachtung zum Verständnis seines eigenen Lebens gelangt und insbesondere die subtilen, überraschenden Zusammenhänge zwischen scheinbar vollkommen disparaten Ereignissen der Vergangenheit entdeckt, was immer Leiden mit sich bringt. Turgenjews Unsicherheit machte ihn sehr empfindlich; er schrieb polemische Briefe an Zeitungen und Kritiker, legte sich mit ihnen an, und all das verstärkte seine Melancholie noch. Es ist leicht zu verstehen, daß es sich dabei um eine verhüllte Form des Hangs zum Tod handelte, wie er schließlich selbst ahnte und für jemanden, der in psychologischen Themen nicht beschlagen war, mit bewundernswerter Präzision ausdrückte, wobei er fast Theorien späterer Jahre vorwegnahm. Einmal sagt er in einem Brief an den mit ihm befreundeten Schriftsteller Pisemski: »Meine Beobachtungen der letzten Jahre haben mich zur Überzeugung gebracht, daß Übellaunigkeit, Melancholie, Hypochondrie nur Formen der Angst vor dem Tod sind.«[112]

Wir haben schon auf die überraschende psychologische Intuition dieses Schriftstellers hingewiesen, zweifellos das Ergebnis dauernder Selbstanalyse. Eines seiner *Gedichte in Prosa*, ›Wenn ich allein bin… (Der Doppelgänger)‹, spricht von einer Botschaft des Unbewußten: »Wenn ich allein bin, lange ganz allein bin, habe ich plötzlich das Gefühl, es ist jemand bei mir im Zimmer, sitzt neben mir oder steht hinter meinem Rücken. Wende ich mich aber um oder richte unversehens den Blick dorthin, wo ich den anderen vermute, dann ist natürlich niemand zu sehen. (...) Wer oder was ist er? (...) Er ist ebenso stumm wie unbeweglich. Und dennoch spricht er zu mir, spricht von etwas, das unklar, unverständlich – und mir wohlbekannt ist. Er kennt alle meine Geheimnisse. Ich fürchte mich nicht vor ihm. Aber er stört mich irgendwie, und ich sehe diesen Zeugen meines Innenlebens nicht gerne neben mir. (...) Ist es vielleicht mein Doppelgänger, mein anderes, früheres Ich? Und in der Tat: Klafft zwischen meinem Ich von damals und mir, wie ich heute bin, nicht ein tiefer Abgrund? (...) Aber warte nur! Wenn ich erst tot bin, dann fließen wir – mein einstiges und mein heutiges *Ich* – ineinander und enteilen ins Reich der unwiederbringlich entschwundenen Schatten«[113], so daß, könnte man hinzufügen, beide Pole der menschlichen Psyche integriert sind.

Das Alter trat in Begleitung von Krankheiten und Enttäuschungen auf, und niemand wird das besser ausdrücken können als der Protagonist von *Frühlingsfluten* in den beiden ersten Abschnitten der Novelle:

»In der zweiten Nachtstunde suchte er wieder sein Kabinett auf. Den Diener, der die Kerzen angezündet hatte, schickte er hinaus; dann ließ er sich in den Sessel vor dem Kamin fallen und vergrub das Gesicht in den Händen.

Nie zuvor hatte er eine derartige Müdigkeit verspürt, körperlich wie seelisch. Den ganzen Abend hatte er in Gesellschaft sympathischer Damen und gebildeter Herren verbracht – einige der Frauen waren schön, und fast alle Männer zeichneten sich durch Geist und Talente aus –, er hatte sich recht erfolgreich, ja glänzend unterhalten; und dennoch ergriff übermächtig wie nie zuvor jenes bereits von den alten Römern erwähnte ›taedium vitae‹, der ›Ekel vor dem Leben‹, von ihm Besitz und würgte ihn. Wäre er ein wenig jünger gewesen, er hätte vor Schwermut, Überdruß und Gereiztheit geweint. Bitterkeit, so ätzend scharf wie die des Wermuts, erfüllte sein ganzes Gemüt. Etwas abstoßend Aufdringliches, widerwärtig Quälendes umgab ihn von allen Seiten, wie eine dunkle Herbstnacht, und er wußte nicht, wie er sich von dieser Bitterkeit und dieser Dunkelheit befreien sollte. Auf den Schlaf setzte er keinerlei Hoffnung, war ihm doch klar, daß er keinen Schlummer finden würde.«[114]

Auch mit sechzig Jahren noch war der große Schriftsteller ein in der konkreten Welt der Erwachsenen verlorener Jüngling. Manches im literarischen Leben von Paris verstand er nicht, es überraschte ihn. Er staunte darüber, wie sich die Schriftsteller gegenseitig angriffen, wie ungezwungen sich die Frauen ausdrückten, wie wenig sie sich um die Moral kümmerten. Zu seiner Sensibilität, die so offensichtlich gewesen sein mußte, haben wir das wertvolle Zeugnis des Nachrufs, den Guy de Maupassant zwei Tage nach seinem Tod verfaßte: »Er war unwahrscheinlich naiv, dieser geniale Romancier, der die ganze Welt bereist, alle großen Männer seines Jahrhunderts kennengelernt und alles gelesen hatte, was ein Mensch zu lesen vermag, und der alle Sprachen Europas ebensogut sprach wie seine eigene. Er war überrascht, bestürzt über Dinge, die jedem Pariser Schuljungen einfach vorkämen. (...) Vielleicht ließen ihn seine außerordentliche Rechtschaffenheit und seine große, instinktive Güte im Kontakt mit den Härten, Lastern und Doppelzüngigkeiten der menschlichen Natur eine Art Verletzung empfinden, während er dagegen in seiner Intelligenz, allein an seinem Tisch sitzend und träumend, das Leben bis in die geheimen Formen der Schande verstehen und durchdringen konnte.«[115]

Auch der russische Autor Jakow Polonski stellte in einem Brief an den Slawisten Élie Halpérine-Kaminsky, der die Bände mit Turgenjews Korrespondenz herausgab, die Ambiguität von dessen Persönlichkeit fest: »Turgenjew war ein komplexer Charakter. Seine Psyche war die eines Mannes, die einer Frau und die eines Kindes.«

11. Salve, einsames Alter

Am 8. Juni 1880 versammelten sich in Moskau auf der Kreuzung des Strastnoj-Boulevards und der Twerskaja-Allee Hunderte von Menschen, um der Einweihung des Puschkin-Denkmals beizuwohnen. Anläßlich seines hundertsten Geburtstags wurde der Dichter landesweit geehrt, und sein Standbild steht noch immer am selben Ort. Zu den Festakten wurden viele Intellektuelle eingeladen, unter ihnen auch Turgenjew. Es gibt zahllose Zeugnisse von den Ereignissen dieses Tages; besonders interessant scheint das von Dostojewskis Tochter: »Alle Schriftsteller, alle russischen Gelehrten kamen zu dieser Apotheose. Turgenjew kam aus Paris und wurde von seinen Bewunderern sehr gefeiert. Bei der literarischen Soiree hatte er großen Erfolg und stellte Dostojewski in den Schatten. Mein Vater machte das am nächsten Tag bei der feierlichen Sitzung der Literarischen Gesellschaft wett, die in der Gesellschaft des Moskauer Adels stattfand. Sein Erfolg war so groß, daß das Puschkin-Fest zu einem Dostojewski-Triumph wurde. (...) Turgenjew, der meinen Vater bis dahin nur frostig gegrüßt hatte, war tiefbewegt, trat zu Dostojewski und drückte ihm warm die Hand.«[116] In Wirklichkeit verabschiedeten sich die beiden Schriftsteller mit dieser herzlichen Geste für immer – sieben Monate später starb Dostojewski.

Fast jedes Jahr ging Turgenjew im Frühling oder zu Sommeranfang nach Spasskoje, wo er sich mit Freunden traf und Jagdausflüge organisierte, aber die körperlichen Leiden nahmen zu und verdammten diesen ewig Reisenden immer häufiger zur Bewegungslosigkeit. Stets hatte er über Krankheiten gejammert, schon in einem Alter, wo sie noch nicht zu erscheinen pflegen; jetzt aber quälten ihn die Gichtanfälle und fesselten ihn zeitweise ans Bett. Bereits am 30. August 1877 hatte er an Flaubert geschrieben: »Ich bin bloß ein altes Gichtgeschirr. Das soll heißen, daß sie wieder heftig zugeschlagen hat, noch am selben Abend des Tages, an dem wir zusammen zu Mittag gegessen haben – und daß ich seitdem auf der Nase liege.«

In diesem Jahr hält er diese Verfassung auch in seinem *Tagebuch* fest (das leider nach seinem Tod verschwunden ist) und wiederholt dieselbe Beschreibung in einem Brief an Polonski: »Ich sitze wieder an meinem Tisch. Unten singt meine arme Freundin etwas mit ihrer ganz zerbrochenen Stimme, und in meiner Seele ist es dunkler als in einer dunklen Nacht. Man möchte sagen, das Grab hat es eilig, mich zu schlucken. Wie ein flüchtiger Augenblick verfliegt der Tag, leer, ziellos, farblos. Und wieder muß man sich aufs Bett werfen. Ich habe kein Recht und keine Lust mehr zu leben. Nichts mehr zu tun, nichts mehr zu erwarten; und nicht einmal mehr etwas zu wünschen.«[117]

Ebenfalls zu dieser Zeit schrieb er seinem Bruder: »Ich wohne meiner eigenen Beerdigung bei«; wer indessen einige Monate später starb, war Nikolai. Die beiden Brüder waren einander fremd geworden, aber trotzdem schmerzte Turgenjew sein Tod, und wieder schreibt er an Flaubert:

»Gestern erhielt ich die Nachricht vom Tode meines Bruders; das hat mir viel Kummer bereitet – rückblickend und persönlich! – Wir sahen uns nur selten – und es gab kaum etwas Gemeinsames zwischen uns… aber ein Bruder… das ist manchmal weniger, aber etwas anderes als ein Freund. Weniger stark und intimer. – Mein Bruder ist millionenreich gestorben – aber er hinterläßt sein ganzes Vermögen den Verwandten seiner Frau. – Mir hat er (nach dem, was er mir schrieb) testamentarisch 250 000 Francs vermacht (das ist ungefähr der 20. Teil seines Vermögens) – da aber die Personen, die in den letzten Jahren seines Lebens um ihn waren, ziemliche Gauner sind – wird es wahrscheinlich nötig, daß ich mich unverzüglich an Ort und Stelle begebe – sonst könnten sich die Legate meines Bruders sehr leicht in Rauch auflösen! So bin ich in 10 Tagen vielleicht auf dem Weg nach Moskau. In diesem Fall – wann werden wir uns wiedersehen? Denn es ist nicht mehr daran zu denken, daß ich nach Croisset komme. – Dabei habe ich die größte Lust, Sie zu sehen! Ist es wirklich so notwendig, daß Sie bis Ende Februar dort bleiben? – Welch trauriger Winter! Kein Maulwurf führt ein zurückgezogeneres Leben als ich. – Allein, ganz allein sein – und nichts tun – das gibt wirklich einen Geschmack – und Nachgeschmack – der eigenen Nutzlosigkeit. – Doch Geduld!«[118]

In diesen Monaten ist er tief enttäuscht über die kühle Aufnahme des Romans *Neuland*. Er schreibt weniger; aus der Zeit stammen die Erzählungen *Der Mann mit der grauen Brille*, *Alte Porträts*, die *Erinnerungen an Belinski* (aus den *Literatur- und Lebenserinnerungen*) und die merkwürdige Novelle *Das Lied der triumphierenden Liebe*, in der durch Magie eine verheiratete Frau verführt wird, und zwar im Italien der Renaissance, was diese letzte Bekundung seiner Liebesobsessionen noch ungewöhnlicher macht.

Der Tod seines Freundes Gustave Flaubert traf ihn außerordentlich und beschleunigte seinen Verfall. Bewegt schrieb er Madame Commanville, Flauberts Nichte: »Der Tod Ihres Onkels ist eines der größten Kümmernisse gewesen, die ich in meinem Leben empfunden habe, und ich kann mich nicht an den Gedanken gewöhnen, daß ich ihn nicht mehr sehen werde. Ich habe den Schlag auf die härteste Art empfangen, hier, vor einigen Tagen, als ich das Feuilleton einer Zeitung aufschlug.« Auf einer Reise nach Rußland übernahm er es, für ein Denkmal des *Madame Bovary*-Autors in Rouen Geld aufzutreiben, aber diese Initiative löste eine Reihe von Angriffen seitens der nationalistischen Gruppen aus, die ihn auch dafür kritisierten, daß er Kontakte zu jungen Revolutionären gepflegt hatte, als er nach St. Petersburg ging.

Trotz all der körperlichen und moralischen Widrigkeiten reiste er weiterhin erstaunlich oft. Sogar im Frühling 1881 fuhr er noch nach Rußland, ohne sich von der langen, unbequemen Reise abschrecken zu lassen; es sollte der letzte Besuch in seinem Land sein. Seit 1879 hatte er eine Entzündung im einen Schulterblatt, die man mit Kataplasmen und Einreibungen zu lindern suchte und die das erste Symptom der Krebserkrankung war, die zu seinem Tod führte. Ende 1882 beschreibt er seinen Gesundheitszustand folgendermaßen: »Ich habe seit bald sechs Monaten eine gichtische Angina pectoris, die mir ziemlich heftige Schmerzen bereitet, die mich am Gehen und daran hindert, mich länger als fünf Minuten auf den Beinen zu halten.«[119]

In diesen Jahren schrieb er seine berühmten *Gedichte in Prosa*. Manche Abschnitte seiner Erzählungen könnten ebenfalls als lyrische Prosa betrachtet werden, da sie innerhalb des Textes eine lyrische Autonomie besitzen; diese *Gedichte in Prosa* aber haben die Kürze und emotionale Sprengkraft echter Poesie, so wie seine ersten Gedichte. Sie entstanden zwischen 1877 und 1882, und eine Serie von fünfzig Texten erschien Ende 1882 im *Boten Europas* in St. Petersburg. Aber als der französische Slawist André Mazon 1929 die im Besitz von Pauline Viardots Enkeln befindlichen Dokumente des Schriftstellers studierte, fand er einunddreißig unveröffentlichte *Gedichte.* In seinem Prolog zu dieser Ausgabe bezeichnete er sie als »diejenigen, die Turgenjew am meisten schätzte, die intimsten, die er für sich behalten hatte«[120]. Und das waren sie tatsächlich. In einem Brief an die Schauspielerin Marja Gawrilowna Sawina spricht er am 29. September 1882 vom persönlichen Charakter einiger von ihnen und von seinem Wunsch, sie unveröffentlicht zu lassen:

»In der Dezembernummer des *Boten Europas* werden Sie etwa fünfzig dieser *Gedichte in Prosa* lesen können, von denen ich zwei, drei in Spasskoje vorgetragen habe. *Aber diejenigen, die ich Ihnen vorgelesen habe, werde ich nicht veröffentlichen.* Ich lasse sie ganz weg, weil sie zu persönlich sind. Sämtliche *persönlichen* Gedichte werden vollkommen ausgeschlossen. Im Moment ist das alles noch ein Geheimnis, also sagen Sie nichts darüber.[121]

Als er sie veröffentlichte, wollte Turgenjew ihnen den Haupttitel *Senilia* geben (der später zum Untertitel wurde), um ihren Gehalt als Frucht des Alters kenntlich zu machen; aber die sprachliche Vollkommenheit und die Schönheit der Bilder künden selbst in den Monaten beharrlichen Kampfs gegen die Krankheit vom großen Schriftsteller. Vielleicht besitzen sie gerade wegen ihrer außerordentlichen Empfindsamkeit eine schmerzliche Emotionalität, dumpfe Vorwürfe wegen des unausweichlichen Alters, kurze Erinnerungen an die Vergangenheit, an seine Jugend, angesichts der unaufhaltsam dem Tod entgegeneilenden Zeit flüchtig aufblitzende Gefühle, die ihn immer begleitet hatten. In einem Brief an Botkin vom April 1859 hatte er erzählt, wie er einmal während der Faschingszeit auf dem römischen Corso eine weibliche Stimme hatte *Addio, vita!* rufen hören. Nie hatte er diesen Ruf vergessen, und Jahre später läßt er diesen Eindruck im *Gedicht in Prosa* ›Ich erhob mich mitten in der Nacht…‹ wiederaufleben: »Ich erhob mich mitten in der Nacht vom Bett. Mir war, als hätte mich jemand beim Namen gerufen, draußen, hinter dem dunklen Fenster. Ich drückte das Gedicht an die Scheibe, hielt das Ohr daran, starrte hinaus – und wartete. Aber dort, vor dem Fenster, rauschten nur eintönig und undeutlich die Bäume. (…) Aber dann erhob sich plötzlich irgendwo in der Ferne ein klagender Laut, der allmählich anschwoll und näher kam, zu einer menschlichen Stimme wurde, dann nachließ und rasch ersterbend entschwand. Ade! Ade! Ade! glaubte ich ihn hauchen zu hören. Ach! Das war meine Vergangenheit, all mein Glück, alles, was ich geliebt, was ich gehegt und gepflegt hatte – es nahm unwiderruflich und für immer von mir Abschied!«[122]

Mehrere dieser *Gedichte in Prosa* sind offensichtlich Träume mit allen Charakteristika des entsprechenden Materials und der ganzen Fracht ihrer rätselhaften Information. Es ist unerläßlich, sie zu studieren, um in die komplexe Welt seines Unterbewußten Eingang zu finden: Angst- und Verfolgungsträume, Träume von unmittelbar bevorstehender Gefahr. Eine Gruppe von Leuten ist in einem Raum versammelt und sieht durch ein Fenster, wie draußen der Boden verschwunden ist und an seiner Stelle ein bedrohliches Meer heranwächst, das sie bald unter sich zudecken wird (›Das Ende der Welt. Ein Traum‹). In einem ähnlichen

Zimmer sieht eine andere Gruppe ein riesiges, libellenähnliches Insekt durchs Fenster hereinsurren, das dumpf umherschwirrt und bei allen Entsetzen auslöst. Einem jungen Mann, der die Gefahr nicht zu ahnen scheint, drückt es den Stachel zwischen die Augen und tötet ihn (›Das Insekt‹).

Andere *Gedichte in Prosa* sind eigentlich biographische Dokumente, voll von dem fatalistischen Bewußtsein, das sich in seinen Werken so oft findet. Turgenjew sah im Menschen nur eine weitere, vielleicht durch Zufall entstandene Erscheinung der unendlichen Natur. Seine Zukunft als Gattung in der Welt ist von kurzer Dauer – ein Moment Licht, Leben, Wärme, das ist alles, was er zu erwarten hat, und dann... Stille. Die Natur zeigt dem schwachen Wesen, das sich für die Krone der Schöpfung hält, aber nicht bedeutender ist als ein Insekt, die kalte Schulter. In dem *Gedicht* ›Die Natur‹ erzählt er, wie er ein riesiges unterirdisches Gewölbe betrat und dort auf eine hoheitsvolle weibliche Gestalt traf, die damit befaßt war, den Beinmuskeln des Flohs mehr Kraft zu geben, ohne dem Menschen weitere Bedeutung beizumessen, der dachte, er sei doch eigentlich der Gegenstand ihrer Bemühungen.

Nur so, wenn er allem Größenwahn abschwört, kann er sich schließlich mit den Tieren, den natürlichen Geschwistern des Menschen, identifizieren. Diese Identität finden wir in ›Der Hund‹ und in ›Eine Seefahrt‹, und zwar in der Gewißheit, daß sich der Mensch kaum von den anderen zoologischen Gattungen unterscheidet. Im ersteren dieser beiden *Gedichte* sieht er in den Augen des Hundes dieselbe Unruhe wie in seinen:

»Wir sind unserer zwei in der Stube: mein Hund und ich. Draußen heult ein schrecklicher, wilder Sturm.

Der Hund sitzt vor mir und blickt mir geradeaus in die Augen.

Und ich schaue ihm in die seinen.

Es ist, als wolle er mir etwas sagen. Doch er ist stumm, ihm fehlt die Gabe der Rede, und er versteht sich selber nicht. Ich aber verstehe ihn.

Ich verstehe, daß in diesem Augenblick in ihm wie in mir ein und dasselbe Gefühl lebendig ist und daß es keinerlei Unterschied zwischen uns gibt. Wir sind einander gleich; in jedem von uns glimmt und flimmert dasselbe flackernde Flämmchen.

Der Tod stürzt darauf zu und fährt mit seinem kalten breiten Flügel über das Flämmchen hin.

Und aus!

Wer findet hinterher noch heraus, was für ein Flämmchen in dem oder jenem von uns gebrannt hat?

Nein! Hier werden nicht Blicke zwischen Mensch und Tier gewechselt. Hier versenken sich zwei gleiche Augenpaare ineinander.

Und in jedem dieser Augenpaare – in dem des Tieres und in dem des Menschen – drängt ängstlich ein und dasselbe Leben zum anderen.«[123]

In ›Eine Seefahrt‹ fährt er in einem kleinen Dampfer durch den Ärmelkanal, und das Gepiepse eines auf Deck festgebundenen Affen lenkt seine Aufmerksamkeit auf sich. Er ergreift das Händchen, das ihm das Tier verängstigt hinstreckt. Inmitten des Nebels auf dem gefährlichen Meer leisten sich die beiden Gesellschaft, beschützen einander mit ihrer Berührung wie zwei verlassene Waisen – beide sind Kinder einer gleichgültigen Natur.

In ›Zwiegespräch‹ unterhalten sich zwei majestätische

Alpengipfel, Jungfrau und Finsteraarhorn. Alle tausend Jahre fragen sie sich nach dem Schicksal einiger unbedeutender Zweibeiner, die in den Tälern zu sehen sind, bis Eis und Schnee die Welt überziehen, die Menschen verschwinden und die beiden Berge ihren unendlichen Schlaf schlafen können.

Im allgemeinen wird in den *Gedichten in Prosa* die Endzeit spürbar, Turgenjews langsamer Zerfall – und wie die Krankheit die schon bekannten melancholischen Gedanken verstärkte, ohne daß die Ausdrucksmöglichkeiten abnahmen. In einigen von ihnen ist dieser Abglanz der letzten Lebensphasen leicht zu erahnen, etwa in denen, die sich um Altersliebe drehen (›Der Stein‹, ›Die Rose‹, ›Wessen Schuld?‹).

Durch die Uraufführung von *Ein Monat auf dem Lande* im Jahr 1879 wurden die Figuren der Komödie wieder aktuell. Sie sind von besonderem Interesse, wenn man zwischen ihrer Verhaltensweise und bestimmten Erlebnissen des Autors eine Parallele zieht. Auch wurde die Erwartung an dieses Stück aufgefrischt, dem die Zensur so hartnäckigen Widerstand entgegengesetzt hatte.

Wieder erscheinen auf der Bühne die müßiggängerischen Adligen, die auf dem Land die Sommerferien verbringen, Karten spielen oder plaudern und sich im Park ergehen. Unter ihnen befinden sich Natalja, die verheiratete Herrin, jung und kokett, und Rakitin, der ergebene Freund, der bei dem Ehepaar wohnt und ohne große Hoffnungen in Natalja verliebt ist, mit einer ausgeglichenen, aber absolut hingebungsvollen Leidenschaft. Es ist eine resignierte, platonische Liebe. In einem vertraulichen Gespräch sagt er Worte zu ihr, die man schon in Turgenjews Briefen gelesen zu haben glaubt: »Ich bin in Ihrer Gewalt. Machen Sie mit mir, was Sie wollen«, auch wenn er zu sich selbst sagt: »Ich gebe zu, meine Lage ist ziemlich komisch, beinah verachtungswürdig.« Natalja glaubt für Rakitin eine Freundschaft »so rein, so aufrichtig« zu spüren, aber es ist eher Gewohnheit oder Zerstreuung; sie anerkennt, daß er sehr gutherzig ist, eine Einschätzung ohne große Auswirkung, denn sie gibt ihm zu verstehen, daß ihre Neigung zu ihm sie nicht erregt; sie »erwärmt mich, aber Sie haben mich noch nie zum Weinen gebracht«. Dagegen putzt sie ihn gern herunter (Rakitin sagt: »Sie spielen Katz und Maus mit mir«) und läßt ihre Wut an ihm aus (»manchmal macht es Spaß, jemand, den man liebt, ein bißchen zu quälen«).

Rakitin stellt fest, daß sie dauernd gereizt ist, und vermutet als Grund dafür, sie habe ihn satt und halte ihn für langweilig. Natalja verliebt sich in den jungen Hauslehrer ihres Sohns und wetteifert mit Werotschka, dem im Haus lebenden Waisenmädchen, um ihn. Rakitin versteht die Gefühle seiner Freundin und ist entschlossen zu gehen, aber der Ehemann überrascht die beiden in einer Szene und merkt ebenfalls, welche Beziehung sie verbindet. Er und Rakitin sind alte Freunde und sprechen sich aus, ohne daß die geringste Eifersucht und Rivalität zu spüren ist, nur herzliches Verständnis (»wahrhaftig, mir scheint, so ein Gespräch zwischen zwei Freunden hat es noch nie gegeben, seitdem die Welt besteht«, sagt der Ehemann), und dieses Verständnis soll das Glück von allen retten. Aber Nataljas starrsinniges, egoistisches Verhalten hat die Bande beschädigt, die diese Personen noch immer zusammenhielten, und sowohl Rakitin wie der Lehrer beschließen zu gehen; die Waise heiratet, um von der Pflegemutter wegzukommen, die alle enttäuscht hat, einen Freier, den sie nicht liebt.

Der dokumentarische Wert dieses Spiels um die Gefühle liegt in Natalja und Rakitin, sowohl in ihren Dialogen wie in ihren Charakterzügen. Marja Gawrilowna Sawina erinnert sich an die erfolgreiche Uraufführung der Komödie, die sie als Schauspielerin berühmt machte, und erzählt: »Später wurde mir klar, warum Turgenjew der Werotschka wenig Beachtung schenkte und Natalja Petrowna als wichtigste Figur des Stücks betrachtete. So eine Natalja Petrowna gab es zu dieser Zeit im wirklichen Leben. Ich habe ihren Namen vergessen, aber als ich in Spasskoje war, zeigte mir Turgenjew sogar ihr Bild. Und er fügte hinzu: ›Rakitin, das bin ich selbst. Ich bin immer der erfolglose Liebhaber in meinen Romanen.‹«[124]

Iwan Turgenjew hatte viele Frauen kennengelernt, aber wessen Bild konnte er in Spasskoje haben, wenn nicht das der Protagonistin seiner langen Liebesgeschichte? Vermutlich wußte Marja ganz genau, wen Natalja verkörperte, aber mit diskretem Vergessen zeigte diese intelligente, sensible Schauspielerin ihren großen Respekt vor dem Privatleben des Schriftstellers.

Von ihrem Aufenthalt in Spasskoje blieben ihr weitere Worte Turgenjews, die bestätigen, daß mit ihnen unausgesprochen eine dritte Person anwesend war. Er las der Schauspielerin mehrere *Gedichte in Prosa* vor, darunter »diese Geschichte von der großen, überwältigenden Liebe zu einer Frau, der ein ganzes Leben gewidmet war und die nicht einmal eine kleine Blume ans Grab des Schriftstellers bringen oder dort eine Träne vergießen würde. Als ich ihn fragte, warum sie nicht veröffentlicht werden sollte, antwortete er: ›Es könnte sie verletzen.‹«[125] Marja sagt nichts weiter zu diesen Worten, aber selbstverständlich wußten beide, von wem die Rede war. Das erwähnte *Gedicht* ist zweifellos ›Wenn es mich nicht mehr geben wird...‹, aber da in der uns bekannten, von André Mazon gefundenen Version deutlich gesagt wird, daß er es ist, der seine Freundin bittet, nicht an sein Grab zu kommen und nicht zu weinen, gibt es offensichtlich einen Widerspruch zu dem, was Sawina zu verstehen meinte, es sei denn, der in Spasskoje gelesene Text wurde nachträglich abgeändert. Der uns bekannte beginnt so:

»Wenn es mich nicht mehr geben wird, wenn alles, was ich war, zu Staub zerfällt, dann pilgere nicht zu meinem Grab, o du, mein einziger Freund[126], o du, die ich so tief und zärtlich geliebt habe und die mich sicherlich überleben wird... Du hast dort nichts zu suchen.«

Wenden wir uns wieder der Komödie *Ein Monat auf dem Lande* zu. Im ersten Akt gibt es eine Nebenepisode – solcher Versuchung erlag Turgenjew mehrere Male –, die mit der Handlung nichts zu tun hat und weder theatralisch motiviert ist noch mit der psychologischen Konstellation in irgendeinem Zusammenhang steht. Es handelt sich um ein Gespräch zwischen dem Hauslehrer und Natalja. Sie erzählt ihm von ihrer Kindheit, was zwischen einer adligen Dame aus der Mitte des 19. Jahrhunderts und einem armen, besoldeten jungen Hauslehrer unfaßbar war. Selbst wenn man als mildernden Umstand für dieses wenig realistische Verhalten ihr Interesse am Lehrer ins Feld führt, ist die Szene wegen ihrer Inkohärenz mit dem Stück falsch. Sie erzählt ihm, ihr Vater sei ein reizbarer, strenger Mann gewesen, den alle im Haus gefürchtet hätten; ebenso wie ihr Bruder habe auch sie sich bekreuzigt, »wenn man uns zu ihm rief«. Als er älter geworden sei, habe ihr Bruder mit dem Vater gebrochen:

»Ich werde diesen schrecklichen Tag niemals vergessen«, ruft Natalja, »selbst die zärtlichsten Freundlichkeiten vermochten die Eindrücke meiner frühesten Jugend nicht auszulöschen. Ich fürchtete mich vor ihm, dem blinden alten Mann, und fühlte mich in seiner Gegenwart nie frei. Spuren dieser Verschüchterung, dieses andauernden Drukkes sind vielleicht bis auf den heutigen Tag vorhanden. Ich weiß, ich erscheine auf den ersten Blick – wie soll ich sagen? – kühl, meinetwegen. (...) Ich wollte eigentlich nur sagen, daß ich aus eigener Erfahrung weiß, wie gut es Kindern tut, in Freiheit aufzuwachsen.«

Diese Anspielung auf Kindheitsprobleme wirkt um so erzwungener, als die Erziehung von Nataljas Sohn im weiteren Verlauf der Handlung nicht mehr angesprochen wird. Auch ihre eigene Kindheit spielt in der Intrige von frustrierten Lieben, die in ihren Verständnislosigkeiten und Einsamkeiten an die Stücke Tschechows erinnern, keine Rolle mehr. Dieser schreckliche Vater erinnert an Manuel García mit seinem aufbrausenden Temperament, den Pauline vielleicht in einem vertraulichen Gespräch gegenüber Turgenjew in diesem Sinn erwähnte, oder es ist Warwara Lutowinowa, die sich dahinter versteckt. Und dieser Bruder Nataljas könnte ein anderer Bruder sein, der eines Tages der heftigen Szene des Bruchs mit der Mutter beiwohnte, bevor Turgenjew und sein Bruder das Haus in Spasskoje verließen...

Aber verständlicherweise sah Turgenjew in Natalja die anziehendste Figur der Komödie; in ihr hatte er ohne jeden Zweifel Beobachtungen eingeschmolzen, die ihm durch Leid und Enttäuschung verschafft worden waren.

Es würde sich empfehlen, die verschiedenen Fassungen

dieses Theaterstücks miteinander zu vergleichen, um herauszufinden, ob die Figuren von Natalja und Rakitin zunehmend bestimmte Züge ihres Verhaltens akzentuiert haben, die eine als frivole, distanzierte Frau, der andere als Unterworfener, der sich dessen bewußt ist. Im 5. Akt gibt es eine erschütternde Tirade, die unmöglich von einem Dreißigjährigen geschrieben scheint – und so alt war Turgenjew zur Zeit der ersten Version –, da sie wie das Ergebnis einer nicht gerade optimistisch stimmenden Erfahrung anmutet. Es spricht Rakitin zum jungen Hauslehrer Alexej Nikolajewitsch Beljajew:

»Geb Gott, daß diese angenehme Überzeugung Ihnen recht lange erhalten bleibt! Meiner Ansicht nach, Alexej Nikolajitsch, ist jede Liebe, die glückliche wie die unglückliche, eine Katastrophe, sobald man sich ihr restlos hingibt. Warten Sie ab! Sie werden vielleicht noch erfahren, wie diese zarten Hände zu foltern verstehen, mit welch freundlicher Sorgfalt sie Ihr Herz in kleinste Teilchen zerpflücken. Warten Sie ab! Sie werden erfahren, wieviel brennender Haß sich hinter der flammenden Liebe verbirgt! Sie werden an mich zurückdenken, wenn Sie sich – wie der Kranke nach der Gesundheit – nach Ruhe, nach der unsinnigsten, banalsten Ruhe sehnen und jeden sorglosen, freien Menschen beneiden... Warten Sie ab! Sie werden erfahren, was es bedeutet, sich an eine Schürze zu hängen, was es bedeutet, versklavt, ja, infiziert zu sein – und wie qualvoll und schmählich diese Sklaverei ist!«[127]

Anläßlich dieser Premiere begann die Freundschaft mit der Schauspielerin Marja Gawrilowna Sawina, die meisterlich die Werotschka gespielt hatte. Turgenjew war überrascht vom Nuancenreichtum, mit dem Marja diese Nebenrolle ausgestattet hatte. Er interessierte sich für sie und war nach wenigen Wochen in sie verliebt, »mit einer hoffnungslosen, schmerzlichen Liebe, einer Liebe, mit der man nur im Schnee und in der Kälte der vorgerückten Jahre lieben kann, da das Herz, noch ungebrochen vom Leben – nein, nein, nicht jung geblieben, aber doch unnötig und auf sinnlose Weise jugendlich ist«[128]. Die Freundschaft mit Marja war für den Schriftsteller äußerst anregend, wie sich in Briefen an die Schauspielerin zeigt, in denen er ihr Reisen und Aufenthalte im Ausland vorschlägt, und nachdrücklich lädt er sie nach Spasskoje ein. Er tat ihr seine Gefühle mit der naheliegenden Diskretion eines Einundsechzigjährigen kund, der sich an eine Fünfundzwanzigjährige wendet. Er hegte die Hoffnung, aus dieser Bekanntschaft könnte mehr werden, könnte ein gewisser Grad an Intimität entstehen, wie man einem Brief an sie vom Mai 1880 entnehmen kann:

»Ich bilde mir ein, an die Puschkin-Feier zu denken – und bemerke plötzlich, wie meine Lippen flüstern: ›Was für eine Nacht würden wir verbringen… Und was käme dann? Das weiß allein Gott!‹ Und gleich darauf wird mir bewußt, dies wird nie sein, und so werde ich mich in jene ›unbekannten Gefilde‹ begeben, ohne die Erinnerung an etwas mitzunehmen, das ich nie erfahren durfte. Bisweilen dünkt mich, wir werden uns nie wiedersehen: an Ihre Auslandsreise glaube ich nach wie vor nicht, ich wiederum komme im Winter nicht nach Petersburg – und Sie machen sich völlig umsonst Vorwürfe, wenn Sie mich ›Ihre Sünde‹ nennen! Leider, leider werde ich dies nie sein. Und sollten wir uns auch in zwei, drei Jahren einmal wiedersehen, dann bin ich schon ganz alt, Sie werden wahrscheinlich die endgültige Bestimmung Ihres Lebens gefunden haben – und von dem Früheren wird nichts mehr übrig sein. Für Sie ist das halb so schlimm... das ganze Leben liegt noch vor Ihnen – ich habe das meine hinter mir – und diese Stunde im Eisenbahnabteil, da ich mich beinahe als zwanzigjähriger Jüngling fühlte, war nur ein letztes Aufflackern des Lämpchens. Ich kann mir selbst nur schwer Rechenschaft darüber ablegen, welches Empfinden Sie mir eingeflößt haben. Bin ich verliebt in Sie? – Ich weiß es nicht; früher war dies bei mir anders. Dieses unwiderstehliche Streben nach Verschmelzung, nach Inbesitznahme – und eigener Hingabe, da selbst die Sinnlichkeit in zarter Flamme verlöscht... Wahrscheinlich rede ich Unsinn – allein ich wäre unsäglich glücklich, wenn... wenn... Jetzt jedoch, da ich weiß, daß dies nie sein wird, bin ich nicht gerade unglücklich, nicht einmal besonders melancholisch, aber es stimmt mich unendlich traurig, daß diese wundervolle Nacht für immer verloren sein soll, ohne mich mit ihrem Flügel auch nur gestreift zu haben... Es tut mir leid um meinetwillen – und, wage ich hinzuzufügen – auch um Ihretwillen, denn ich bin gewiß, auch Sie könnten das Glück nicht vergessen, das Sie mir schenken würden.«

Aber Sawina verhielt sich sehr diskret und widerstand den verhüllten Anträgen; sie konzentrierte sich ganz aufs Theater, in dem sie sich später durch ihr großes Talent auszeichnen sollte.

Den Mitgliedern der Familie Viardot blieb Turgenjews Verliebtheit nicht verborgen, und Claudie zog ihn mit der Schauspielerin auf. Er verteidigte sich und verkündet ihr in einem Brief aus Rußland, es sei alles vorbei. Er spricht von Marja, als habe sich die Liebe in Groll verwandelt, denn in jenen Wochen war er böse auf sie, da sie seine Briefe nicht beantwortete: »Ihr Fischmund, ihre vulgäre Nase und ihre

Pöbelstimme lassen mich ihre Augen vergessen, die schön und lebhaft, aber nicht gut sind«, und auf deutsch fügt er hinzu: »Sie ist vergessen und bald verschollen.«[129] Aber die von Marja Sawina erhaltenen Fotos strafen diese Beschreibung Lügen; sie war bildschön und hatte eine sympathische, ernste Physiognomie mit tatsächlich sehr ausdrucksvollen Augen. Turgenjew schätzte das alles sehr wohl, denn zwei Monate nachdem er ihr diese Attribute verpaßt hatte, lud er sie mit anderen Freunden nach Spasskoje ein, und sie verbrachte ein paar Tage dort, in denen er wie auf Wolken schwebte, wie es zu jemandem paßte, der seinen französischen Freunden gesagt hatte: »Mein Leben ist voll von Weiblichkeit. Es gibt weder ein Buch noch sonst etwas, was für mich den Platz der Frau hätte einnehmen können.« Aber schließlich sah er ein, daß das eine unrealistische Illusion war und die ganze Schwärmerei keine Zukunft hatte. 1882 begab sich Marja nach Paris in ärztliche Behandlung, und Turgenjew begleitete sie durch die Stadt; sie war von seiner Situation in der Familie Viardot unangenehm berührt. Kurz darauf heiratete sie zum zweiten Mal; Turgenjew nahm es resigniert hin, und sie schrieben sich weiter, bis ihn die Krankheit daran hinderte.

Eine ähnliche Beobachtung über eine gewisse Vernachlässigung, in der sich Turgenjew befand, machte wie Sawina auch der russische Schriftsteller Anatoli Koni, der sich über den Schmutz in den Räumen wunderte, die Turgenjew im Haus in der Rue de Douai bewohnte. Es fehlten ihm sogar Knöpfe am Mantel, aber derartige Mängel schien er nicht zu bemerken, wie er zu dieser Zeit auch den Niedergang von Paulines Stimme nicht wahrnahm oder nicht wahrnehmen wollte. An den musikalischen Soirees, wenn sie zu Ende gesungen hatte, applaudierten die Gäste höflich, aber Turgenjew war voll naiver Begeisterung.

So näherte sich das Ende eines überaus reichen und abwechslungsreichen Lebens, und ohne dem am Anfang dieser Kurzbiographie vermittelten Eindruck einer introvertierten, komplexen Persönlichkeit zu widersprechen, muß man doch feststellen, daß sein Weg der eines großen Schriftstellers war, da er sich pausenlos mit der schöpferischen Arbeit, der Lektüre, den literarischen Veränderungen, dem politischen Geschehen, dem Kontakt mit Menschen verschiedenster Schichten befaßte, denen er manchmal Freund und manchmal Feind war. Obwohl er gefangen war in dem großen intimen Problem, das sein Leben kennzeichnete, sehen wir, wie er sich jahrelang einem intensiven Beziehungsleben widmete, Wohltätigkeitsveranstaltungen, Konzerte, Gesellschaften der Oberschicht besuchte, sich mit Jugendfreunden traf. 1879 wurde er von der Oxforder Universität zum *Doctor honoris causa* ernannt. 1875 schuf er mit Büchern seines Eigentums eine Bibliothek, die während vieler Jahre in Paris ein Zentrum für russische Studien war. Als die Nazis 1940 Frankreich besetzten, entführten sie die Bestände nach Deutschland, wo sie verschwanden. Erst 1959 wurde die Bibliothek unter dem Namen ihres Gründers mit Neuerwerbungen wiedereröffnet.

Seit ganz jungen Jahren stand er mit zahlreichen Freunden und Literaten, sowohl russischen wie solchen anderer Nationalitäten, in Briefkontakt, die lange Korrespondenz mit Pauline Viardot nicht eingerechnet. Es sind im wesentlichen literarische Briefe, viele sehr lang, voller wertvoller Daten und Angaben über sein Privatleben und seine beruflichen Aktivitäten. Eine Vorstellung von ihrer Anzahl mag geben, daß in der Moskauer Gesamtausgabe von 1960-68 all seine Werke fünfzehn Bände beanspruchen – und die Briefe noch einmal dreizehn dazu. Man schätzt die bis in die letzten Jahre gefundenen Briefe auf rund siebentausend, aber es können noch weitere zum Vorschein kommen.

Turgenjew blieb bis Mitte Oktober 1882 in Bougival und zog dann nach Paris. In dieser Zeit schreibt er nur eine einzige Erzählung, *Ein Verzweifelter*, und die letzten *Gedichte in Prosa* der zweiten Serie. Die beiden letztdatierten, vom November dieses Jahres, sind ›U-äh... U-äh...‹ und ›*Meine* Bäume‹. Im ersten erzählt er, daß er in seiner Jugend die Absicht hatte, Selbstmord zu begehen, aber davon absah, als er einen Säugling schreien hörte, der ihn mit dem Bild des Menschen versöhnte, diesmal verkörpert in einem Hirtenpaar, dessen Frau das Kind im Arm hat, um es zu stillen. Im zweiten besucht Turgenjew einen kranken Freund, und die beiden spazieren durch eine Allee mit großen, uralten Bäumen, die der Alte »meine Bäume« nennt, als ob ihm sein kurzes Leben und seine schwache Gestalt irgendeine Macht über sie gäben und er sich mit den ungeheuren Kräften der Natur vergleichen könnte.

12. Ein Ende

Das nahe Ende ahnend, schrieb Turgenjew im August 1882 die Erzählung *Klara Militsch* (*Nach dem Tode*), um die Enttäuschung der Liebe bis in die Tiefe auszuleuchten. Erst mit dem Überschreiten der Grenze zum Tod kommen die Liebenden dazu, ihre Liebe zu vollziehen. So setzte er einen Schlußpunkt hinter das immer wieder behandelte Thema der Unentschiedenheit in der Liebe, schloß den in seiner Jugend geöffneten Kreis, als er zum ersten Mal den zaudernden Mann beschrieben hatte, der vor der Handlung, vor dem Sexus gelähmt ist, sei es durch übermäßiges Nachdenken, durch die repressive Politik oder die Schüchternheit.

Der Verleger riet Turgenjew, den Titel *Nach dem Tode* durch *Klara Militsch* zu ersetzen. Es ist die Geschichte einer Sühne, der verspäteten Reue eines Mannes, der die aufkeimende Liebe einer Frau enttäuscht und sich den Freuden und Risiken der Leidenschaft nicht spontan geöffnet hat. Die große Fantasie dieser Novelle ist eine Herausforderung an die scharfsinnigste Kritik, denn ihre Seiten scheinen etwas Unbekanntes zu bergen, was sich nicht vollkommen ergründen läßt, wie immer, wenn man die menschliche Seele zu thematisieren versucht.

Ein Vorfall, der sich Ende 1881 in Rußland ereignet hatte, ging Turgenjew sehr nahe: Eine schöne junge Opernsängerin und Schauspielerin, Jewlalja Pawlowna Kadmina, hatte sich während einer Aufführung vergiftet, so daß das Publikum die ersten Todessymptome mitbekam. Das Thema erschien ihm offenbar anregend, und er verschaffte sich einige Informationen und ein Foto der Schauspielerin, um aus diesem Material noch einmal den Typus der leidenschaftlichen Frau zu erschaffen. Mehr noch als in anderen seiner Texte sieht man hier, wie ihn die entschlossene Frau literarisch anzog, und indem er ein Jahr vor seinem Tod ein weiteres Mal auf sie zurückkommt, wird sie gleichsam zum Epilog einer alten Besessenheit.

Es scheint, als hätte Turgenjew durch das tragische Schicksal dieser Schauspielerin eine andere Frau heraufbeschwören wollen, deren Aussehen und Charakter er bewundert und die er in seiner Novelle so vorstellt: »Klara Militsch war ein Mädchen von etwa neunzehn Jahren, groß, ein wenig breitschultrig, doch gut gebaut. Ihr Gesicht war bräunlich, halb jüdischen, halb zigeunerhaften Typus, die Augen klein und schwarz; die Brauen dicht, fast zusammengewachsen, die Nase gerade, eine Kleinigkeit nach oben gebogen, fein die Lippen und schön, aber scharf geschnitten, ein dicker, schwarzer Zopf, dem man die Schwere ansah, niedrig, unbeweglich wie aus Stein die Stirn, die Ohren klein, das ganze Antlitz schwermütig, fast herb. Aus allem sprach ein leidenschaftliches, eigenwilliges, aber kaum gutmütiges, kaum sonderlich einsichtsvolles, dennoch talentvolles Wesen.«[130]

Klara zieht den Protagonisten der Novelle, den keuschen, zurückhaltenden jungen Aratow, an und schüchtert ihn ein, als er sie in einem Rezital kennenlernt, wo sie feurig, aber mit zuwenig Schule singt. Sie schaut ihn unverwandt an, so daß er sich unruhig und durch ihre fremdartige Physiognomie, die er instinktiv ablehnt, sogar irritiert fühlt: »Das lautere Bild, das dann in seiner Phantasie entstand, wurde von einem anderen Bild überdeckt, dem seiner verstorbenen Mutter, an die er sich kaum erinnern konnte, deren Porträt er aber wie ein Heiligtum bewahrte.« Für ihn sollte die erwartete Frau ein Gesicht wie seine Mutter haben. »Diese Dunkelhäutige indes mit den derben Haaren und dem Anflug von Schnurrbart auf der Lippe, sie war gewiß böse und mutwillig... eine ›Zigeunerin‹ (Aratow konnte keinen schlimmeren Ausdruck finden). Was war die ihm?« Mit ihr wäre die Liebe kein verschwommener Traum, sondern echte Leidenschaft, und davor fürchtet sich Aratow.

Am Ende seiner Tage läßt Turgenjew noch einmal den Typus einer ›Zigeunerin‹ auferstehen, die die Züge jener anderen kühnen, eigenwilligen jungen Frauen vereint, die er bewundert hatte. So wird Aratow zum Exponenten der unschlüssigen Spannungen des Schriftstellers: »Unterdessen fand Aratow nicht die Kraft, sich jene dunkelhäutige Zigeunerin aus dem Sinn zu schlagen, deren Rezitation und Gesang, ja selbst deren Aussehen ihm nicht gefielen. Er war ratlos und wütend auf sich selbst.«

In dem Moment, da der junge Mann Klara auftreten sieht (auch Turgenjew hatte sein weibliches Ideal in einer Sängerin gefunden, die auf der Bühne erschien), gerät er in ihren fast magischen Bann, ist von ihr besessen, ein Gefühl, das er ganz deutlich empfindet, sogar bevor er erfährt, daß Klara zu ihrer Schwester gesagt hatte: »So einen, wie *ich* will, finde ich nicht. (...) Wenn, dann nehme ich ihn mir.«

Nach Tagen bekommt Aratow einen anonymen Brief, in dem er um ein Treffen gebeten wird und der so beginnt: »Wenn Sie ahnen, wer Ihnen schreibt...« Er ahnt es und geht zum angegebenen Ort, aber durch seine Schüchternheit gehemmt, erwidert er die Initiative nicht, die die junge Frau ergriffen hat, sondern behandelt sie kühl und mit übertriebener Höflichkeit und gibt vor, nicht zu verstehen, warum sie zu ihm in Beziehung treten möchte. Trostlos sagt sie: »Hat Sie mein Schreiben verstimmt, haben Sie etwa gar nichts verstanden?« Mit einer verächtlichen Handbewegung und einem kränkenden Lachen eilt sie davon; und Aratow bleibt nervös und unzufrieden zurück. Er wird gewahr, daß ihn die Schauspielerin interessiert, obwohl er sie scheinbar zurückgestoßen hat. Es vergeht eine Weile, und eines Tages erfährt er durch die Zeitung von Klaras Tod (so liest auch Lawrezki in *Ein Adelsnest* die Meldung, daß seine Frau gestorben sei), von ihrem vielleicht durch eine »unbefriedigt gebliebene Liebe« motivierten Giftselbstmord auf der Bühne des Theaters von Kasan.

Nicht zum ersten Mal ließ Turgenjew eine Frau Selbstmord begehen. Nach dem emotionalen Schock versucht sich Aratow für die Folgen seiner Unentschlossenheit vor sich selbst zu rechtfertigen, genau wie die Protagonisten von *Rudin*, *Asja* oder *Frühlingsfluten*, aber hier kommen ein starkes Schuldgefühl und der Wunsch nach Vergebung hinzu, indem er sich eine völlige Hingabe an die Frau vornimmt, die er mit seiner Kälte erniedrigt hatte... »Da ist ein vielleicht ungewöhnliches Wesen so dicht an mir vorbeigegangen, und ich habe die Gelegenheit nicht genutzt, habe sie von mir gewiesen.«

In der folgenden Nacht hat Aratow einen unheilvollen Traum, denselben, der eines der *Gedichte in Prosa*, ›Begegnung. Ein Traum‹, bildet und der den Gedanken nahelegt, *Klara Militsch* sei zum großen Teil eine Traumschöpfung. Er wandert unter tiefhängendem Himmel über eine kahle, steinübersäte Steppe dahin. Plötzlich sieht er vor sich auf dem Pfad eine dünne Wolke, die zu einer Frau mit weißem

Kleid und einem langen Tuch über den Haaren wird. Er will sie unbedingt einholen, um ihr in die Augen zu schauen, und eilt hinter ihr her. Die Frau entfernt sich rasch, bis ihr ein großer, flacher Stein auf dem Pfad den Weg versperrt. Er läuft zu ihr hin. Sie dreht sich um, aber ihre Augen sind geschlossen – sie verweigert ihm den Blick, der nötig wäre, um zu kommunizieren und die Tür zur Liebe und Intimität des anderen aufzustoßen. Ihr Gesicht und die Arme sind so weiß wie die einer Toten oder einer Marmorstatue, und sie läßt sich auf der Grabplatte nieder, die ihnen den Weg versperrt. Aratow legt sich an ihre Seite, gleich einem in Stein gehauenen Grabbildnis, die Hände über der Brust gefaltet. Die Frau steht wieder auf, geht einige Schritte weiter und läßt ihn dort liegen, da er sich nicht regen kann. Sie wendet sich zu ihm um und sieht ihn mit lichten, lebendigen Augen an. Sie lacht, winkt ihm lockend zu. Auf ihrem Kopf leuchtet ein Kranz kleiner blutroter Rosen. »Ich aber blieb unbeweglich und stumm auf meiner Grabplatte liegen.«

Als es ringsum dunkel wird, kommt die Frau, die jetzt Klara ist, zu ihm zurück, und Aratow glaubt eine Stimme zu hören, die ihn zum Hingehen auffordert. Er interpretiert die Worte so, daß er nach Kasan gehen soll, Klaras Geburtsstadt, in der sie auch gestorben ist. Er fährt hin und spricht mit der Mutter und mit der Schwester, die ihm Details aus dem Leben der jungen Frau erzählt und ihm sogar ein Bild von ihr gibt. Da erfährt er, wie Klara wirklich war und daß sie einen tyrannischen Trunkenbold zum Vater hatte, der sie aus dem Haus trieb.

Zurück in Moskau, spürt er in seinem Zimmer die unerklärliche Anwesenheit Klaras, mit einer Intensität, die er einem beiden gemeinsamen Merkmal zuschreibt – der Jungfräulichkeit: »›Ja‹, sprach er laut, ›sie ist unberührt, und ich bin es auch. Das ist es, was ihr diese Macht verliehen hat!‹«

Ein zweiter Traum fügt der Erzählung eine neue Symbolik hinzu. Aratow befindet sich in einem reich ausgestatteten Gutshaus und ist dessen Besitzer. Er denkt: Jetzt ist alles gut, doch es wird ein Unglück geschehen! Die prächtigen Pferde fletschen häßlich die Zähne, und die Äpfel werden runzlig und fallen ab. »Es wird ein Unglück geschehen! denkt er.« Der Verwalter schlägt ihm eine Fahrt auf dem See vor; Aratow will nicht, setzt sich aber trotzdem ins Boot, auf dessen Boden zusammengekrümmt ein kleines Wesen liegt, einem Affen ähnlich, in der Pfote ein Glas mit dunkler Flüssigkeit. »›Bitte seien Sie unbesorgt!‹ ruft der Verwalter vom Ufer her. ›Damit hat es nichts auf sich! Das ist der Tod! Glückliche Reise!‹« Und der Kahn schießt dahin, und er sieht, wie Klara das Gift nimmt…

Er erwacht und spürt, daß Klara im Zimmer anwesend ist. Er bittet sie um Verzeihung: »Wenn du erkennst, wie bitter ich es bereue, daß ich dich nicht verstanden, dich von mir gestoßen habe, erscheine! Wenn das, was ich gehört habe, wirklich deine Stimme ist; wenn das Gefühl, das über mich Macht gewonnen hat, Liebe ist; wenn du jetzt sicher bist, daß ich dich liebe, ich, der ich bis heute nicht geliebt und keine einzige Frau gekannt habe; wenn du weißt, daß ich nach deinem Tod in leidenschaftlicher, unwiderstehlicher Liebe zu dir entbrannt bin; wenn du nicht willst, daß ich den Verstand verliere – erscheine, Klara!« Wollte man in diesem Bekenntnis von Liebe und Keuschheit den unerwarteten Wert der Unberührtheit, auf den Aratow anspielt, in bezug auf Turgenjews eigenes Erleben interpretieren, so wären die Schlußfolgerungen daraus ziemlich verwirrend. Aratow bittet Klara, sich zu ihm umzudrehen und ihn anzusehen, so wie auch Turgenjew, in einem anderen der *Gedichte in Prosa* mit dem Titel ›Die Alte‹, unbedingt die Pupillen einer Frau sehen wollte, die ihn zum Grab führte. Klara schaut ihn mit einem frohen, triumphierenden Lächeln an. Er begreift, daß sie ihm vergeben hat, und sagt zu ihr: »Du hast gesiegt! Nimm mich hin! Ich bin dein, und du bist mein!« Sie küssen sich und besiegeln so die Versöhnung zwischen dem zaudernden Mann und der leidenschaftlichen Frau. Einige Tage später stirbt Aratow, glücklich und befreit von seinem alten Vorbehalt gegenüber der Frau, die ihn, sowie er ihr seine Liebe schenkt, in den Tod zu ziehen scheint.

In dieser Novelle läßt sich problemlos die Verbindung zu unterbewußten Sedimenten herstellen, nicht nur aufgrund der beiden Träume des Protagonisten, sondern auch weil klar wird, daß sich in Aratows Bewußtsein die Liebe zu seiner Mutter und die zu Klara verhüllt überlagern. Als sich Klara ihres Geliebten schon geheimnisvoll bemächtigt hat, scheint er die Alternative der Mutterliebe tilgen zu wollen. Er betrachtet Klaras Bild im Stereoskop, aber das Gesicht erscheint ihm wenig präzis: »Direkt über dem Stereoskop hing an der Wand das Bild seiner Mutter. Aratow nahm es ab und betrachtete es lange, dann küßte er es und legte es behutsam in eine Schublade. Warum tat er das? Weil dieses Porträt nicht in der Nähe jener Frau sein sollte oder aus einem andern Grund? Aratow gab sich keine Rechenschaft darüber.« Indem er es von der Wand nimmt, wo es sich immer befunden hat, beseitigt er das Bild der Mutter, um es durch das einer anderen Frau zu ersetzen, und diese Entscheidung ist anscheinend so gravierend, daß er sie erst wenige Stunden vor seinem Tod trifft.

Es ist wohl inzwischen unmöglich, das Geheimnis zu ergründen, welches das bereits erwähnte pathetische *Gedicht in Prosa* ›Begegnung. Ein Traum‹ birgt, das Turgenjew nicht veröffentlichen wollte und das André Mazon als Einzeltext unter seinen unveröffentlichten Papieren fand. In beiden Versionen wird gesagt, daß die geheimnisvolle Frau, die ihn zum Grab hinzieht, ein unbekanntes Gesicht hat. Trotz ihrer Schönheit drängt es sich auf, sie als Symbol des Todes zu interpretieren, eine naheliegende Allegorie bei jemandem, der die Frau als verhängnisvolles Wesen sah und sich enttäuscht fühlte, wenn es darum ging, die Liebe sich ereignen zu lassen. Zwar gehört der Schlüssel zu einem Traum immer ausschließlich dem Träumenden, aber trotzdem wirkt dieser Traum wie eine Allegorie der unmöglichen Liebe, der Liebe, die erst im Jenseits erlangt werden kann. Und selbst dort verzichtet die Frau nicht darauf, aufreizend und abweisend zu sein, spöttisch die Unbeweglichkeit des Mannes zu belachen, selbst nur Stein zu sein. Die Rosen, die sie im letzten Moment krönen, bieten sich als Symbol von Erotik, Jugend, Frühling an, denn so begreift sie Turgenjew in einem anderen *Gedicht* – ›»Wie wunderschön, wie frisch waren die Rosen...«‹ –, als einen Gegensatz zur unendlichen Nacht des Kranken.

Die Anwesenheit eines Geistes, der entschlossen ist, nicht nur Rechenschaft zu fordern – das scheint ja die Mission der Erscheinungen zu sein –, sondern mit seiner Verfolgung die Sterblichen zu quälen, scheint als eine Angst von Turgenjew immer wieder durch, ganz deutlich in seinem *Gedicht in Prosa* ›Der Fluch‹: Er liest Byrons *Manfred*, und als er zu der Stelle kommt, wo der Geist der Frau die geheimnisvolle Beschwörung über den spricht, der sie ins Verderben gestürzt hat – vielleicht mit einer inzestuösen Beziehung –, erzählt der Autor, bei den schrecklichen Worten habe ihn ein leichter Schauder überlaufen. Sie sind eine beeindrukkende Drohung, insbesondere für einen Mann, der der Abhängigkeit und der Unterwerfung durch eine Frau aus dem Weg geht; sie verkündet ihm, daß sie sich nie von ihm trennen wird: »Wenn das Blatt noch regungslos / hängt in dunklem Waldes Schoß, / soll mein Geist ob deinem sein / mit des Zaubers Macht und Pein. (...) Eine Macht, dir unbekannt, / läßt dich nimmer von der Hand. (...) Bei der Kunst, durch die dein Herz / galt für menschlich allerwärts, / deiner Lust an andrer Pein, / deiner Brüderschaft mit Kain, / ruf ich dir beschwörend zu: / Sei dir selbst die Hölle du!« (1. Akt, 1. Szene).

Wahrscheinlich wurde Turgenjew von einer Obsession, wie sie in *Manfred* ausgedrückt wird, begleitet: »Schatten gibt's, die nicht verwehn, / und Gedanken, die nicht gehn« – der Geist der Mutter, dem das Leben zu verdanken ist und den man in der kindlichen Fantasie dennoch fürchtet. Mit sechzig Jahren erweckte er einen alten Alptraum zu neuem Leben, einen typischen Angsttraum von einer bedrohlichen alten Frau – eine eindeutige Verkörperung der ›bösen Mutter‹ –, die ihn unerbittlich verfolgt und in den Tod treibt. Es ist ein *Gedicht in Prosa*, das er in denselben Tagen schrieb wie ›Der Fluch‹ und ›Begegnung‹, im Februar 1878, und das den Titel trägt ›Die Alte‹. Seine Struktur gleicht der des anderen Traums, den er in *Klara Militsch* aufnahm. Es folgt hier der vollständige Text, da es sich um ein interessantes, bewegendes Dokument handelt:

»Ich ging allein über ein weites Feld.

Und plötzlich glaubte ich, leichte, vorsichtige Schritte

hinter mir zu vernehmen... Jemand folgte mir auf den Fersen.

Ich sah mich um und erblickte eine kleine, gebeugte, völlig in graue Lumpen gehüllte Alte. Nur das Gesicht trat aus ihnen hervor – ein gelbes, runzliges, spitznäsiges, zahnloses Gesicht.

Ich ging auf sie zu... Sie blieb stehen.

›Wer bist du? Was willst du? Bist du eine Bettlerin? Erwartest du ein Almosen von mir?‹

Die Alte gab keine Antwort. Ich neigte mich zu ihr vor und bemerkte, daß beide Augen von einem weißlichen, halb durchsichtigen Häutchen überzogen waren, wie das bei manchen Vögeln der Fall ist: Es schützt ihre Augen vor allzu grellem Licht.

Bei der Alten blieb dieses Häutchen aber unbeweglich und gab die Pupillen nicht frei, woraus ich schloß, sie sei blind.

›Willst du eine milde Gabe von mir?‹ wiederholte ich meine Frage. ›Warum folgst du mir?‹

Die Alte jedoch gab wiederum keine Antwort und sank nur ein wenig in sich zusammen.

Ich wandte mich von ihr ab und setzte meinen Weg fort.

Und abermals hörte ich diese leichten und gleichmäßigen, irgendwie schleichenden Schritte hinter mir.

Wieder diese Frau! ging es mir durch den Kopf. Warum verfolgt sie mich? Doch sogleich fügte ich in Gedanken hinzu: Wahrscheinlich ist sie in ihrer Blindheit vom Wege abgekommen und heftet sich nun nach dem Gehör an meine Fersen, um so zusammen mit mir eine menschliche Wohnstatt zu erreichen. Ja, ja, so ist es!

Aber nach und nach bemächtigte sich meiner Gedanken

eine seltsame Unruhe: Mir schien allmählich, die Alte gehe nicht nur hinter mir her, sondern sie lenke meine Schritte, dränge mich bald nach rechts, bald nach links, und ich fügte mich unwillkürlich ihrem Willen.

Ich gehe dennoch weiter. Doch da taucht vor mir, auf meinem Wege, etwas Dunkles auf und dehnt sich, weitet sich – etwas wie eine Grube. Das Grab! schießt es mir durch den Kopf. Das ist es, wo sie mich hindrängt!

Ich wende mich scharf zurück. Die Alte steht wieder vor mir, aber jetzt sieht sie! Sie blickt mich mit großen, bösen, unheildrohenden Augen – Raubvogelaugen – an. Ich rücke auf ihr Gesicht, auf ihre Augen zu… Und wieder das trübe Häutchen, derselbe Eindruck von Stumpfheit und Blicklosigkeit.

Ach, denke ich, diese Alte ist mein Schicksal! Das Schicksal, dem der Mensch nun einmal nicht entrinnen kann! – Nicht entrinnen kann!? Nicht entrinnen kann!? Was für ein Unsinn! Man muß es versuchen!

Und ich wende mich zur Seite und stürze in einer anderen Richtung davon.

Ich gehe rasch. Aber die leichten Schritte rascheln hinter mir her wie zuvor, nahe, ganz nahe. Und vor mir wieder die dunkle Grube.

Ich schlage aufs neue eine andere Richtung ein. Und wieder dasselbe Rascheln hinter mir und derselbe drohende Fleck vor mir.

Und wo ich mich auch hinwende, wie ein gehetzter Hase – es ist dasselbe, immer dasselbe!

Halt! denke ich. Jetzt weiß ich, wie ich dich überliste! Ich bleibe einfach, wo ich bin!

Ich lasse mich unverzüglich auf die Erde nieder. Die Alte

steht hinter mir, wenige Schritte von mir entfernt. Ich höre sie nicht, aber ich fühle, daß sie da ist.

Und plötzlich sehe ich: Der Fleck, der in der Ferne dunkelte, bewegt sich, kriecht auf mich zu!

Mein Gott! Ich schaue mich um... Die Alte blickt mich offen an, und ein spöttisches Lächeln verzieht ihren zahnlosen Mund.

Mir entrinnst du nicht!«[131]

Ganz anders als die junge Rosengekrönte und doch so ähnlich wie sie, hat diese böse Hexe eine verhängnisvolle, aufschlußreiche Besonderheit: Ihre Augen sind von einem Häutchen verdeckt, sie hat also keinen Blick. Und gleichzeitig ist sie stumm, beantwortet seine Fragen nicht, ihr Gesicht ist, entsprechend der affektiven Distanz, ausdruckslos. Damit fehlen ihr die beiden Möglichkeiten der Kommunikation.

Der beunruhigende Schatten einer ›bösen Mutter‹ begleitete den Mann, der so von ihr träumte, sein ganzes Leben lang, mit den üblichen Spannungen, die sich aus dem Bedürfnis nach Liebe, der Sehnsucht nach einer Vergangenheit ergaben, welche man noch einmal erleben möchte, damit sie befriedigender ausfallen könnte. Nie kam Turgenjew wirklich von seiner Neigung zum Pessimismus los, nicht einmal unter den günstigsten Umständen. Er hatte eindeutig depressive Züge; zwar war die Depression zu seiner Zeit noch nicht so präzis definiert wie hundert Jahre später, aber trotzdem gab es Leute, die darunter litten. Auch seine Prädisposition für Krankheiten war eine logische Folge des Liebesmangels, der ihn bei der Berührung mit den zahllosen äußeren Erregern über einen tiefliegenden Mechanismus anfällig machte. Mehr noch als andere Krankheiten fürchtete er die Cholera, denn oft gab es in Ländern, die er bereiste, Fälle von Cholera, und so konkretisierte er sie in einem sehr ausdrucksstarken Symbol: »Ich bin soweit, daß ich sogar die Cholera personifiziere« – schreibt er in einem Brief –: »Ich sehe sie als hinfällige, gelblichgrüne, stinkende alte Hexe.« Der Mangel an Aufmerksamkeit und Geborgenheit in der Kindheit macht den Menschen anfällig, der ihn so erlebt hat. Ohne großen emotionalen Schaden kann man nicht zur Gewißheit kommen, daß die Mutter, ganz abgesehen von den Mißhandlungen, keine wirkliche Liebe schenkt, mag sie anderseits eine noch so aktive Frau sein wie etwa Warwara Lutowinowa, der man Bildung und Geist zugestehen muß. Die Wunde solchen Wissens vernarbt nie, und der Protagonist von *Ein Adelsnest* hat allen Grund, als er in bezug auf einen Vorfall in seinen frühesten Jahren sagt: »Es beweist, daß man mich von Kindheit an verrenkt hat.« Wenn man Turgenjews Leben kennt, kann man ihn verwundet von Land zu Land ziehen und in Freundschaften, beruflichen Beziehungen, Frauenkörpern, Erfolgen oder Enttäuschungen suchen sehen, was er in der Kindheit nicht erhalten hatte und was er nur durch beharrliche schöpferische Anstrengung ersetzte.

Iwan Turgenjew versuchte das Fehlen dieser Liebe zu kompensieren, ein Anspruch, bei dem er scheitern mußte – nichts kommt der liebevollen Gegenwart der Eltern gleich, und Sympathie, Freundschaft und Liebe der Erwachsenen sind andere Gefühle, ebenso wichtig zwar, aber unter einem anderen Vorzeichen stehend und nicht ersetzbar durch erstere. Das mußte die Ursache seiner Bindung ans Ehepaar Viardot sein, an das Paar, mit dem er einen behaglichen Familienrahmen bilden konnte, selbst mit dem wahrscheinlichen (ödipalen) Ersatz der Vaterrolle und seiner Unterwerfung unter Paulines starkes Temperament – eine Erneuerung des Kindheitskonflikts.

Die zum Tode führende Krankheit – ein Markkrebs, wie die Autopsie ergab – setzte Mitte April 1882 ein und machte sich mit heftigen Schmerzen in Brust und Rücken bemerkbar; Turgenjew konnte nicht mehr gehen, ja nicht einmal fahren. Mit Phasen, in denen er sich etwas besser fühlte, verstrichen die Monate, und im Januar 1883 mußte ihm ein Neurom aus dem Bauch entfernt werden, was aber nicht die geringste Linderung brachte. Sein Zustand verschlechterte sich rapid, er litt schreckliche Schmerzen, und die Analgetika nützten nichts, sondern schwächten nur seinen Kopf – er redete irre und hatte Visionen. Er bat um ein Gift und nannte Pauline Lady Macbeth. Vom 22. Februar stammt der letzte, mit Bleistift geschriebene Brief an Marja Sawina, deren Freundschaft ihm in den vergangenen Jahren ein Trost gewesen war und einen Hauch verjüngender Liebe gebracht hatte:

»Liebe Marja Gawrilowna, obwohl ich ein Anrecht darauf habe anzunehmen, Sie würden mich nicht vergessen, weil ich ein schwacher alter Mann geworden bin (ich schreibe Ihnen vom Bett aus), habe ich mich offensichtlich geirrt. Gewiß, nach den Zeitungen zu schließen, hatten Sie in letzter Zeit so viel zu tun, daß Ihnen keine Zeit blieb, auch noch Briefe zu schreiben. Ich freue mich über Ihren Erfolg von ferne. Aber heute besteht der Hauptgrund meines Schreibens darin, mich zu erkundigen, ob Sie von Stasjulewitsch ein Exemplar der *Gedichte in Prosa* und der Novelle *Klara Militsch* bekommen haben. Ich habe ihn damit beauftragt.

Natürlich ist es sinnlos für mich, daran zu denken, nach Rußland zu reisen. Wenn das Schicksal will, daß wir uns treffen, dann kann es nur hier sein. Auf alle Fälle wünsche ich Ihnen von ganzem Herzen Glück und gute Gesundheit. In meiner Zuneigung ändert sich nichts – und ich werde genau dasselbe Gefühl für Sie behalten bis ans Ende. Ihr aufrichtig ergebener Iwan Turgenjew.«[132]

Im April beschloß die Familie Viardot, ihn in sein Chalet auf dem Grundstück von Bougival zu bringen, das er nicht mehr verlassen sollte. Im Mai jenes Jahres berichtete Daudet den Goncourts: »Charcot hat mir erzählt, das letzte Mal, als er ihn auf dem Land besucht habe, wohin er gebracht worden war, habe er ihm anvertraut, er werde ständig von syrischen Soldaten angegriffen... Und er habe ihm sogar einen Steinblock aus der Stadtmauer von Ninive an die Beine werfen wollen.«

Trotzdem hatte er lichte Momente, wie der ebenfalls mit Bleistift geschriebene Brief bezeugt, den er am 11. Juli an Leo Tolstoi schrieb und in dem sich die Angst eines Mannes spiegelt, der sein ganzes Leben dem Schreiben gewidmet hat und weiß, daß er damit bald für immer wird aufhören müssen, aber die Hoffnung hat, in einem anderen großen Schriftsteller weiterzuleben:

»Lieber und teurer Lew Nikolajewitsch!

Ich habe Ihnen lange nicht mehr geschrieben, denn ich lag und *liege*, um es geradeheraus zu sagen, auf dem Sterbebett. Genesung gibt es nicht für mich – und jeder Gedanke daran ist sinnlos. Eigentlich schreibe ich Ihnen nur, um Ihnen zu sagen, wie froh ich war, Ihr Zeitgenosse zu sein – und um eine letzte aufrichtige Bitte an Sie zu richten. Mein Freund, kehren Sie zur literarischen Arbeit zurück! Diese

Gabe ist Ihnen doch gerade von dort geschenkt, woher auch alles andere kommt. Ach, wie glücklich wäre ich, könnte ich glauben, daß meine Bitte auf Sie ihre Wirkung nicht verfehlen wird!! Ich aber bin ein erledigter Mensch – die Ärzte wissen nicht einmal, wie sie mein Leiden nennen sollen, névralgie stomacale goutteuse. Ich kann weder gehen noch essen, noch schlafen, aber was soll das! Es ist geradezu langweilig, das alles zu wiederholen! Mein Freund, großer Schriftsteller Rußlands, erhören Sie meine Bitte! Lassen Sie es mich wissen, wenn Sie dieses Blatt erhalten haben, und erlauben Sie mir noch einmal, Sie kräftig, kräftig zu umarmen – Sie, Ihre Frau und alle Ihre Angehörigen.

Ich kann nicht mehr, bin zu matt.«

In Augenblicken der Ruhe diktierte er Pauline auf französisch eine Beschreibung des Brandes, der sich fünfundvierzig Jahre zuvor auf dem Schiff ereignet hatte, das ihn zum Studium nach Deutschland brachte. Als sein Gedächtnis schon beinahe erlosch, kehrte es zu den Ursprüngen zurück, um das rätselhafte Gesetz zu erfüllen, daß man noch einmal die am weitesten zurückliegenden Erinnerungen erlebt, vielleicht um sich von allem zu leeren, was man dem Leben schuldig geblieben ist. Die Erzählung hieß *Ein Brand* und ist vom Juni datiert. Fünfzehn Tage vor dem Tod diktierte er ebenfalls seiner Freundin eine weitere, die letzte Erzählung, die vom Niedergang eines jungen Adligen handelt: *Ein Ende.*

Von ihrem Thema und der schlichten Schreibweise her erinnert sie an die *Aufzeichnungen eines Jägers*; sie ist die bewegende Lebensbeschreibung eines Mannes, der ein würdiger Nachfolger seines Geschlechts sein will, aber unter seiner Arroganz gibt es nur Dünkel und Unsicherheit. So wie er einen protzigen tscherkessischen Anzug trägt, um originell zu wirken, so gibt er mit seiner Verwegenheit Wehrlosigkeit vor, provoziert Skandale, aber im letzten Moment läßt seine Spannkraft nach, und er fristet ein schwieriges Dasein unter Bauern, die ihn nicht achten. Einmal bringt er ein junges Mädchen dazu, mit ihm zu fliehen, aber als der Vater kommt, um sie zurückzuholen, läßt er sie widerstandslos gehen, denn »nachdem er seine Wolfshaut abgeschüttelt hatte, kam die eines Kaninchens zum Vorschein«. Der erste Titel der Erzählung lautete *Ein Milan*, denn natürlich ist sein Ende nicht das eines Adlers, sondern das eines auf dem Land heimischen Vogels: Man findet ihn auf dem verschneiten Weg, den Kopf von einer Axt gespalten, in der Verlassenheit einer Winternacht... Der ganze naive Dünkel dessen, der Schneid und Energie vortäuschen wollte, vermag nicht die Schüchternheit zu verdecken, die Zärtlichkeit einflößt und das Schicksal aller Träumer zusammenfaßt.

Zuvor, Ende 1881, hatte Turgenjew noch eine ähnliche Erzählung wie diese geschrieben, in der sein großer psychologischer Scharfsinn vom Alter noch keineswegs gemindert scheint. Es ist die interessante Erinnerung an einen Verwandten von ihm, einen Adligen, den sein unbesonnenes Verhalten und dauerndes Sichwandeln unversehens an den Bettelstab bringt. Sein verantwortungsloser, ausschweifender Charakter erklärt den Titel, *Ein Verzweifelter*, und in seinem Sturz in den Ruin liegt etwas Tragisches und Trauriges. Wegen ihrer literarischen Schönheit könnte man die Erzählung ebenfalls als Fortsetzung der *Aufzeichnungen eines Jägers* betrachten oder in sie aufnehmen.

Mit dem natürlichen Verlauf der Krankheit oder infolge

des Morphiums erlosch sein Geist allmählich. Er erlitt Wutanfälle, in denen er sich aus dem Fenster zu stürzen oder sich an der Klingelschnur zu erhängen versuchte. Ein andermal warf er Pauline ein Tintenfaß an den Kopf, eine düster vielsagende Handlung. Zwei Tage vor dem Tod sprach er von Särgen, die das Zimmer füllten, und rezitierte russische Verse; leider weiß man nicht, was für welche es waren – heute wäre es ein wertvolles Indiz, das man mit dem vier Jahre vorher geschriebenen *Gedicht in Prosa* ›Was werde ich denken?‹ in Verbindung bringen könnte. Darin fragte er sich nach seinen Gedanken im Augenblick des Todes und nahm sich vor, sich zu »zwingen, mich mit irgendwelchen Nebensächlichkeiten zu beschäftigen, nur um die eigene Aufmerksamkeit von der Finsternis abzulenken, die sich schwarz und drohend vor mir abzeichnet«. Immer hatte er sich vor dem Sterben gefürchtet; einmal hatte er in Gesellschaft der Familie Tolstoi gescherzt: »Wer Angst hat vor dem Tod, soll die Hand heben« – und es selbst als erster getan.

In der letzten Phase von Turgenjews Krankheit soll die Familie Viardot eine gewisse Überwachung um ihm herum aufgebaut haben, die befreundeten Personen den Zugang zu seinem Zimmer erschwerte, so daß sie sich durch den Arzt, auf den sie beim Eingang des Guts warteten, über den Zustand des Kranken informieren mußten.

Denen, die in seinen letzten Tagen um ihn waren, sagte er, sie möchten ihn besuchen, damit er sich von ihnen verabschieden könne »wie die russischen Zaren«. Aber man weiß nicht genau, was in diesem Zimmer vor sich ging, bevor er ins Koma fiel, in dem er fast achtundvierzig Stunden lag, und am 3. September nachmittags um zwei Uhr starb. Es gibt kein absolut glaubwürdiges Zeugnis für seine letzten Worte, obwohl man normalerweise die zitiert, die er zu Paulines Angehörigen sagte und die man durch sie kennt.

Die Biographen erwähnen zwei anekdotische Koinzidenzen im Zusammenhang mit seinem Tod: Im nämlichen Sommer 1883 verdorrten die Tannen einer Allee, die er hatte anlegen lassen, und, noch merkwürdiger, an dem Tag, an dem er in Bougival starb, rissen in Spasskoje die Schnüre, an denen die Porträts seiner Ahnen hingen, so daß sie zu Boden fielen. Und das Gesinde sah darin ein böses Omen.

Seine Tochter Paulinette war nicht bei ihm. Sie lebte mit ihren beiden kleinen Kindern getrennt von ihrem Mann in der Schweiz und bekam nur Geldsendungen und kurze Mitteilungen über Turgenjews Gesundheitszustand. Vom 3. September ist eine erhalten, in dem ihr Claudie den unmittelbar bevorstehenden Tod ihres Vaters ankündigt.

Turgenjews Leiche wurde in die Kirche des heiligen Alexander Newski gebracht, die Pariser russische Kirche in der Rue de Daru, wo sie bis zu ihrer Überführung nach Rußland blieb. Am 2. Oktober versammelte sich in der Gare de l'Est eine Gruppe von Russen und befreundeten Schriftstellern, um ihm die letzte Ehre zu erweisen, bevor der Zug mit dem Sarg abfuhr. Ernest Renan sprach davon, wie in Turgenjew die Möglichkeiten eines riesigen, kaum bekannten Landes zutage getreten waren: »Es ist eine Ehre für diese große slawische Rasse, deren Erscheinen auf der Vorbühne der Welt das unerwartetste Phänomen unseres Jahrhunderts gewesen ist, daß sie sich zuvörderst durch einen so vollendeten Meister ausgedrückt hat. Nie zuvor sind die Geheimnisse eines dunklen, widersprüchlichen Bewußtseins mit so wunderbarer Scharfsinnigkeit offenbart worden.« Danach hielten der russische Maler Alexis Bogoljubow und der französische Schriftsteller Edmond About eine kurze Ansprache; letzterer betonte, daß Turgenjews Aufenthalt im Westen das Verständnis für Rußland und die Eigenarten seiner Kultur erleichtert habe. Nicht unter den Anwesenden befand sich Guy de Maupassant, doch dessen Bewunderung für seinen Freund wird in seinem Nachruf offenkundig, ebenso die große Zuneigung, wie sie Turgenjew so oft zu gewinnen wußte: »Er war einer der bemerkenswertesten Schriftsteller dieses Jahrhunderts und zugleich der ehrlichste, rechtschaffenste, aufrichtigste Mann in allem, der ergebenste, den man nur finden kann.«

Kaum hatte der Eisenbahnzug mit der Leiche die russische Grenze überfahren, strömten auf der Strecke nach St. Petersburg Tausende auf die Bahnhöfe, um ihm zu huldigen. Selbst kurze Gottesdienste wurden durchgeführt – trotz des behördlichen Mißtrauens und der Anordnungen, Respektskundgebungen für den liberalen Schriftsteller zu unterbinden.

Dem Begräbnis wohnten hundertsechsundsiebzig Delegationen aus dem ganzen Land bei, und es kamen sogar noch mehr Trauernde als zu Dostojewskis Beerdigung.

Junge Mädchen streuten vor dem Leichenwagen Blumen, und unter der ihn begleitenden Menge wurde die von P. T. Yakubowitsch, einem ›freien Nationalisten‹, verfaßte Proklamation verteilt: »Er empfand eine große Liebe für die revolutionäre Jugend und betrachtete sie als Opfer für eine heilige Sache.« Zuvor hatte die Polizei den Zeitungen eine Note zukommen lassen: »Es darf nichts über die polizeilichen Anordnungen bei I. S. Turgenjews Begräbnis veröffentlicht werden außer der Bekanntgabe derjenigen Punkte, die in offiziellen Bulletins publiziert werden.«[133]

Wie er es sich seit jungen Jahren gewünscht hatte, wurde er auf dem St. Petersburger Friedhof Wolkow beerdigt, auf dem ›Literatenweg‹, wo auch andere Schriftsteller ihre letzte Ruhestätte haben, in der Nähe von Belinskis Grab. Sein eigenes ist bescheiden: Ein Gitter säumt die Grabplatte, und neben ihr steht auf einer Säule seine Büste, das Werk einer befreundeten Bildhauerin.

Iwan Turgenjews Erben waren Pauline Viardot und Gaston Bruère, Paulinettes Mann, die sich auf dieses Recht beriefen, da die Tochter nicht anwesend war. So gingen sämtliche Papiere des russischen Schriftstellers in die Hände von Paulines Enkeln über, die sie jahrelang zurückhielten. Pauline änderte ihr Verhalten auch nach dem Tod ihres Freundes nicht; sie hütete eifersüchtig ihr Privatleben und äußerte den klaren Wunsch, die meisten Briefe aus dem Archiv des Schriftstellers zu verbrennen. Vermutlich erlitten die ihren an Turgenjew dasselbe Schicksal. Es gibt ein zweifelsfreies Zeugnis eines Kollegen von Turgenjew, Pawel Annenkow, den der Schriftsteller damit beauftragte, sich um seine Papiere zu kümmern, aber unter Beratung der Sängerin. Deren Sorgen und das unsichere Los der Archive großer Männer lassen sich aufgrund eines Absatzes aus einem Brief von Annenkow an seine Frau verstehen: »Sie hat mir alle Briefe und eine große Zahl anderer russischer Briefe gegeben. Diese ganze Güte erkläre ich mir damit, daß sie von der Pyromanie besessen ist, das heißt, von einer Leidenschaft anzuzünden. Von Turgenjew bleiben, wie sie sagt, noch haufenweise Briefe, und ich weiß nicht, was damit anfangen. Ich sehe sie mir an und denke, wie gut es wäre, sie zu verbrennen. Helfen Sie mir – und jetzt hat sie mir einen richtigen Haufen gegeben, Briefe von mir und von anderen. Diese muß ich nach Gattungen ablegen und ihr zur Vernichtung diejenigen zurückgeben, die zur Vernichtung verdammt worden sind.«[134]

Nach Turgenjews Tod verschwanden, ebenfalls von der Zeit aufgezehrt, die Personen, die ihn umgeben hatten, die Angehörigen seiner Adoptivfamilie. Paulinette lebte bis 1919, immer mit ihrer Tochter Jeanne, die eine gute musikalische Ausbildung erhielt und bis zu ihrem Tod im Jahr 1952 viele Dinge ihres Großvaters aufbewahrte. Paul Viardot García (gestorben 1941) wurde ein angesehener Geiger und veröffentlichte mehrere Arbeiten über Musik; aus irgendeinem Grund distanzierte er sich von seinen Schwestern. Deren älteste, Louise, lebte als Gesangslehrerin in Rußland und Deutschland und komponierte mehrere Werke; sie starb 1918 in Heidelberg. Ihr Vater, Louis Viardot, war einige Monate vor Turgenjew gestorben, am 5. Mai 1883.

Pauline, die Person, um die herum sich diese ganze Erzählung bewegt, lebte bis 1910 in Paris. Wie ihr Freund fürchtete auch sie sich vor dem bevorstehenden Ende, wie aus einem Brief an einen befreundeten spanischen Arzt hervorgeht: »Wenn man älter wird, vergeht die Zeit immer schneller und fesselt uns an ihren schwindelerregenden Lauf dem großen Unbekannten entgegen, rast-, ruhe-, erbarmungslos.«[135] Einmal besuchte sie der Komponist Peter Tschaikowsky, und nachdem er zwei Stunden bei ihr verbracht hatte, schrieb er in einem Brief: »Diese siebzigjährige Greisin ist voller Energie; sie strotzt vor Leben, interessiert sich für alles, weiß alles – sie ist äußerst nett.«

Die Erinnerung an den bewundernswerten Schriftsteller

ist mit den Jahren nicht verschwunden, ja die Wertschätzung seines Œuvres und das Interesse an seinem Leben haben noch zugenommen.

In seiner Geburtsstadt Orjol wurde seine gesamte Habe aus Spasskoje verwahrt, und 1908, zu seinem fünfundzwanzigsten Todestag, veranstaltete die St. Petersburger Akademie der Wissenschaften eine Ausstellung mit den wichtigsten Gegenständen und Möbeln. 1918 wurde in Orjol ein Museum seines Namens geschaffen, und als 1941 die Invasion der Naziarmee in diese Gegend vordrang, konnten alle Exponate gerettet werden. Sie wurden in die ferne Stadt Pensa gebracht, und dort wurden während des Krieges Ausstellungen organisiert, die in zwei Jahren fünfundvierzigtausend Personen besuchten, und auch die dem Schriftsteller gewidmeten Konferenzen und Soireen hatten großen Zulauf. Als nach dem Krieg das vollkommen dem Erdboden gleichgemachte Orjol wiederaufgebaut wurde, errichtete man auch das Museum am selben Ort wie zuvor. Es besteht aus sieben Sälen, die chronologisch Turgenjews Leben folgen, einer einschlägigen Bibliothek und der ikonographischen Sammlung.

Das Stammhaus in Spasskoje brannte 1905 nieder, aber der von Iwan Lutowinow angelegte Park blieb erhalten, wenn auch mit Schäden aus der deutschen Besetzung. 1976 wurde das Haus mit Hilfe von Fotos und zeitgenössischen Aquarellen originalgetreu rekonstruiert. Sämtliche Möbel aus der Zeit Turgenjews wurden dorthin gebracht, und auf diese Weise ist das Innere eines Adelshauses aus dem vergangenen Jahrhundert wiederhergestellt worden.

Das Chalet, das sich Turgenjew im dichtbelaubten Park des von ihm erworbenen Grundstücks Les Frênes in Bougival nahe Paris hatte errichten lassen, sowie auch das Palästchen wechselten später mehrmals den Besitzer und waren schließlich derart vernachlässigt und baufällig, daß der Slawist Alexandre Zviguilsky aufwendige Schritte unternehmen mußte, um die notwendigen Reparaturen am Chalet ausführen zu können. Am 3. September 1983, zum hundertsten Todestag des Schriftstellers, wurde es als Wohnhaus und Museum eingeweiht. Die Einrichtung des Schlafzimmers, in dem er starb, und seines Arbeitsraums wurde wiederhergestellt, und im unteren Stock installierte man die Schaukästen für die zahlreichen Schenkungen und Legate, die in Form von Dokumenten, Büchern, Zeichnungen usw. eintreffen.

Die Leitung dieses Museums liegt bei der *Association des Amis d'Ivan Tourguéniev, Pauline Viardot et Maria Malibran*, die 1977 zum Studium dieser drei Persönlichkeiten geschaffen wurde. Sie veranstaltet Konferenzen, Kongresse und Konzerte, bei denen Kompositionen aus der Zeit aufgeführt werden, etwa Pauline Viardots Romanzen, deren Worte in vielen Fällen von Turgenjew selbst oder von andern russischen Dichtern stammen. Die *Association* publiziert jährliche *Cahiers* mit Artikeln und monographischen Untersuchungen zu den drei Persönlichkeiten und zu allem, was mit ihnen in Beziehung steht.

Turgenjews Tod scheint an der Grenze einer literarischen Epoche zu liegen, denn zu jener Zeit erwachte bei den russischen Künstlern eine neue Sensibilität. Mit den neunziger Jahren des 19. Jahrhunderts setzte auf allen Gebieten der Kunst die symbolistische und die modernistische Strömung ein, die andere ästhetische Konzepte vertraten. Das alte Rußland endete mit Turgenjew, aber nach dem Untergang des Zarenreichs blieb sein Werk bestehen und erreichte noch immer Millionen neue Leser. Vielleicht weil sein größter Reiz darin besteht, daß die von ihm ersonnenen Charaktere und menschlichen Wechselfälle auch heute noch möglich und deshalb weiterhin von Interesse sind, so daß man sich mit seinen Figuren und Gefühlen identifizieren kann, ganz abgesehen von der Neugier für diese alte Zeit, die er so geschickt beschrieb. Das ist auch ein Verdienst anderer berühmter Romanciers und gehört zum wirklich schöpferischen Geist: das eigene Jahrhundert zu überleben, die dunklen Pfade des Denkens zu erleuchten, getreu von der Welt zu berichten, in der man gelebt hat.

Unter den postumen, unveröffentlichten Papieren seines Archivs fanden sich auch vier Blätter mit dem Beginn einer Erzählung, die er Pauline anscheinend in den letzten Tagen seines Lebens auf französisch diktierte. Es ist ein kurzer Text, aber in ihm wird Turgenjews Identifizierung mit dem russischen Land, mit der Umwelt deutlich, die ihn durch ihre Schönheit in Staunen versetzt. Ein auf einem Heuhaufen unter den Sternen liegender Jäger betrachtet und beschreibt ergriffen die Sommernacht in der Steppe. Auf einmal erscheint ihm ein Kobold, der auf einer Steppenmöwe daherreitet. Es ist ein merkwürdiges Figürchen, dessen Körper aus verschiedenen Pflanzenelementen besteht, aus dürren Zweigen, Steppengras, Moos, Wurzeln, Torf und Beeren; die Steigbügel sind aus Birkenrinde. Er grüßt den Jäger und erkundigt sich nach der Ausbeute seiner Jagd... und da endet die Erzählung auch schon[136]. Diese geheimnisvolle Figur, die Turgenjew heraufbeschwor, als das Bewußtsein bereits an sein Ende gelangte, war zweifellos der Geist der Natur, den er als Knabe im Park von Spasskoje entdeckt, der seine Sensibilität geweckt und ihm den Reichtum der Natur als Lebensraum verständlich gemacht hatte. Man könnte annehmen, daß dieser Kobold, wenn er in den letzten Stunden wieder zugegen war, die Wiederbegegnung des Schriftstellers mit der verklärten Wirklichkeit der Natur war.

Aus ihr nährte sich Iwan Turgenjews Schöpfergeist – und auch aus der geheimen Vielfalt der Gefühle, die er zutiefst kannte; das von ihm wiederaufgenommene volkstümliche Wort »Die fremde Seele ist ein finsterer Wald« könnte das Kennwort für sein außergewöhnliches literarisches Schaffen und seine komplexe, gequälte Innenwelt sein.

Anmerkungen

1 *Los Complementarios.* Vortrag in Segovia, 1922.
2 Übliche Bezeichnung für die Leibeigenen.
3 Weibliche Form von *barin*: Herr, Gutsbesitzer.
4 Aus *Tagebuch eines überflüssigen Menschen.*
5 de Goncourt, E. und J.: *Journal – Mémoires de la vie littéraire*, 3. Mai 1873.
6 Diese Erzählung wurde auch unter den Titeln *Gespenster* und *Visionen* übersetzt.
7 Yarmolinsky, A.: *Turgenev, The Man, His Art and His Age*, New York 1961, S. 19.
8 Dieser Diener, den Turgenjew sehr gern hatte, war ein uneheliches Kind des Vaters. Er nutzte seinen Aufenthalt in Berlin, um Medizin zu studieren, die er später in Spasskoje praktizierte. Er war einer von mehreren intelligenten, gebildeten Leibeigenen, an die sich Turgenjew immer erinnerte, wie auch jener Lobanow, der ihm als Kind Gedichte beibrachte. Obwohl es sich um seltene Fälle handelte, dienten sie doch dazu, daß sich der Schriftsteller stärker für die Leibeigenen interessierte.
9 Yarmolinsky, A.: *a.a.O.*, S. 73.
10 Dostoïewksy, A.: *Vie de Dostoïewksy par sa fille*, Paris 1926, S. 281.
11 Siehe zu diesem Thema die erschöpfende Arbeit von Alexandre Zviguilsky, ›Tourguénev et l'Espagne‹, *Revue de Litt. Comparée*, num. 1, 1959, S. 50-79.
12 Iswolski, H.: *La vie de Michel Bakounine*, Paris 1930, S. 33.
13 Brief an seinen Bruder vom 16. November 1845.
14 *Ivan Tourguénev. Nouvelle correspondance inédite.* Zusammengestellt und mit Anmerkungen und einer Einführung versehen von Alexandre Zviguilsky, Paris 1971, 1. Band, S. XVI.
15 Tolstoi, I.: *Reminiscences of Tolstoi*, London 1914, S. 169.
16 Yarmolinsky, A.: *a.a.O.*, S. 163.

17 Lloyd, J. A. T.: *Ivan Turgenev, A Biography*, London 1943, S. 199.
18 Iswolski, H.: *a.a.O.*, S. 79.
19 Rudin, Kap. 6. Aus dem Russischen von Herbert Wotte.
20 Aus Turgenjews Nachwort zu *Väter und Söhne.*
21 Haumant, É.: *Ivan Tourguéneff. La vie et l'...œuvre*, Paris 1906, S. 166.
22 Mereschkowski, D.: *Ewige Gefährten.*
23 Yarmolinski, A.: *a.a.O.*, S. 46.
24 Marix-Spire, T.: *Lettres inédites de G. Sand et de Pauline Viardot (1839-1849)*, Paris 1959.
25 Viardot, P.: *Souvenirs d'un artiste*, Paris 1910.
26 Siehe den interessante Details beinhaltenden Artikel von Patrick Waddington, ›Pauline Viardot as Turgenev's Censor‹, in *The Time Literary Supplement*, 1. Januar 1970.
27 *Ivan Tourguénev. Nouvelle correspondance inédite*, Band 1, S. 9.
28 *A.a.O.*, Band 1, S. 28. Dieser Absatz ist im Original deutsch, aber durchgestrichen.
29 Yarmolinksy, A.: *a.a.O.*, S. 103.
30 *Ivan Tourguénev. Nouvelle correspondance inédite*, Band 1, S. 60.
31 Yarmolinksy, A.: *a.a.O.*, S. 116.
32 *Ivan Tourguénev. Nouvelle correspondance inédite*, Band 1, S. 112.
33 Séménoff, E.: *La vie douloureuse d'Ivan Tourguéneff*, Paris 1933, S. 243.
34 *Ivan Tourguénev. Nouvelle correspondance inédite*, Band 1, S. 36.
35 *A.a.O.*, Band 2, S. 115-116.
36 *A.a.O.*, Band 1, S. 30 (Brief vom 23. Juli 1849).
37 Halpérine-Kaminsky, É.: *Lettres à Mme Viardot*, Paris 1907, S. 104 (Brief vom 12. Juli 1849).
38 Brief an Pauline Viardot, Mai 1850.
39 Aus dem Vorwort der *Literatur- und Lebenserinnerungen.*
40 Botkine, Vassili: *Lettres sur l'Espagne*, vom Russischen ins Französische übersetzt von Alexandre Zviguilsky, Paris 1969.
41 Aus den *Literatur- und Lebenserinnerungen.*

42 Brief vom 19. Juni 1849.

43 Im Turgenjew-Museum in Orjol ist dieses Buch noch zu sehen; es ist eine spanische, 1838 in Paris erschienene Ausgabe.

44 In einem Brief an Pauline schreibt Turgenjew am 6. Juli 1849 aus Courtavenel, daß er unter anderem *Doña Isabel de Solís, novela histórica* von Martínez de la Rosa gelesen hat. »Ich habe das gelesen, um mich in der spanischen Sprache zu üben. Aber ich bitte Ihre Landsleute um Verzeihung, wenn ihre ganze Gegenwartsliteratur von diesem Kaliber ist... Es ist kindisch. Die Zusammenfassungen von Berichten sind das einzige Interessante.«

45 *Ivan Tourguénev. Nouvelle correspondance inédite*, Band 1, S. 36.

46 Halpérine-Kaminsky, É.: *a.a.O., S. 132-133.*

47 *Ivan Tourguénev. Nouvelle correspondance inédite*, Band 1, S. 47.

48 *A.a.O.*, Band 1, S. 49.

49 *A.a.O.*, Band 1, S. 50.

50 *A.a.O.*, Band 1, S. 52.

51 *A.a.O.*, Band 1, S. 52-53.

52 *A.a.O.*, Band 1, S. 66.

53 Halpérine-Kaminsky, É.: *a.a.O.*, S. 145-147.

54 Leibeigener Bauer.

55 Arnaudo, J. B.: *Le Nihilisme*, Paris 1879.

56 Hütte.

57 Das russische Wort *sapiski* bedeutet ›Aufzeichnungen‹, und als *Aufzeichnungen eines Jägers* ist das Werk 1854 auch auf deutsch erschienen. Spätere Ausgaben tragen manchmal verallgemeinernde Titel wie *Skizzen aus dem Tagebuch eines Jägers* (1869) oder *Aus dem Tagebuch eines Jägers* (1913). Die hier zitierte Übersetzung stammt von Herbert Wotte, *Aufzeichnungen eines Jägers*, Aufbau-Verlag, Berlin 1994. Turgenjew selbst bezeichnete das Buch in Frankreich als *mémoires*, ›Erinnerungen‹.

58 ›Mémoires d'un chasseur russe‹, *Revue des Deux Mondes*, 1. Juli 1854.

59 *Gustave Flaubert-Ivan Tourguéniev, Correspondance*, Paris 1989. Deutsch *Gustave Flaubert-Iwan Turgenjew, Briefwechsel 1863-1880*, aus dem Französischen von Eva Moldenhauer, Berlin 1989. Brief vom 24. Januar 1879.

60 Halpérine-Kaminsky, É.: *Ivan Tourguéneff d'après sa correspondance avec ses amis français*, Paris 1901. Brief vom 1. Mai 1852.

61 Aus dem Russischen von Dieter Pommerenke.

62 Von russ. *metjel*, Schneesturm.

63 Diana war Turgenjews Jagdhund.

64 Halpérine-Kaminsky, É.: *Lettres à Mme Viardot*, Paris 1907, S. 160-163.

65 Aus *Drei Porträts*. Aus dem Russischen von Dieter Pommerenke.

66 Grandjard, H.: *Ivan Turguénev el les courants politiques de son temps*, Paris 1954, S. 220.

67 Viardot, P.: *a.a.O.*, S. 5.

68 Séménoff, E.: *La vie douloureuse d'Ivan Tourguéneff*, Paris 1933.

69 *A.a.O.*, S. 60.

70 Aus dem *Gedicht in Prosa* ›Ohne Nest‹.

71 Séménoff, E.: *a.a.O.*, S. 74.

72 Yarmolinsky, A.: *a.a.O.*, S. 237.

73 *Gustave Flaubert-Ivan Tourguéniev, Correspondance*. Brief vom 24. März 1863.

74 In früheren deutschen Übersetzungen lautete der Titel des Romans *Das adelige Nest*, *Nest der Landjunker* oder *Das Adelsnest*.

75 Roche, D.: *Théâtre d'Ivan Tourguénev*, Paris 1922, Einleitung.

76 Brand, E.: *Aglaja Orgeni – Das Leben einer großen Sängerin*, München 1932.

77 Héritte-Viardot, L.: *Une famille de grands musiciens*, Paris 1923.

78 Roche, D.: *a.a.O.*, Einleitung.

79 Es handelt sich um die Ode LXXXVI, die lautet: »Hassen und lieben muß ich. Warum ich das muß, wirst du fragen. Weiß ich's? Ich fühle, so ist's, trag es, gekreuzigt zu sein.«

80 Grandjard, H.: *Ivan Tourguénev, la comtesse Lambert et ›Nid de seigneurs‹*, Paris 1960, S. 10.
81 Halpérine-Kaminsky, É.: *a. a. O.*, S. 113-114.
82 Grandjard, H.: *a. a. O.*, S. 213.
83 Aus dem Russischen von Dieter Pommerenke.
84 In der neuen Übersetzung von Swetlana Geier *Verbrechen und Strafe.*
85 Vidal, A.: *Dostoievski*, Barcelona 1972, S. 176.
86 Yarmolinsky, A.: *A. a. O.*, S. 187.
87 Viardot, P.: *A. a. O.*, S. 17.
88 Halpérine-Kaminsky, É.: *A. a. O.*, S. 219.
89 *Dämonen*, Teil 2, Kapitel 1/1.
90 Brief an Flaubert vom 2. Dezember 1876.
91 Brief an Flaubert vom 24. Januar 1877.
92 Pardo Bazán, E. (Schriftstellerin, 1851-1921): *La revolución y la novela en Rusia*, Madrid 1887, S. 333.
93 Brief vom 9. April 1863.
94 Brief an Flaubert aus London vom 13. Juni 1871.
95 Yarmolinsky, A.: *a. a. O.*, S. 225.
96 de Goncourt, E. und J.: *a. a. O.*, 28. Januar 1878.
97 In einem anderen Brief wiederholt er diese Formel nebst anderen in seinen Briefschlüssen üblichen: »Ich küsse Ihre Händchen, Ihre Füßchen, ich küsse alles, was Sie mir zu küssen gestatten, und sogar, was Sie nicht gestatten.«
98 *Ivan Tourguénev. Nouvelle correspondance inédite*, Band 1, S. XLII.
99 *A. a. O.*, Band 1, S. 250.
100 *A. a. O.*, Band 1, S. 259.
101 *A. a. O.*, Band 1, S. 263.
102 ›Maupassant et Tourguénev‹, *Revue de Litt. Comparée*, num. 1, 1973, S. 131-138.
103 Brief vom 26. Juni 1872.
104 Halpérine-Kaminsky, É.: *Ivan Tourguéneff d'après sa correspondance avec ses amis français*, Paris 1901. Brief vom 15. April 1874.

105 *A.a.O.*, Brief vom 18. Juni 1876.
106 Aus dem Russischen von Georg Schwarz.
107 Nikolai Chanikow war ein russischer Forscher und Ethnograph, der seit Jahren in Paris gelebt hatte und ein guter Freund Turgenjews gewesen war.
108 Druckfehler für *Antchar*, den französischen Titel der Erzählung *Antschar*, die heute unter dem Namen *Stilles Leben* oder *Ein stiller Winkel* bekannt ist.
109 Wahrscheinlich meinen die Goncourts damit das *Tagebuch eines überflüssigen Menschen*, das in einer Übersetzung von Turgenjew und Louis Viardot zusammen mit *Rudin* und *Drei Begegnungen* 1862 bei Hetzel erschien.
110 de Goncourt, E. und J.: *a.a.O.*, 28. Februar 1863.
111 *A.a.O.*, 2. März 1872.
112 Yarmolinsky, A.: *a.a.O.*, S. 347.
113 Aus dem Russsischen von Georg Schwarz.
114 Aus dem Russischen von Dieter Pommerenke.
115 *Le Gaulois*, 5. September 1883.
116 Dostoïewksy, A.: *a.a.O.*, S. 325.
117 Grandjard, H.: *Ivan Turguénev el les courants politiques de son temps*, Paris 1954, S. 441.
118 *Gustave Flaubert-Ivan Tourguéniev, Correspondance*, Brief vom 21. Januar 1879.
119 Halpérine-Kaminsky, É.: *a.a.O.*, Brief vom 1. September 1882 an einen finnischen Freund.
120 Mazon, A.: *Nouveaux Poèmes en prose*, Paris 1930.
121 Gottlieb, N., und Chapman, R.: *Letters to an Actress. The Story of Ivan Turgenev and Marya Gavrilovna Savina*, Athens, Ohio, 1973, S. 114.
122 Aus dem Russischen von Georg Schwarz.
123 Aus dem Russischen von Georg Schwarz.
124 Gottlieb, N., und Chapman, R.: *a.a.O.*, S. 31.
125 *A.a.O.*, S. 70.

126 Im Original steht die männliche Form *drug*, ›Freund‹, die als allgemeiner Begriff auch für eine Frau gebraucht werden kann. Das nachfolgende Relativpronomen zu ›du‹ ist weiblich.

127 Aus dem Russischen von Georg Schwarz.

128 Aus dem *Gedicht in Prosa* ›Die Drossel 1‹.

129 *Ivan Tourguénev. Nouvelle correspondance inédite*, Band 1, S. 301.

130 Aus dem Russischen von Wilhelm Plackmeyer.

131 Aus dem Russischen von Georg Schwarz.

132 Gottlieb, N., und Chapman, R.: *a.a.O.*, S. 121.

133 Hershkowitz, H.: *Democratic Ideas in Turgenef's Works*, New York 1932, S. 119.

134 Zekulin, N.: ›Pavel Annenkov et les archives de Tourguéniev‹, *Cahiers Ivan Turguéniev, Pauline Viardot et Maria Malibran*, Nr. 4, 1980, S. 9.

135 García Tapia, A.: Manuel García, Madrid 1905, S. 130.

136 Zviguilsky, A.: ›Un conte français inédit d'Ivan Tourguéniev: *Le stepovik*‹, *Cahiers Ivan Turguéniev, Pauline Viardot et Maria Malibran*, Nr. 2, 1978, S. 15-21.

Einführende Bibliographie

Turgenjew, I. S.: *Polnoje sobranje sotschinennij i pisem.* Moskau/Leningrad 1960-1968.

Ashkinazi, M. O.: *Tourguéneff inconnu*, Paris 1888.

Barry, N.: *Pauline Viardot*, Paris 1990.

Bogdanow, B.: *Spasskoje-Lutowinowo*, Tula 1977.

Borowizkaja, W.: *Epilog*, Moskau 1989.

Brang, P.: *I. S. Turgenev – Sein Leben und sein Werk*, Wiesbaden 1977.

Gustave Flaubert-Ivan Tourguéniev, Correspondance, Paris 1989. Deutsch *Gustave Flaubert-Iwan Turgenjew, Briefwechsel 1863-1880*, übers. von Eva Moldenhauer, Berlin 1989.

Gottlieb, N., und Chapman, R.: *Letters to an Actress. The Story of Ivan Turgenev and Marya Gavrilovna Savina*, Athens, Ohio, 1973.

Grandjard, H.: *Ivan Turguénev el les courants politiques de son temps*, Paris 1954.

Halpérine-Kaminsky, É.: *Ivan Tourguéneff d'après sa correspondance avec ses amis français*, Paris 1901.

Halpérine-Kaminsky, É.: *Lettres à Mme Viardot*, Paris 1907.

Haumant, É.: *Ivan Tourguéneff. La vie et l'œuvre*, Paris 1906.

Kluge, R.-D.: *Ivan S. Turgenev – Dichtung zwischen Hoffnung und Entsagung*, München 1992.

Kurliandskaja, G. B.: *Turgenjew i russkaja literatura*, Moskau 1980.

Magarshack, D.: *Ivan Turgenev, A Life*, London 1954.

Mandel, M. S.: *The Plays of Turgenev*, New York 1924.

Maurois, A.: *Tourguéniev*, Paris 1931.

Mazon, A.: *Manuscrits parisiens d'Ivan Tourguénev*, Paris 1930.

Mazon, A.: *Nouveaux Poèmes en prose*, Paris 1930.

Ralston, W.: ›Lettres d'Ivan S. Tourguéneff à ***‹, *Le Monde slave*, Nr. 2, 1925.

Séménoff, E.: *La vie douloureuse d'Ivan Tourguéneff*, Paris 1933.

Tschalmajew, W.: *Iwan Turgenjew*, Moskau 1986.

Yarmolinsky, A.: *Turgenev, The Man, His Arts and His Age*, New York 1961.

Zviguilsky, A.: *Ivan Tourguénev, Nouvelle correspondance inédite*, 2 Bde., Paris 1971.

Zviguilsky, A.: ›Tourguénev et l'Espagne‹, *Revue de Litt. Comparée*, Nr. 1, 1959, S. 50-79.

Zviguilsky, A., und Grandjard, Henri: *Ivan Tourguénev, Lettres inédites à Pauline Viardot et à sa famille*, Lausanne 1972.

Cahiers der *Association des Amis d'Ivan Tourguéniev, Pauline Viardot et Maria Malibran*, Nrn. 1 bis 17, 1977-1994.

Zu dieser Ausgabe

insel taschenbuch 2744: Originaltitel: *Las inciertas pasiones de Iván Turguéniev.* Die spanische Originalausgabe erschien 1996 im Verlag Alfaguara, Madrid.

Biographien · Leben und Werk im insel taschenbuch Eine Auswahl

Lou Andreas-Salomé. Eine Biographie. Von Cordula Koepcke. it 905. 474 Seiten

Elizabeth von Arnim. Eine Biographie. Von Kirsten Jüngling und Brigitte Roßbeck. Mit zahlreichen Fotografien. it 1840. 426 Seiten

Johann Sebastian Bach. Von Charles Sanford Terry. Mit einem Nachwort von Klaus Peter Richter. it 2588. 304 Seiten

Die Brentanos. Eine deutsche Familiengeschichte. Von Klaus Günzel. Mit zahlreichen Abbildungen. it 1929. 330 Seiten

Die Familie Brontë. Von Robert de Traz. Übersetzt von Maria Arnold. Mit Abbildungen. it 1548. 274 Seiten

Die Schwestern Brontë. Leben und Werk in Texten und Bildern. Herausgegeben von Elsemarie Maletzke und Christel Schütz. it 814. 230 Seiten

Caffarelli. Das Leben des Kastraten Gaetano Majorano, genannt Caffarelli. Von Hubert Ortkemper. Mit Abbildungen. it 2599. 272 Seiten

Paul Cézanne. Leben und Werk in Texten und Bildern. Von Margret Boehm-Hunold. it 1140. 296 Seiten

Eugène Delacroix. Eine Auswahl aus den Tagebüchern. Herausgegeben von Hans Platschek. Mit zahlreichen Abbildungen. it 2173. 274 Seiten

NF 38/1/5.00

Dostojewski. Leben und Werk. Von Wolfgang Kasack. Mit Abbildungen. it 2267. 160 Seiten

George Eliot. Eine Biographie. Von Elsemarie Maletzke. Mit zahlreichen Abbildungen. it 1973. 415 Seiten

Elisabeth von Österreich. Tagebuchblätter von Constantin Christomanos. Herausgegeben von Verena von der Heyden-Rynsch. Mit zeitgenössischen Abbildungen. it 1536. 213 Seiten

Dietrich Fischer-Dieskau. Eine Biographie. Von Hans A. Neunzig. it 1984. 384 Seiten

Theodor Fontane. Leben und Werk. Von Otto Drude. it 1600. 296 Seiten

Frauen mit Flügel. Lebensberichte berühmter Pianistinnen. Von Clara Schumann bis Clara Haskil. Herausgegeben von Monica Steegmann und Eva Rieger. it 1714. 402 Seiten

Die großen Komponistinnen. Von Hildegard von Bingen bis Germaine Tailleferre. Mit zahlreichen Abbildungen. it 2116. 435 Seiten

Georg Friedrich Händel. Von Christopher Hogwood. Übersetzt von Bettina Obrecht. it 2655. 500 Seiten

Heinrich Heine. Leben und Werk in Daten und Bildern. Herausgegeben von Joseph A. Kruse. it 615. 352 Seiten

Hermann Hesse. Sein Leben in Bildern und Texten. Herausgegeben von Volker Michels. Mit einem Vorwort von Hans Mayer. Gestaltet von Willy Fleckhaus. it 1111. 365 Seiten

NF 38/2/5.00

Hermann Hesse. Werk und Wirkungsgeschichte. Von Siegfried Unseld. Mit zahlreichen Abbildungen. it 1112. 414 Seiten

Friedrich Hölderlin. Von Pierre Bertaux. it 2652. 730 Seiten

E. T. A. Hoffmann oder Die Tiefe zwischen Stern und Erde. Von Eckart Kleßmann. Mit zahlreichen Abbildungen. it 1732. 592 Seiten

Peter Huchel. Leben und Werk in Texten und Bildern. Herausgegeben von Peter Walther. it 1805. 336 Seiten

Im Aufbruch. Biographien deutscher Jüdinnen. Von Marianne Goch. it 2541. 287 Seiten

Erhart Kästner. Leben und Werk in Daten und Bildern. it 386. 213 Seiten

Marie Luise Kaschnitz. Eine Biographie. Von Dagmar von Gersdorff. Mit Abbildungen. it 1887. 364 Seiten

Harry Graf Kessler. Eine Biographie. Von Peter Grupp. it 2533. 400 Seiten

Katherine Mansfield. Leben und Werk in Texten und Bildern. Von Ida Schöffling. Mit zahlreichen Fotografien. it 1687. 261 Seiten

Die Familie Mendelssohn. 1729-1847. Nach Briefen und Tagebüchern herausgegeben von Sebastian Hensel. Mit einem Nachwort von Konrad Feilchenfeldt. Mit zeitgenössischen Abbildungen. it 1671. 936 Seiten

NF 38/3/5.00

Yehudi Menuhin. Von Tony Palmer. Übersetzt von Cornelia C. Walter. Mit zahlreichen Abbildungen. it 1989. 266 Seiten

Das Leben Michelangelos. Von Herman Grimm. it 1758. 865 Seiten

Leopold Mozart. Eine Biographie. Von Erich Valentin. it 2224. 223 Seiten

Friedrich Nietzsche. Leben und Werk. Von Ralph-Rainer Wuthenow. Mit zahlreichen Abbildungen. it 2601. 175 Seiten

Nijinsky. Der Gott des Tanzes. Von Romola Nijinsky. Mit einem Vorwort von Paul Claudel. Übersetzt von Hans Bütow. Mit zahlreichen Fotografien. it 566. 399 Seiten

Alfred Nobel. Idealist zwischen Wissenschaft und Wirtschaft. Von Kenne Fant. it 2104. 524 Seiten

Marcel Proust. Leben und Werk in Texten und Bildern. Von Renate Wiggershaus. it 1348. 350 Seiten

Rainer Maria Rilke. Leben und Werk im Bild. Von Ingeborg Schnack. it 35. 267 Seiten

George Sand. Leben und Werk in Texten und Bildern. Von Gisela Schlientz. it 565. 407 Seiten

Arthur Schopenhauer. Leben und Werk in Texten und Bildern. Von Angelika Hübscher. it 1059. 368 Seiten

Mary Shelley. Eine Biographie. Von Muriel Spark. Übersetzt von Angelika Beck. it 1258. 368 Seiten

NF 38/4/5.00

Peter Tschaikowsky. Eine Biographie. Von Edward Garden. Übersetzt von Konrad Küster. it 2232. 302 Seiten

Antonio Vivaldi. Eine Biographie. Von Michael Talbot. Übersetzt von Konrad Küster. it 2217. 378 Seiten

Das Leben des Voltaire. Von Jean Orieux. Übersetzt von Julia Kirchner. it 1651. 1024 Seiten

Maria Walewska, Napoleons große Liebe. Eine historische Biographie. Von Marian Brandys. Übersetzt von Klaus Staemmler. it 1835. 314 Seiten

Wilhelmine von Bayreuth. Eine preußische Königstochter. Neu herausgegeben von Ingeborg Weber-Kellermann. Mit Illustrationen und sieben Porträts. it 1280. 562 Seiten

Stefan Zweig. Leben und Werk im Bild. Herausgegeben von Donald A. Prater und Volker Michels. it 532. 362 Seiten

NF 38/5/5.00

Russische Literatur im Insel Verlag
Eine Auswahl

Tschingis Aitmatow. Dshamilja. Erzählung. Übersetzt von Gisela Drohla. Mit einem Vorwort von Louis Aragon und Zeichnungen von Hans G. Schellenberger. Großdruck. it 2323. 139 Seiten

Fjodor Michailowitsch Dostojewski
Sämtliche Romane und Erzählungen. Übersetzt von Hermann Röhl.
- Band 3: Onkelchens Traum. Aus der Chronik der Stadt Mordassow. Roman. it 963. 183 Seiten
- Band 4: Das Gut Stepantschikowo und seine Bewohner. Aus den Aufzeichnungen eines Unbekannten. Roman. it 964. 292 Seiten
- Band 5: Erniedrigte und Beleidigte. Ein Roman in vier Teilen. Mit einem Epilog. it 965. 484 Seiten
- Band 6: Aufzeichnungen aus einem Totenhause. it 966. 415 Seiten
- Band 8: Der Spieler. Aus den Aufzeichnungen eines jungen Mannes. it 968. 198 Seiten
- Band 9: Schuld und Sühne. Roman. it 969. 802 Seiten
- Band 10: Der Idiot. Roman. it 970. 951 Seiten
- Band 12: Die Teufel. Roman. it 972. 929 Seiten
- Band 13: Werdejahre. Roman. it 973. 801 Seiten
- Band 14: Die Brüder Karamasow. Roman. Dritter und vierter Teil. Zwei Bände. it 974. 1324 Seiten
- Band 16: Der Traum eines lächerlichen Menschen. Und andere Erzählungen. it 976. 355 Seiten

Band 1, 2, 7, 11 und 15 sind nicht mehr lieferbar.

NF 45/1/10.00

Einzelausgaben
- Arme Leute. Roman. Übersetzt von Hermann Röhl. it 2146. 160 Seiten
- Der Großinquisitor. Übertragen und mit einem Nachwort von Rudolf Kassner. IB 149. 44 Seiten
- Helle Nächte. Ein empfindsamer Roman. (Aus den Erinnerungen eines Träumers.) Übersetzt von Hermann Röhl. Großdruck. it 2328. 132 Seiten
- Der Jüngling. Übersetzt von Hermann Röhl. it 1890. 801 Seiten
- Die Sanfte. Eine phantastische Erzählung. Übersetzt von Wolfgang Kasack. it 1138. 88 Seiten
- Der Spieler. Aus den Aufzeichnungen eines jungen Mannes. Übersetzt von Hermann Röhl. it 968. 198 Seiten

Dostojewski in Deutschland. Herausgegeben von Karla Hielscher. Mit zahlreichen Illustrationen. it 2576. 290 Seiten

Dostojewski in der Schweiz. Ein Reader. Herausgegeben von Ilma Rakusa unter Mitwirkung von Felix Philipp Ingold. Mit zahlreichen Fotografien. 348 Seiten. Leinen

Dostojewski und das Judentum. Von Felix Philipp Ingold. 292 Seiten. Leinen

Dostojewski. Leben und Werk. Von Wolfgang Kasack. Mit Abbildungen. it 2267. 160 Seiten

Nadeshda Durowa. Die Offizierin. Das ungewöhnliche Leben einer Kavalleristin. Übersetzt von Rainer Schwarz. it 2170. 358 Seiten

Nikolai Wassiljewitsch Gogol
- Aufzeichnungen eines Wahnsinnigen. Erzählungen. it 1513. 183 Seiten

NF 45/2/10.00

- Der Mantel. Und andere Erzählungen. Übersetzt von Ruth Fritze-Hanschmann. Mit Illustrationen von András Karakas. Mit einem Nachwort von Eugen Häusler. it 241. 359 Seiten
- Die Nacht vor Weihnachten. Mit Illustrationen von Monika Wurmdobler. it 584. 93 Seiten
- Die toten Seelen. Erzählung. Übersetzt von Hermann Röhl. it 987. 527 Seiten

Iwan Gontscharow. Oblomow. Mit Illustrationen von Theodor Eberle. it 472. 522 Seiten

Maxim Gorki. Der Landstreicher und andere Erzählungen. Übersetzt von Arthur Luther. Mit einer Einführung von Stefan Zweig und Illustrationen von András Karakas. it 2219. 310 Seiten

Alexander Kuprin. Die schöne Olessja. Eine Liebesgeschichte aus dem alten Rußland. Übersetzt von Hermann Asemissen. Mit einem Nachwort von Wolfgang Kasack. it 2590. 140 Seiten

Romola Nijinsky. Nijinsky. Der Gott des Tanzes. Mit einem Vorwort von Paul Claudel. Übersetzt von Hans Bütow. Mit zahlreichen Fotografien. it 566. 399 Seiten

Waslaw Nijinsky. Tagebücher. Die Tagebuchaufzeichnungen in der Originalfassung. Übersetzt von Alfred Frank. it 2249. 282 Seiten

Alexander Puschkin
- Erotische Gedichte. Ausgewählt und übersetzt von Michael Engelhard. it 2526. 160 Seiten
- Jewgeni Onegin. Roman in Versen. Ausgewählt und übersetzt von Rolf-Dietrich Keil. it 2524. 270 Seiten

NF 45/3/10.00

Leo N. Tolstoj

- Die großen Romane. Geschenkausgabe in sieben Bänden. Anna Karenina. Krieg und Frieden. Auferstehung. 3948 Seiten. Pappband mit Dekorüberzug im Schuber

Einzelausgaben

- Anna Karenina. Herausgegeben von Gisela Drohla. Mit Illustrationen von Theodor Eberle. it 308. 1205 Seiten
- Auferstehung. Roman. Übersetzt von Adolf Hess. Mit Illustrationen von Theodor Eberle. it 791. 629 Seiten
- Die großen Erzählungen. Mit einem Nachwort von Thomas Mann. Übersetzt von Arthur Luther und Rudolf Kassner. it 18. 323 Seiten
- Hadschi Murat. Eine Ezählung aus dem Land der Tschetschenen. Übersetzt von Arthur Luther. Mit einem Nachwort von Wolfgang Kasack. it 2709. 192 Seiten
- Kindheit. Revidiert und herausgegeben von Gisela Drohla. Übersetzt von Hermann Röhl. Großdruck. it 2327. 187 Seiten
- Kindheit. Knabenalter. Jünglingsalter. Herausgegeben von Gisela Drohla. Übersetzt von Hermann Röhl. it 203. 436 Seiten
- Die Kosaken und andere Erzählungen. Herausgegeben von Gisela Drohla. it 1518. 478 Seiten
- Die Kreutzersonate. Erzählung. Übersetzt von Arthur Luther. Mit Illustrationen von Hugo Steiner-Prag. it 763. 176 Seiten
- Krieg und Frieden. Ein Roman in vier Bänden. Übersetzt von Hermann Röhl. Mit Illustrationen von Theodor Eberle. it 590. 2114 Seiten
- Die schönsten Erzählungen. Übersetzt von Gisela Drohla, Alexander Eliasberg, Arthur Luther und Hermann Röhl. it 2572. 288 Seiten
- Der Tod des Iwan Iljitsch. Übersetzt von Gisela Drohla. Mit Illustrationen von Theodor Eberle. it 864. 113 Seiten

NF 45/4/10.00

